지혜서

몹시

비틀거리는 그대에게

Part 3

3/4 가을
a 시인 묵상 시 에세이집

시와정신

지혜서

몹시
비틀거리는 그대에게
Part 3

3/4 가을

a 시인 묵상 시 에세이집

시와 정신

프롤로그

그대 삶을 돌아보시지요.

그대의 흑역사. 비틀거렸던 수많은 누런 기억들.

뒤를 돌아본다
그 곳
그 일
그 인간

뒤를 돌아본다

그 곳에 없었다면
그 일을 안했다면
그 인간 아니라면
   ─「그때 비틀거리지 않았을 것을」

그런데, 과거에 그리 많이 비틀거려놓고도 지금도, 비틀거리고 있습니다.
                                                                몹시.
이렇게 살다가는 당연히 ☞ 미래도 계속 비틀거릴 것입니다.
                                                                몹시.

◉ 이유는

1.지금 그대가 알거나, 믿고 있는 것이 잘못되었기 때문이고

2. 장소, 일, 사람, 시간을 잘못 보는 그대의 판단 수준 때문입니다.

◉ 그대가 그릇된 판단으로 몹시 비틀거리며 잘못 살고 있음을 바로 잡기 위하여

▶ 이 책은

1. 그대가 '맞다고 생각하는'

　예를 들면, 데카르트의 오류를 근거 있게 제시합니다. 그리고

　　매슬로 욕구단계설의 오류

　　폴린 효과의 오류

　　임제 선사의 오류

　　아리스토텔레스의 오류

　　헬렌 켈러의 오류

　　프로이트 꿈 이론의 오류

　　심리학자 데이비드 루이스(David Lewis) 교수의 오류

　　푸시킨 시 '삶이 그대를 속일지라도'의 오류

　　식물분류학자 칼 폰 린네(Carl von Linné)의 오류

　　쇼펜하우어의 오류

　　에이브러햄 링컨의 오류

　　적극적 사고방식의 오류 등에다가

　　여러 종교 지도자들의 오류 들을 논리적으로 지적합니다.

2. 그대에게 좋은 사람, 좋은 일, 좋은 장소, 시간을 제대로 보는 지혜를 줍니다. 이 책에 수록된 방대하고도 기록적인 '2,100편의 짧은 묵상시들이

1) 깊은 묵상에 이르게 합니다.

2) 외우기 쉽게 중복되어서 읽어나가다 보면 '반복 각인 효과'가 있습니다.

3) 그대의 나쁜 습관이 저절로 교정됩니다.

4) 그대는 신중하고 담담하며 평온한 성격의 현자가 됩니다.

◉ 사람이 살아가는 것은 장애물 경주와 같습니다.

소리도 겁주는 총소리에
일제히 튀어 나가 달린다

누구는 금신발로 달리고
누구는 맨발바닥 달린다

그냥 달리기도 벅차건만
높은 장애물 낮은 장애물

장애물 넘어 딛는 땅은
수렁도 있고 낭떠러지도

사력 다했는데 꼴찌 되고
포기하려 하다 선두 서고

온몸 성한 데 없게 달려
왔더니 종착지 없으니
　　ー「삶은 장애물 경주」

그리고 전쟁터입니다.

학교
직장
이웃
저들과 전쟁

시간
장소
그일
이들과 전쟁
　　－「가만히 보면
　　　　실제로 보면 전쟁터에서 살아남기」

◉ 그대는 잘못된 길 위에서, 엉뚱한 판단을 하며 살아가고 있습니다.

이 길 걷다가 보니
저 길이어야 했다
　　　　　다시 걷다 돌아보니
　　　　그 길 그냥 있을 걸
　　－「휘휘 돌아가는 이정표」

거기에다가 이정표가 잘못되어 있으니 삶의 미로에서 담벼락을 만나고, 툭하면 절벽에 서게 되는 것입니다.

내가 문제가 있고, 내 문제에 더하여 이정표 문제까지 있으니
내가 비틀거립니다.   몹시 비틀거립니다.

비틀거리니 어찌 행복할까요?
비틀거리니 계속 불행하지요. 걱정과 문제가 끊이지 않습니다.

우왕좌왕.
은들 비틀 은들 비틀
어질어질.
아이들도 비틀거리고, 청년들, 장년들 그리고 노인들까지
모두 몹시 비틀거립니다.
국내에서, 국제적으로
산전, 수전, 공중전, 사막전, 상륙작전, 화생방전, 시가전 그리고
대테러전까지 겪고 이 수많은 전쟁에서 얻은, 깊고도 깊은 상처들
을 간직한 채
처절히 살아남은 백전노장의 글.

어떻게 많은 전쟁을 실제로 겪어보지 않은 사람이
전쟁터에서 살아남는 법을 전수할 수가 있겠습니까.

그리고 사막 유목민/노마드 같은 미국 이민 40년 넘은 생활 동안,
손가락으로 꼽기에도 넘치는 절대 위기 상황/장애물을 넘고.
국제적으로   장렬하고도 찬란히 살아남은 노련한 선수의
가슴으로 쓴 글을 읽으시고 묵상하시면서
삶의 반짝거리는 지혜를 터득하시길 바랍니다.
〈거꾸로 거꾸로 행복 혁명〉을 발간한 지, 10년이 넘었습니다. 312

편의 시를 엮어 소설같이 써 내려간 희귀한 '시 소설책'입니다.

책 발간 이후, 중앙일보(미주)에 행복 성찰 고정 칼럼을 써오면서, 지면 관계상 쓰지 못하였던 내용과 신문에 싣지 못한 내용들을 묶어
〈 진정 살아남고 싶은 그대에게 – Part 3 〉
지혜서 – * 몹시 비틀거리는 그대에게 * 를 책으로 내게 되었습니다. 〈거꾸로 거꾸로 행복 혁명〉에서 썼던 시도 인용하며 해설을 붙여 에세이로도 써 보았고요. 책의 성격은 시와 묵상을 혼합한 흔치 않은 〈시 묵상 에세이집〉입니다.

이 책의 많은 부분이 코로나 바이러스 19 팬데믹 기간에 쓰였습니다. 팬데믹은 전 세계, 온 인류에게 닥친 최대의 위기였습니다. 바이러스 앞에 인간이 그동안 추구해온 모든 것은 먼지 같아 보였습니다. 인간들은 티끌이었고요. 현대과학은 무기력했고, 인간이 그동안 매달려 왔던 모든 종교는 자기 종단의 선량한 사람들이 비참하게 죽어 가는데도 속수무책이었습니다. 이 기간에 인류 약 6백 9십만 명의 소중한 목숨이 처참히 꺾여 나가는 동안 사람들은 '우왕좌왕하고 비틀거리는 모습'만 보여 주었습니다. 동서양 세계 모두에서 몹시 비틀거리는 사람들을 보며 그동안 생각한 것을 정리하여야겠다며 책을 쓰기 시작하였는데, 나쁜 시력으로 글을 쓰다 보니 시간이 오래 걸렸습니다. 글을 쓰면 쓸수록 두 눈에 맺혀지는 Image들은 점점 흔들리고 보이지를 않아서 책 쓰는 것을 도중에 여러 번 그만두어야 할 정도였습니다.

하지만, 마음을 다스리고 몸을 추슬러 책상에 앉아 시를 쓰고, 수필을 쓰며 기존 글들을 정리하였습니다. 고통을 속옷같이 입고 생활해 왔기에 가능한 일이었습니다. 책이 완성되었습니다.

▶지혜서의 2,100편의 묵상시를 가슴에 품고 사는 이와 그렇지 않은 이의 차이는　　　　행복과 불행

　　　　　　　　　　　　　현자와 우자

　　　　　　　　　　　　　평온과 불안　　　　　정도 됩니다.

　봄, 여름, 가을, 겨울로 되어 있는 이 책의 한 페이지 한 페이지를 읽어 나가시다 보면, 자연이 보이실 것입니다. 그 자연 속에서 짧은 시 2,100편을 곰곰이 묵상하시다가 보면, 서서히 마음속에 지혜가 등불로 밝게 빛나게 되는 것을 느끼실 것입니다.

▲　지예로운 사람이 되는 놀라운 경엄　▲

비법이라면 비법이라고 할 수 있는 그 경험의 이야기를

지금 책장에 고운 눈길을 주시는

사랑하는 그대에게 바칩니다.

a 시인

낮게 엎드림

　* 이 책 저자의 모든 책 수익은 검증할 수 있게 100% 불우이웃에게 기부됩니다. *

가을

* 바람을 해부하다

사람은 얼마나 공부하여야 세상을 정확히 알까요?
학교에서 사천사백 일이나 배우고도 잘 몰라, 천오백 일을 더 배우고 또 천팔백 일을 더 배우는 사람도 상당수입니다. 그렇게 오랜 세월 배우고 또 배웠으면 모든 면에서 잘 알아야 할 텐데 사물이나 사상, 상황 등 세상 물정 그리고 사람을 잘 파악하지 못하고 많은 실수를 하고 살아갑니다. 살아온 지난날을 한번 돌아보시지요. 참으로 많은 실수가 있었지 않습니까?

바람을 해부하면 어떻게 될까 생각해 보며 '바람을 해부하다'라는 시를 쓴 적이 있습니다. 수술대에 바람이 누워 있는 것을 상상하며 시를 썼었지요.

"바람 잘 날은 언제쯤이나 될까?", "바람 없이 살날이 있기는 한 것인가?", "남에게도 이렇게 날 선 바람이 끊임없이 찾아가는 것일까?", "다른 이들은 어떻게 바람을 피해 가며 살아가고 있나"… 새벽이라는 소중한 시간에, 이런 생각을 하며 노란 몽당연필로 시를 사각 사각 썼었습니다.

무엇을 정확히 알려면 **자세히, 오랫동안, 진지하게 관찰**하여야 합니다. 그리고는 상세히 알기 위해 예리한 해부칼을 들어야 하지요. 해부칼을 든 사람은 손이 떨리면 안 됩니다. 냉철한 마음을 갖고 담담한 마음으로 해부해야 합니다. 바람을 해부해 보면 바람은 세상

창조 때부터 사람의 고난과 고통을 먹고 진화하여온 생명체인 것을 알 수가 있습니다. 바람은 붑니다. 어디에나 있는 바람은 아직 피하지도 못했는데 저 바람까지 기다리고 있고, 따뜻한 것 같기도 한 바람 안에는 날선 찬바람이 자라고 있지요.

사람들 앞, 바람 살랑살랑 부는 정겨운 모습은 이 나무 흔들고 저 나무 차례로 흔드는 것이고, 바람 한 점 없게 보이는 것은 며칠 있으면 천둥도 성에 차지 않아 **번개까지 무장하여 쳐들어온다는 것입**니다.

바람은 기상청의 바람 분류 종류보다, 역경의 종류가 많은 만큼 다양합니다. 그 많은 종류의 바람은 크게 두 가지로 나눌 수 있습니다. 제어 가능한 요소(Controllable factor)를 가진 바람과

제어 불가능한 요소(Uncontrollable factor)를 가진 바람.

세상은 가만히 있어도 시퍼렇게 날이 선 바람이 닥치게 되어 있습니다. 그런 제어 불가능한 갑작스러운 바람들에 맞서기도 힘든데, 어떤 사람들은 자기 스스로 바람을 만들면서 살아갑니다. 사전에 제어 가능한 요소를 지닌 바람을 스스로 일으키며 자기도 힘들고 남도 괴롭히는 풍파를 일으키는 사람들 말입니다.

머리털 뿌리까지 한 올 한 올 꼬는

하게 애둥조나

등을 보이지 마세요.

'이 세상 살아있는 것들 모두 바람 먹고 살아왔다는 것,' 그대가 이런 바람의 정체를 아는 날, 바람은 그대 앞에 무릎을 꿇을 것입니다. **바람을 애부알 줄 아는 사람**은 바람의 속성을 잘 알기에 바람을 피할 수도 있고 잠재울 수도 있습니다.

(창세기 3:18) '땅은 네 앞에 가시덤불과 엉겅퀴를 돋게 하고 너는 들의 풀을 먹으리라.'

누렇게 찌든 오랜 기간
사람에게 물어 답 나오지 않기에
푸른 나무에 묻는다

그대는 왜 날 선 바람 일어야만
노랗고 빨간 열매 맺어 주는지
　　─「나무에 물으라」

　그대에게 묻습니다.　　그대는 칼바람 앞, 등을 보이며 열매 맺으려
하는지.　　　　　　　그대에게 다시 묻습니다.
　저 과일나무들은 나뭇가지 그리고 이파리들이 찬바람에 그 많은
날 그 긴 긴밤을 몸서리쳐 지고서야, 저 향기도 그윽하고 맛도 달
콤하기만 한 열매를 맺는 것을 보고도 느끼는 것이 없는지.
　　　　　마지막으로 다시 한번 그대에게 묻습니다.
　지구 생명의 원천인 나무가 그러한데, 나무에 기대어 살면서 나무
같이 살지 않으려 하다니. 그러면서 행복의 끝자락이라도 붙잡으려
고 하는지.

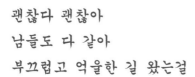

괜찮다 괜찮아
이미 지나왔잖아
어쨌든 지나오고 만 길이야

괜찮다 괜찮아
남들도 다 같아
부끄럽고 억울한 길 왔는걸

열길 마음 속
비릿 눈물 강가
모두들 건너오고만 그 길이니
―「까짓것 괜찮다 괜찮아」

마음속, 그 열길 깊은 마음속
시커먼 밤 꿈길에서 뻘겋게 불쑥 떠오르는
그 아픈 필름이   그 같은 필름이   계속 틀어지나요?
그제 밤에도   어젯밤에도 -   그래서 내일도 틀어질까 봐 힘드시
나요? '남들은 다 웃으며 즐겁게 사는 게 눈에 보이는데 나만 왜 이
렇게 힘드냐!'라고. '〰〰〰〰 〰 〰〰〰 〰〰〰〰 〰〰〰〰.'라고 고
개를 들지 못하고 살아가시나요?
　남들도 다 같습니다. 이렇지 않으면 저렇고, 저렇지 않으면 이렇고
해서 또 이런 것이 저 사람에게는 약간 가볍고, 저런 것이 이 사람에
게는 제법 무겁고 느끼는 정도 그 차이이지 다 그저 그렇게 살아간
답니다.　　　　　　　그러니 -
　그냥 그 필름이 돌아가면 그냥 보세요. 그냥 멍하니 마음 놓고 보
다 보면 하도 많이 보아서 이제 재미는커녕 전혀 눈길도 안 가는 드
라마처럼 될 때까지 - 그러다가 보면 - 그냥 그 필름이 보이지도 않
는 시간이 드디어 찾아 줍니다.
　다른 사람들요? 남들도 다 같은 막장 드라마, 하루도 안 빠지고 보
면서 살아갑니다.　　　　　　　그러니까 인간 아닙니까.
　아니라고 하는 인간 있다면, '거짓이거나 인간이 아니거나'입니다.
　남에게 자신을 포장하여 보이려, 남은 물론이고 자기 자신도 수시
로 속이는 정수리에 뿔 달고 뻣뻣한 털 무성한, 항상 굶주린 불쌍한
동물일 뿐이지요.

반짝 은색 손잡이 돌리면
쏴아아 - 회오리 물줄기
내 몸의 온갖 오물 덩이
휩쓸어 말아 내보낸다
되돌아오지 못할 곳으로
　　―「그때마다 마음 오물 덩이도」
　　　　(변기 물을 내리며)

조그만 은색 손잡이에
하루 종일 쌓여만 간
역겨운 오물 찌꺼기들
하루에도 몇 번씩이나
회오리 물속 사라지나
　―「마음속 오물은 남겨둔 채로」

세상에 그리 역겹기만 한
사람 속 뒤엉킨 오물들
하루 몇 번씩 받아주는데

그대는 단 한 번이라도
변기 같은 적 있는가
　―「성(聖) 변기」

이 세상에는 ⼝⼞⼟⼱⼱⼚⼡ . 그중에서도 으뜸은 소
변과 대변이겠지요. 동물들은 생명을 유지하기 위해서 먹
이를 먹고, 반드시 이를 몸 밖으로 내보내는 배설작용을 합니다. 그

것은 땀, 눈물도 소량 있지만 주로 소변, 대변인데 모두 냄새가 좋지를 않지요. 특히, 대변은 그 모양도 좋지 않고 냄새가 아주 고약합니다. 인간은 이 오물을 화장실에 있는 변기(便器)를 통하여 배출하고요.

인류 화장실 역사의 최초 기록 또는 유물은 기원전 3000년대부터 1400년대 사이에 나타나고 있습니다. 제일 오래된 화장실은 인도의 모헨조다로 유적에서 발견되었고요. 고대 로마 및 그리스는 대소변을 하수도로 따로 흘려보내기 전까지는, 오물을 그냥 길거리나 강에 가져다 버렸습니다. 위생상 매우 위험한 행동을 하였던 것입니다. 로마나 그리스에 가면, 당시 돌에 구멍을 뚫고, 갈아내어 만든 변기가 나란히 있는 것을 아직도 볼 수가 있습니다. 그때는 여러 사람 사이에 칸막이가 있었는지 모르겠습니다.

한국의 변기 역사가 유물로 최초 발견된 것은 백제의 익산 왕궁리 유적의 공공화장실입니다. 나무 변기 위에 앉아 일을 보고 오물이 아래로 떨어지면서 어느 수준 쌓이면 수로를 통해 흘러나가게 되어 있고요. 통일신라시대의 화강암 변기는 경주 동궁에서 발견되었지요. 암거(暗渠 : 지하 고랑으로 물을 빼는 시설)까지 있고요.

저희가 자랄 때만 해도, 오물처리가 냄새도 고약하고 불결한 이유로 집의 본체와 따로 떨어져 있었습니다. 명칭도 '뒤를 보는 곳'의 '뒷간'이었고요. 불가의 사찰에서는 풀 해(解)자, 근심 우(憂)자, 즉 '근심을 해결하는 곳'이라는 뜻의 '해우소(解憂所)'라고 하였습니다. 정화시설이 제대로 안 되어 있는 한, 큰 나무 발판 두 개를 걸쳐놓고 아래는 큰 항아리를 땅에 묻어 정량이 차면 이것을 퍼내어 농사의 거름으로 사용하였지요.

화장실에서 변기에 담긴 자신의 오물을 자세히 보면서, 냄새까지 깊숙이 느껴 보면,

16

사람 안에 무엇이 들어있는지

인간은 무엇을 담고 돌아다니는 존재인지 까만 절망감 이 엄습합
니다.

> 하얀 변기 앉아 벌겋게 힘주는
> 나를 보고 그대를 보시라
> 맑은 물속으로 빠져드는 오물
> 정말 누가 더 높고 낮은가
> ─「무연법계 (無緣法界)」

무연은 피차의 경계가 확실하지 않은 것을 말합니다. 즉, 차별이
존재하지 않는 평등한 일체를 말하는 것이지요. 나보다 반질거리는
얼굴, 뒤로 더 젖혀진 목, 약간 가늘게 떠진 눈, 찌그러진 입꼬리 해
보았자, 별거 아닙니다.

> 그대 나보다 반질대는 얼굴
> 목뼈 각도 뒤로 십오 도 꺾고
> 두 눈 십오 퍼센트 감고서는
> 입 꼬리 십오 도로 내리고서
>
> 엉덩이 보이고 변기에 앉아서
> 그런 걸 쏟아가며 무슨 말을
> ─「십오 도가 부족한 그대」

대통령이나 잘생긴 남자배우, 여자가수, 어깨에 힘이 들어가 있는
명예직, 큰 부자들, 성직자들도 변기에 앉아서 볼일을 보며 오물을
닦는 모습을 상상해 보면,

17

정말 인간들 별것 아니구나. 라는

사람들은 다 거기서 거기구나. 라는

통쾌감이 감싸 안아줍니다.

변기의 측면에서 보면, 얼마나 고역이겠습니까? 매일 하루에도 몇 번씩이 더러운 오물들을 온몸으로 받아주어야 합니다. 이런 존재가 세상에 변기 말고 또 있을까요?　　　　　　성스러운 변기입니다.

어느 수도자가 이 변기처럼 사람들의 모든 더러움과 고통 그리고 병자들을 매일 하루에도 몇 번씩 받아주었다면 그는 성자가 되었을 것입니다.　　　　　**변기 같은 성자**　를 볼 수 있을까요?

인간들은 배 속의 그 구역질이라는 오물들을 출렁거리면서 서로 마주 보고 입 냄새를 풍기면서 '지성, 철학, 종교, 정치' 이야기를, 서로 이야기하지만 뒤로 가서는 하루에 몇 번이라도 배설하여서 속을 비웁니다. 그러면, 일단 그 순간만이라도 몸속은 정화가 되지요.

비어지기 때문입니다.

그런데 몸보다 더 중요한 마음은 어떻게 비우시나요? 비워야 깨끗해지는데 말이지요.

몸은 변기에 앉지만, 마음은 어디에 앉아서 비워야 하나요?

　　변기를 보네 하루에도 몇 번씩

　　그리도 썩은 오물들을 받아주는

　　ー「변기보다 못한 누구」

변기에는 은색이 반짝거리는 손잡이나 버튼이 있습니다. 물을 내리는 기구이지요. 이 **물을 내리실 때마다**　자신의 배 속에 있었던 오물을 쳐다보시지요. 냄새와 함께.

보시면 낮아질 수 있습니다.　작은 물 소용돌이 속에 역겨움과 함

께 사라지는   그리고   그 오물만큼 아니 어쩜 그보다 더 메스꺼운
마음속의 오물도 같이 씻어 버리시고요.
대 소변 내보내는 시원한 만큼 마음도 상쾌   해 집니다.

달구던 해 진다
검을 수밖에 없는
아스팔트 속 공룡 뼛가루가 반짝인다

주름지게 만들던
해 대신 달이 뜨고
별 촘촘히 가슴에 들어서기 시작하는가
　　ー「이제 시를 써야 할 시간이다」

지구 삼첩기 후기부터 백악기 말 제3기 지구 대멸종 시기까지, 약
2억 년 진화를 거듭하면서 번성하였던 공룡.

아스팔트 길 위를 운전하다가 보면 햇빛에 반사되며 반짝이는 것
이 있습니다. 아스팔트 표면 온도가 상층온도보다 뜨거워서 일어나
는 현상이지만, 혹시 '이 반짝임이 공룡의 뼈 일부는 아닐까?'라는
비과학적인 생각을 했던 적이 있습니다. 석유가 공룡의 사체로 인
해 만들어졌다는 잘못된 상식이 많은 사람에게 알려져 있기 때문입
니다. 아스팔트는 정유공장에서 석유 분별 증류 최종 과정에서 남는
물질 중의 하나이지요.

약 5억 년 전에는 지구 표면을 바닷물이 모두 덮고 있었습니다. 이
거대한 물속에서는 상상하기 어려울 정도의 많은 플랑크톤 그리고
어류와 갑각류가 살고 있었고요.

이들은 모두 지구 대규모 지각 변동 때에 죽어 묻히고 이질(泥質) 퇴적물과 혼합된 후, 지층의 온도와 압력 그리고 박테리아의 작용으로 썩어서 진흙(부니), 탄화수소로 변성, 석유가 되었다는, 유기 기원설이 석유 기원으로 유력하게 보여지지요.

유기 기원설이 맞지만, 반짝거리는 아스팔트를 보면 세계를 지배하던 커다랗고 커다란 공룡의 숨소리가 녹아 있어서 저렇게 반짝거린다고 믿고 싶습니다.

시는 이렇게 보는 각도를 살짝은 돌려주어야 나오나.

삶을 바라보는 예리한 시선도 이렇게 살짝 돌려 보아야,

사람들의 마음을 달구기만 하는, 무서운 서양 문명을 상징하는 태양이 지면/그래서 우리에게 위안을 주는, 동양의 달이 두둥실 떠오르면/그렇게 마음에 시원한 바람 한 줄기 들어와, 별까지 반짝이며 비추어지면   바로 그때가 시를 쓸 때입니다.

그대를 살리고

나를 살리는 몇 줄 안 되는 그런 시   말이지요.

그대는 내가 그거로 보이지요?
맞지요?

방전될 때까지는 잘 써먹다가
맞지요?

쓰레기통 던져 거들떠보지 않는
맞지요?
　－「나를 건전지로 보는 그대」

과학이 발달하면서, 우리가 원형 물품을 발전시켜 쓰거나, 안 쓰는 것들이 많지만, 아직도 그 형태를 유지하면서, 150년 정도 긴밀히 쓰는 것이 있지요.   건전지(乾電池)입니다.

우리가 사용하는 건전지는 1870년, 프랑스 물리학자 화학자 조르주 르클랑셰(Georges Leclanché)가 1.5V 습식전지(Wet-Cell Battery)를 발명한 것이 시초입니다.

독일인 과학자이자 의사인 카를 가스너(Carl Gassner)가 1886년에 습식전지 단점을 극복하고 건식전지(Dry-Cell Battery)를 발명하였고요. 1896년에 염화암모늄 종이를 사용하고 석고의 단점을 개량하여 대량생산하였습니다. 같은 해에 이를 사용한 손전등도 발명되어 널리 보급되었지요.

1919년 현대의 건전지 규격이 발표되고, 수정 보완안은 1924년 확정되었으며, 약간의 변화가 있기는 하지만 아직 A, B, C 등의 규격을 정해 사용되고 있습니다.

AAAA. AAA, AA, CM, DM, E90, 6F22, 9V 망간 배터리. 9V 배터리, 6LR61, 4FM (4R25), A23, 4LR44, J (4LR61), LR(알카라인)과 SR(산화은), CR(리튬-이산화망간)을 기본으로 하는 단추형 건전지 등 많은 종류가 있습니다. 이 건전지가 없으면, 현대인이 생활이 어떻게 되나 할 정도로 건전지는 항상 긴요하게 쓰입니다.

건전지가 방전되고 말아, 쓰고 있던 기기가 '지직 –' 죽어 버리면 그때야, '아 – 배터리. 그런 것이 있었지. 이게 그렇게 중요하네 –' 합니다. 새 배터리를 갈아 끼워 기기가 작동이 시작되면, 금세 그 중요성은 쓰레기가 되어 버립니다. 죽은 배터리를 쓰레기통에 집어넣는 것도 아니고, 팽개쳐 버리지요.

다시 쓸 일이 없기 때문입니다.

던지지 마세요
그렇게나 오래 그대에게 몸 바친 나

패대기치지 마세요
내 앞에 꽃 한 송이 할 수도 있는데

내동댕이치지는 마세요
그냥 쓰레기통에 힘껏 던지기까지는
— 「나 배터리가 너에게」

인간관계가 배터리 같으면 어떻게 될까요?
이용당하는 사람도 배터리고
　　　　버리는 인간도 배터리 나부랭이　이게 됩니다.

다급한 일 앞에, 인류는 다른 수식어가 필요 없이, 사태를 긴급하게 알립니다. 서양이나, 동양이나 마찬가지이지요. 불이 나면, 모든 것이 – 그야말로 모든 것이 매캐한 잔해 냄새와 함께 재로 변합니다.

어렸을 때, 방화 장비, 시설이나 방화 전문 인력이 없을 때, 불을 몇 번이나 목격하였습니다. 그래서 불이 얼마나 무서운 존재인가를 잘 알지요. 동네에 불이 나면, 마을 사람들 모두가 모여 소리 소리를 질러가며 우물이나 개울에서 물을 힘들게 퍼다가 불에다가 뿌렸습니다. 옷가지 등으로 덮기도 하였지만, 결과는 언제나 참담하기만 하였지요.

불은 물을 뿌린다고 꺼지는 것이 아니고　　**불이 태울 수 있는 것을 다 태워 재로 만든 다음에 스스로 꺼졌고요.**

세종실록에 보면, 옛날에는 불이 나면, 얼마나 속수무책으로 백성들이 비참하게 당했나를 잘 보여 줍니다. 세종이 사냥을 나간 사이에 거대한 화마(火魔)가 한양 경복궁 가까이까지 덮칩니다.

불이야
불이야
소리 듣고
사람들 양동이에 물 퍼 나른다

불이야
불이야
신호 듣고
빨간 소화기 하얀 호스 물줄기

내 마음속 불
　ー「자기만 할 수 있는 일 앞에」

Fire ! Fires　　불이야! 불이야!

남부 350호, 동부 190호, 중부 1,630호의 민가와 당시 시장터, 경시서와 운종가의 행랑 106칸이 전소를 하여 버립니다. 인명피해도 상당수였고요. 내시까지 동원되어 간신히 불이 진화된 것 같았습니다. 그러나 그다음 날, 죄수관장 부서 전옥서 근처에서 또 불이 나서 동부 200호 민가를 태웁니다.
　　불은 '그냥 다 태워버리는 자기 성질'을 다 채우면, 그제야 꺼지는 무서운 존재.

이런 경우에는 까만 재가 되기 전에 .

자기 성질이 뻗칠 대로 뻗쳐 남도 태우고 자기도 활활 태워

까만 재가 된 후에야 꺼지는, Fire 보다도 억만 무시한 존재.

이런 피해가 잇따르자, 우리 선조들은 집과 집 사이에 불을 막아내는 방 회장(불을 막는 담)을 쌓고 성내 도로를 넓게 하면서 사방으로 서로 통하게 만들고 집 5채마다 우물 하나, 그리고 관청 안에는 우물 두 개씩을 파고 방화수를 저장하도록 하였습니다.

초등학교 때, 빨간 모습의 소방차를 처음 보았습니다. 고가 사다리가 있는 것도 아니고, 물탱크가 있는 것도 아닌, 손으로 펌프질을 하여서 물을 뿌리는 장치가 있는 차였지요. 그래도 조선시대처럼 양동이에 물을 퍼서 불을 끄던 모습을 보아왔던 저로서는 그 우스꽝스러운 모습의 원시 소방차도 멋있게 보이고 반가웠습니다.

마음속에 예쁜 모습의 소방차 안 대 굴려 보시지요.

마음속 도로에 빨간 소방차 한 대 굴려보자
활활 타오르는 화가 몸 길에 골고루 퍼질 때
앵앵 소리 내며 달려와 하얀 호스 물 뿌려줘
그도 까만 잿더미 나도 하얀 잿더미 되기 전
　　　　　─「예쁘고 빨간 소방차 한 대」

자기 몸을 태우며
마음 심지 사르고
주위 밝혀 주는데
　　─「자기 불사르지 않고 촛불인 척」

바람 한 결 없는데
실낱 욕망도 없는데
―「왜 촛불 끝이 흔들리나」

부처 예수 알라 앞
빌고 또 빌고 빈다

마음 얼마나 아리면
하얀 눈물 흘려낼까
　―「무엇이 하얀 눈물 흘리게 하는가」

예수 부처 앞 촛불도
바람 앞 훅 꺼지는데
　　　　　어찌 막아야 하나
　　　　　어찌 누구 힘으로
　―「바람막이는 단 하나 스스로」

지저귀던 새 소리
수상한 바람 소리

그마저 어둠에 잠기면
심지에 불길 불어준다

아직도 어두운 새벽
침몰하는 의식 떨며
　―「촛불 기도」

촛불 끝은 뜨겁다
그대보다 뜨겁다

화가 나면 뜨겁다
내가 재가 되도록
　－「그대 회색 잿가루로」

촛불 저절로 켜진다
촛농 스르르 흐른다
　－「하 - 이제야 그걸 알게 되다니」

하얀 촛농 눈물 자국 위
또또 다시 뜨거운 눈물이

오랜 기도 이루어지려나
　－「응답 없는 기도」

한 숟가락의 짠 눈물과
한 봉지의 통곡 소리에
　－「촛불 꺼지는 소리」

파란색 황갈색 노란색 불꽃
휘휘 휘말리며 잘도 타오르네

자기 밑 검은 그림자 태우지도 못하면서
　－「촛불도 별수가 없네」

두 손 꼭 잡은 앞
허리 푹 숙인 앞

그 촛불 흔들린다
점점 낮아져 가며
　—「그래도 모르겠느냐」

열 자루보다는 한 자루
두 자루보다는 한 자루
　—「촛불로 기도할 때만이라도」

촛농이 다하도록 타고 나면
까만 심지마저 불 꺼져버리면
　—「초일까 아닐까」

우리의 동굴은 깊고 깊어라
굴곡도 심하고 어둑하여라
촛불 열 자루도 모자라도록
　—「마음 동굴 촛불」

누가 빌다 갔을까
꺼진 촛불
소원 이루었을까
녹은 촛불
　—「꺼진 촛불에 불 놓다」

두 손 모아 싹싹 빈다
허리도 조아려
비는 만큼 촛불 흔들려
　―「촛불의 응답」

누가 뜨거운 눈물 흘린다 했나
누가 일천사백도 촛불 끝만큼
　―「누가 촛불만큼 뜨거웠나」

조금 흔들려도 괜찮다　　바람 없는데도 촛불 흔들리듯
타다가 꺼져도 괜찮다　　촛불 타다가 꺼져도 촛불이듯
　―「좀 흔들리고 꺼지며 살기」

바람 휙 불어 촛불 꺼지려 할 때
그대 작은 손으로 감싸보라
고난 훅 불어 그대 꺼지려 할 때
감싸 줄 이는 오직 그대뿐
　―「마음 하나 꺼트리지 않는다는 것은」

　　　　　　　노인 주말마다 오래된 옷 입어본다
오래 입으며 여기저기 닳아 해어지고
삶에 찌든 때 물어 빨래하며 낡아지다
상처들 꿰매듯 곳곳 꿰맨 자국 선명한

편안한 그 옷
　―「마음도 그러하니」

낡은 옷이 좋습니다. 편안합니다.

나를 따스하게 하고 외부로부터 보호해 주느라, 자기는 여기저기 부딪히며 닳아 해졌으며, 남들 또는 뾰족한 물체에 찔려서 찢어지기 일쑤였습니다. **살아간다는 것은 남과 부대낀다는 것** 입니다.

당연이 부딪며 찔리고 얻어맞고 오물도 뒤집어 씁니다.

이렇게 더럽혀진 옷은, 빠는 과정에서 또 더 상하지요. 올이 빠져나가기도 하고 단추도 튀어 나가며 옷감이 찢어집니다. 찢어진 곳은 바느질로 꿰매는 등, 수선해주지요.

이렇게 돌보아 주어도 옷의 색감은 퇴색해 갑니다.

사람의 마음과 똑같습니다.

오래된 옷처럼 이런저런 상처와 세월의 바람으로 낡고 해어집니다. 이런 모습을 한 삶의 진지한 모습을 한

낡고 해진 옷을 입는다는 것은 참으로 편안합니다.

주말이라도 국민이 모두 낡은 옷을 입는 문화를 정착하여 '깊은 묵상을 생활화' 하면 어떨까요?

국민 모두에게 잔뜩 낀 때, **'거품 선호 문화'** 를 없앨 수 있습니다. **묵상을 생활화안 민족은 세계에서 행복의 Icon 이 될 것** 입니다.

세계 일등은 경제력도 아니고 군사력도 아닙니다. 행복 척도 입니다. **모든 국민이 도를 닦아서 인류를 구원하는 안 민족** 이 될 수 있습니다.

초등학교서부터 학과목에 '멸상'을 넣고 학과목 시작 전후에, 군에서도 기업에서도, 용산 대통령실, 국회에서도 일과 시작을 묵상으로 시작해 보면 알게 됩니다. 얼마나

국민이 모두 현명해지는지. 덤으로 전 국민 건강이 얼마나 좋아지는지 확연하게 볼 수 있습니다.

빛 잃은 지 언제인지 확실치 않은 신발 두 짝
빛나려 발버둥까지 치는 찌든 몸뚱이 싣고는
지구 둥근 증명으로 한쪽 동그랗게 달아가다

　　　　　　　　　또 걸려 넘어진다
　　　　　　　어제 같은 곳에서
　　　－「매일 돌부리」

돌에도 주둥이 있다
땅 위에 뾰죽이 올라와 있는

그 주둥이 인간 발을 문다
바삐 가는 발만 골라
　　　－「돌부리 걸려 넘어지는 이유」

온통 돌부리 널브러져 있기에 길이다
안 걸려 넘어지는 이 없기에 사람이고
　　　－「상처 없는 이는 사람도 아니다」

걸려 넘어지고는
피까지 흥건히 나고 꿰맸는데

아물기도 전에
앞 발바닥 걸어 내동댕이치니
　　　－「돌부리 위장술」

뾰죽이 올라와 있는 것들은
모두 독이 잔뜩 있다

겉만 보고 건드리지 마시라
뿌리는 빙산 같으니
　　 －「돌부리에는 독이 있다」

꽃잎에 가려져 있어
흙먼지에 숨겨져 있어
걸려 넘어지는 것 같지만

튀어나와 보이는데도
피하지 않는 것인지
그러려니 하는 건지
　　 －「돌부리와 동행」

　　　　　돌부리는 지뢰
　　　　　걸리면 피가 터지는데

　　　　　길 온통 돌부리
　　　　　그래도 그 위 달리는
　　　　　 －「용감한가 무모한가 인간이여」

　　돌부리는 돌이 지표면 위로 뾰죽이 올라와 있는 것을 말합니다. 돌과 부리의 합성어입니다. 여기서 '부리'는 새의 부리, 짐승의 주둥이 같은 의미가 있고요.

도시의 반질거리는 도로를 벗어나면, 온통 돌부리입니다. 아래를 보고 걷지 않으면 겉으로 드러난 돌부리에 걸려 넘어지게 되어 있지요. 작은 돌부리이니 내 길 막지 말라 발로 걷어차면 안 됩니다. 그 돌부리의 뿌리는 '빙산'같이 엄청나게 크기만 하기 때문입니다.

> 그대 가는 길 삐죽 나온 작은 돌부리
> 무심코 걷어차지 마시라
> 그 발길질 하나로 크게 고꾸라지리니
> ―「보이는 것은 모두 빙산 일각 같은 것」

사람들은 자기가 보기에, 돌부리처럼 조그마해 보이고, 초라해 보이면 걷어찹니다. 무시하여서 그럴 수도 있고, 사회 분위기가 그러니 얕잡아 보아, 무심한 듯 걷어찹니다.

> 돌부리 걷어차지 마시라
> 하찮아 보인다고
>
> 돌부리 절대로 안 뽑히고
> 그대만 넘어지리니
> ―「갑이라고 걷어차다 보면」

그러나 돌부리의 뿌리는 단단합니다. 오래 박혀 있었기 때문이기도 하고, 원래 그 뿌리의 규모는 보이는 것보다도 훨씬 크기 마련이기 때문입니다.

> 그대 발톱까지 뽑히지 않으려면
> 돌부리 걷어차지 마시라

그 돌부리들 서로 서로 손잡고
가부좌 틀고 오랜 시간을
　　　─「우습게 보고 걷어차지 마시라」

　돌부리가 땅 위에 살짝 하찮게 보인다고 우습게 보여 함부로 걷어
차지 마시지요. 그 돌부리들의 밑을 보면 하나입니다. 서로 손을 굳
게 잡고 가부좌 틀고 그 오랜 시간을 연대하여 왔으니, 작은 돌부리
차는 것은 모든 돌부리를 차는 것. 결국 차는 사람의 발톱이 빠질 것
이고, 그 결과는 후회막심하게 될 것입니다.

　쿵
　쿵 쿠 쿵
　단풍 떨어지는 소리

　쾅
　쾅 콰쾅
　지구 축 흔들거리게
　　─「노인에게 나뭇잎 떨어지는 소리는」

　　　　　　뚝 ─
　　　　　　　　쾅 ─

　　낙엽 하나 떨어지면 가슴도
　　그리 떨어지고 땅에 박혀
　　　─「심각한 소리들」

사뿐
낙엽 하나 떨어져 땅에 눕는 소리

콰쾅
단풍 하나 떨어져 땅 박히는 소리
  ─「청년과 노인」

낙엽이 지면서 땅에 떨어지는 소리를 들으면 '쾅' 소리가 들립니다. 나의 마음속에 '지축을 흔드는 소리'로 남습니다. 어쩜 이 가을이 마지막일 수도 있기 때문이겠지요.

> 인간들 첨단이라며 한 일들은
> 지축 약간 비튼 짓이라
>
> 축 비틀린 지구 뒤틀린 채로
> 폭풍 홍수 폭염 폭설로
>   ─「첨단현대문명 만세」

시간이 얼마 남지 않았기 때문에
　　　　　　　　모든 것이 심각하기만 합니다.
  낙엽 하나 떨어지는 소리도 '쾅'쾌 콰 광' 땅 파이는 소리로 들리니 말이지요.
  지구 온난화, 지구의 심화되어 가는 자연 각종 재앙 모습을 보는 것은 안타깝기만 합니다.

  '인류는 왜 쩌리도 어리석음으로 전력 질주' 를 하는지.

34

지나가며 밟지 마시라
푸르름 삭발하고
열흘 단식수행하다
서로 품은 채로 다비식을 기다리는

밟는 소리 바삭거린다
그러지 마시라
뭇 시선 내려놓고
나란히 찬란히 누워 먼 길 가려는
　　　　－「낙엽 무심코 밟지 마시라」

뭇 시선들 뒤로 하니
저리도 찬란한 빛 스미나

그 성스러움 시새움
날려 어디로 데려가는가
　　　－「못된 바람은 끝까지 단풍을」

　바람은 참으로 못됐습니다. 모든 것을 내려놓아 찬란한 빛을 띠게 된 단풍들에게 시새움이 나서 어디로 끌고 갑니다. 그 어디는 어디일까요?
　　　　끌고 가보렴 몰고 가보렴
　　　　떨어지는 그곳이 험해도
　　　　예쁜 게 어떻게 되는 것은
　　　　　　　아니잖니
　　　　　－「바람 시새움 단풍 날려 보내도」

35

예쁜 단풍이 험한 계곡, 눈길 가지 않는 그 어디에 떨어진다고 해도, 그 찬란한 자태가 어찌 되는 것은 아니지요.

가을에는 - 가을만이라도 이런 사람들이 많아졌으면 좋겠습니다.

바람 앞에 당당한 모습. 내려놓아 숭고한 모습.

사람도 그렇습니다. 아무리 역경/고난의 바람이 못살게 괴롭혀도, 마음 하나. 딱 그 하나 확실히 다스리는 노련한 단풍 같은 사람에게는 아무것도 할 수가 없습니다.

마음 평온한 것이 어떻게 되는 것은 아니잖니

단풍은 웃고 있다
기쁘게

할 일 다 했기에
기쁘게

갈 시간 알기에
기쁘게
　　―「단풍은 기쁘기에 예쁘다」

단풍은 모두 갈색으로 변한다
갈 시간 알기에
　―「그대는 단풍 될 수가 없다」

신화 전 창조된 칼날 바람 휘두름
저리도 황홀한 단풍잎 쳐낸다
올해도

가만히 나란히 누워 무엇 하려는가
짐승들에 밟히고 시간에 으깨져
올해도
　　─「올해도 결국 갈색 낙엽은」

　　낙엽을 태우면
　　피 향이 난다
　　　　─「나를 태우면」

낙엽은 　.　이다
? 와 ?? 그리고 지긋지긋한
𝄞 의 긴 여행 종착지
　　─「낙엽은 period이다」

갈색 낙엽들마저 으깨져
날리면 우주가 조용하다
　　─「내가 재로 날리는 날」

그대!
너는 좋으냐? 갈색 낙엽 밟는 소리가
그대 평생 밟혀온 그 소리가

그대!
너는 좋으냐? 네가 남 밟아온 그 소리
무심코 아니면 일부러 그런
　─「시몬 그대는 낙엽인데」

호밋자루 지나갔다
후 –
갈고리도 지나가고
휴 –

올해는 넘긴 거 맞지?
　　－「늦가을 잡초」

잡초입장에서 보면, 잡초라고 불리는 것에 불만이 있겠네요.
　　　　마치 '을'이라고 불리는 것 같아서.
이런 말 듣기에는 억울하지요. 그 많은 역경을 이기고 간신히 살아
남은 것이 '우리들'인데 말이지요.
　어쨌거나 가을입니다. 아무튼 가을이지요. 우리들을 갈구던 그 많
은 인간, 시간, 장소, 상황, 사상이 – 이 늦은 가을만이라도 조용하
여 졌으면 좋겠습니다. 겨울이 다가오는데 – 올해는 잘 넘겼다고
잠시라도 위로받고 싶네요.

　　　　　업 업
　　　　너도 업 나도 업 업
　먹고 마시고 자는데도
　사람 만나고 일 해도
　업 업 업 업　　　그렇게 UP UP UP UP
　　　　　　　　　위로 위로 위로 위로

　그러다가 너덜너덜
　　－「위로받아야 하는 이유」

위로만 향하는 현대문명의 회오리 속에서 이쯤 살다가 보면 정신이고 몸이고 '나달나달'해져 남루하기 마련입니다. 위로만 향하던 어리석음으로 찢어진 나의 삶을 진심으로 위로하여 줄 사람은 이 세상에 딱 하나.　　　**나**　　　　　**나 자신입니다.**

허수아비가 좋다
모두가 좁은 등 보이고 떠난 텅 빈 공간
그래도 두 손 넓게 벌리고 홀로 서 있는

허수아비가 좋다
꿰맨 마음 낡은 시간 누덕누덕 걸치고
그래도 입꼬리 위로 미소 짓고 있는
　　　—「텅 빈 들판 성(聖) 허수아비」

가을의 상징이 어디 하나 둘일까요. 화려하기만 한 단풍, 추수, 높은 파란 하늘, 추석 등 모두 풍성하기만 합니다. 그런데 약간의 다른 분위기로 쓸쓸하게 보는 이도 있지만, 절대로 외롭지도 슬프지도 않은, 가을의 Icon 도반(道伴)이 있습니다.

　　　　　　　　　허수아비.

　낡고, 여기저기 달아서 꿰매었지만, 편안한 옷만을 걸치고 있는 허수아비. 늙은 농부도, 농부의 병든 아내도 모두 떠나고, 귀찮게 하며 말을 쉬지 않고 떠들어 대며 달려들던 새들마저도 사라져버려, 황량하기만 한 들판.

　'다 떠나버려 아무것도 없는 싸늘한 들판을 보라.' 나 이 텅 공간에 아직도 두 팔 벌리고 있음은 무엇을 말하는가.' '그래 아무것도 없는 나를 덮치는 바람아. 와라. 덮쳐라. 내 당당히 너를 맞아주마.'라며 엷은 미소 날리고 있는 허수아비.

허수아비(허재비)는 사람 형상을 농작물이 자라는 곳에 세워서, 농작물을 먹으려는 새를 쫓아내기 위해 만들어 세워놓은 것이지요. 나무 작대기에 농부가 입던 낡고 오래된 옷을 입혀 제작하였습니다. 군사 목적으로 사용되기도 하였지요. 허수아비 병사입니다. 적군에게 아군의 숫자를 부풀려 보여, 전술에 혼선을 주기 위해서 오래전부터 사용되었습니다. 정치 목적 또는 기만/사기용으로 아직도 지겹게 쓰입니다. 허울 뿐 아무 실권이 없는 사람이나 사건을 앞에 내세워, 자기들의 이익을 탈취하려고 할 때 자주 쓰지요. 이런 지저분한 세상의 일 말고, 단순하게 들판에 서 있는 철 지난 허수아비를 보고 있으면, 마음이 편안해집니다.

이제부터라도, 나도 허수아비로 살고 싶은데 -

오죽하면 급물살 휩쓸려 가며
그 가냘픈 지푸라기 움켜쥘까
　－「그 마음 정말 아는가 그대」

급물살 쓸려나가며 지푸라기라도 두 손으로 힘껏 움켜쥐시라　　　잡은 그 끝 밧줄일 수 있으니
쫓기고 쫓기다 절벽 발 헛디디며 지푸라기 보이면 잡으시라
　　　지푸라기로 밧줄을 만드나니
　－「지푸라기라도 있다면」

장마 흙탕물 휩쓸려 나가다
간신히 잡은 것이 지푸라기
　－「그 심정도 모르며 무슨」

갑자기 통제가 불가한 일이 엄습하면, 장맛비 홍수에 쓸려나가는 기분입니다. 아무 대책 없이 쓰레기 더미와 함께 휩쓸려 흘러갑니다. 언제 죽을지 모르는 절체절명의 상황이지요. 이때 무엇이라도 손에 잡히는 것이 있으면 그것을 붙잡고 어떻게라도 해볼 터인데, 아무것도 보이는 것이 없습니다. 이때, 갑자기 보이는 것이 있어, 온 힘을 다하여 손끝에 힘을 주어 그것을 움켜쥐어 보았습니다.

그랬더니, 그것은 지푸라기.

지푸라기 인간. 지푸라기 기회. 지푸라기 장소. 지푸라기 시간.

이런 경험을 하지 않은 사람과의 대화는 아무 의미가 없습니다. 그냥 시간 낭비일 뿐.

지푸라기 함부로 불 사르지 마라
지푸라기들 서로 꼬여 밧줄 되니
　　─「마지막 구원 밧줄도」

마지막 나를 살려줄 구원 밧줄도
지푸라기 한 올부터 시작했으니
　　─「지푸라기 함부로 밟지 마시라」

지푸라기라고 함부로 버리지 마시라
그들끼리 꼬이면 굵은 새끼줄 되니
─「우린 굵은 밧줄」

지푸라기 한 올이라고 함부로 버리거나 불사르지 마시지요. 그 한 올 한 올을 꼬아 보면 새끼줄이 됩니다. 그 새끼줄이 굵은 생명 밧줄이 되어서 나를 살려줄 수 있습니다. 어려움과 고난이 닥치면, 가능한 모든 기회에 희망을 걸어야 합니다. 그것이 사람이든, 일이든, 공부가 되던 말이지요.

　지푸라기 모여라
　똘똘 뭉쳐 새끼줄 되자
　저 불의 원수들
　모두 옭아맬 그 줄 되자
　ー「지푸라기 모여라」

　가을 추수 후에 흔히 눈에 보이는 것이 짚입니다. 이 낱낱 하나하나를 지푸라기라고 하지요. 매우 하찮은 것을 비유할 때, 자주 쓰이는 단어입니다. '지푸라기 인생'이라는 말도 있고요. 막장과 함께, 몰린 상황을 비유할 때 '지푸라기라도 잡고 싶은 심정'이라고 표현하지요. 지푸라기(Straw)는 사람 먹거리의 근간인, 쌀 벼, 밀, 보리, 조 등의 이삭을 만들어내고, 말라버려 누렇게 되고 만 줄기와 잎입니다. 마치 아이들을 다 키우고 난 부모의 모습이기도 하고요.

　　오진 추위 온몸으로 막아내고
　　모진 바람 밤낮으로 맞아가며
　　하늘의 빛들을 하나 둘씩 따와
　　알알이 곡식 만들어 집어넣고는
　　누렇게 바짝 말라 버림 기다리는
　　ー「지푸라기와 부모」

　이 지푸라기는 알곡을 만들어 낸 후에도 끝까지 인간에게 이용당합니다. 한 올 한 올이 꼬여 새끼줄이 되고요. 쌀을 담는 가마니, 짚신, 밀짚모자, 초가집 지붕, 비옷인 도롱이, 건축재로, 동물사료, 침구, 가축 깔짚, 포장, 바이오 연료, 버섯 농사, 나무 원예 그리고 땔감으로까지 이용되다가 소멸합니다.

함부로 지푸라기 불 사르지 마시라
너 언제 그렇게 다 준 적 있으신가
─「지푸라기보다 못한」

지푸라기 허투룩 자르지 마라
지푸라기보다 못한 그 손으로
─「그대 두 손이 하는 짓」

함부로 지푸라기라 하지 마시라

너희는 부딪히며 빚은 알곡 가져가고
상심한 뼈대 이파리마저 불사르면서
─「누가 지푸라기 삶」

무심히 지푸라기를 밟지 마시라
지푸라기보다 못한 너희 그 발로
─「모두 내준 그 앞에」

밤하늘 별 따다 한 알 집어넣고
칼바람 막아서며 또 한 알 넣어
이삭 만들어 놓았더니

얻어맞고 탈탈 털리어
달랑 누런 뼈대 이파리

그마저 배배 꼬이고 엮이게 하고
잘근 잘근 씹히고 불살라 버리고
　　―「정말 지푸라기보다 못한 짓이란」

　　　　　아낌없이 주는 지푸라기
　　　　　아낌없이 주는 영성
　　　　　　―「지푸라기 영성」

　　　　　사람들 병 고쳐주고
　　　　　먹을 것 주고
　　　　　길 가르쳐 주며
　　　　　희망 기적 보여 주었더니
그의
제자들 모두 도망가 버리고
한 제자는 30에 그를 팔아먹고
수제자 모른다며 세 번 배반한다
십자가에 못 박아 처참히 죽이더니
매일 그의 살과 피 먹고 마시기까지
　　―「예수와 지푸라기」

　매일 미사 때 하는 성체성사가 무엇인가요? 예수의 피를 마시고 몸을 먹는 것입니다. 자기 스승, 메시아, 신의 몸을 먹고 피를 마시다니.　　　　　이럴 정도로 예수의 가르침은 처절　합니다.

나도 이럴진대, 너희는 어찌 높아지려 하느냐. 너희는 매일 골몰하며 살아간다. 쥐려고. 높아지려고. 나는 평생 내려놓고, 버리고, 낮아지었는데.

목에 달린 금 십자가 목걸이
대신
알갱이 내어주고 불타는 지푸라기 십자가

주교 손에 잡힌 은 금 지팡이
대신
씹혀주려 밟혀주려 태어난 지푸라기 지팡이

교회 안팎으로 빛나는 장식
대신
그리스도 삶 그대로인 초개(草芥)의 장식
　　　─「대신 지푸라기」

　가톨릭에서는 주교에게 '사도의 후계자' '신앙의 스승' '거룩한 예배의 대사제' 등의 칭호를 줍니다. 신부 서품받은 사제와는 차이가 크게 나지요. 주교는 신앙의 스승입니다. 예언자의 목소리, 성령의 목소리를 전하는 목자라고 표현될 정도로 주교는 교회에서 막중한 권력과 책임을 지니고 있습니다.

　주교에게는 지팡이가 있지요. 이 지팡이의 의미는 목자입니다. 신자인 양떼들을 가르치고 지시하고 꾸짖는, 모든 사목적인 권한의 상징입니다. 주교는 임명 서품 때 주례 주교로부터 지팡이를 받지요. 이때, '이 목자의 지팡이를 받으시오. 양떼들의 잘못을 자비로이 고쳐주며 그들이 진리의 길에서 떨어져 나가지 않도록 가르치시오'라는 경문을 듣는 것만 보아도 그 상징성을 읽을 수 있습니다. 예수님이 선한 목자라고 하여서 주교가 목자의 지팡이를 잡는 것인데, 목자의 지팡이는 '선한 모습'입니다. 원래는 나무로 되어 있고요. 그런데, 교회의 주교 지팡이는 철로 되어 있습니다. 싸늘한 온도와 섬뜩한 쇠파이프인 셈이지요. 거기다가 대개 금색이나 은색을 도금하여서 화려하기까지 합니다. 예수님은 화려했던 적이 별로 없었는데 말이지요. 지팡이가 금속으로 되어 있고, 그 색도 권위적 부유한 색입니다. 주교가 이렇다 보니, 신자들도 십자가 목걸이를 금, 은으로 하여 매달고 다닙니다.

교회의 장식은 어떻습니까? 대 미사 때 전체적인 전례의 색은 어떻습니까? 금색과 은색으로 도배합니다.

금색이나 은색은 갑의 색깔이니
교회에서 온갖 갑질이 행해지고.
갑질만큼 예수와 어울리지 않는 것이 있을까요?

금색이나 은색은 빈자나 병자의 색이 아니니 당연히 예수의 색깔이 아닙니다. 황금색은 왕권과 영광 그리고 태양신의 상징이었기에 기독교뿐만 아니고 다른 종교에서도 많이 쓰입니다. 그러나 기독교 성서만 보아도 금색은 배척 대상이었습니다. 모세는 금송아지를 신 바알(Baal)로 섬기는 것을 보고 금을 부수고 없애 버렸지요. 금송아지는 거짓 신에 대한, 성경의 상징입니다. 기독교뿐만 아니고, 여러 종교에서 금과 은을 장식하고 있는데 이는 '종주들의 뜻과는 정반대'이고요.   **교회는 이제 지푸라기 정신으로 돌아가야 합니다.**

가난과 희생 그리고 섬김의 모습이 없는 교회. 안타깝습니다. AD 기원이 시작된 후, 2,000년이 훌쩍 넘었는데도 인류가 안고 있는 여러 문제는 그냥 그대로입니다. 그동안 교회는 무엇을 했을까요? 앞으로 2년 아니면, 20년, 200년 뒤에는 좋아질까요?

2000년 넘게 그대로이면, 앞으로 2000년 그 이후도 그대로입니다. 그래서 혁명만이 희망입니다.

지푸라기 혁명

교회의 지도자 손에 금 대신 지푸라기가 쥐어지는 날 그날, 인류는 다시 태어납니다.

날개 달린 짐승
죽은 뒤에도 보이지 않는다
평생 길 없이
자유롭게 살더니 마지막까지
　－「그래서 날아다니는데」

날고 싶은가
새처럼
자유롭고 싶은가
새처럼

그럼 새처럼 길에서 벗어나라
　－「날개 솟아나다」

지금 달리고 있는 그 궤도에서 바퀴가 벗어나지 않으면, 다른 길로 못 갑니다. 사람들이 그렇게나 우러러보는 하늘에는 길이 없지요. 우러러보지만 말고 하늘에 살고 싶으면 길에서 벗어나야 합니다.

길에서 벗어나 보면 옆구리에서 날개가 솟습니다.

인간들을 가만히 들여다보면, 머릿속에 뿔이 솟아난 것이 보입니다. 도깨비같이.

위로 난 뿔이 아니고 아래로 점점 자라는 뿔이니 겉에서는 보이지 않습니다. 심안으로 보아야만 보이지요.

인간은 태어나서 죽을 때까지 '자유'를 외칩니다.

자유는 인간의 영원한 소원

신화 때부터
자유를 생명으로 여기던 동물
어깻죽지에 날개 솟아나고

원시 때부터
말로만 자유 외치었던 동물
정수리 속 뿔이 솟아나고
　　ㅡ「날개와 뿔 진화 기원」

그런데, 이 자유를 입으로만 외치니 분쟁이 생깁니다. 자유의 진정한 정의를 모르기 때문입니다. 이 **자유가 남의 자유를 빼앗아 이루어지는 것인 듯** 이 하여 이루어진 전쟁이 얼마나 많은지요.

과거에는 자유가 남과의 관련이 많았지만, 현재에 들어서는,

자유는 남과 전여 상관이 없는 것입니다.

자유는 오로지 나와 나의 관계입니다.

화산재가 지구 전체에 날리던 때부터 자유를 알던 동물은 옆구리에서 날개가 솟았고

컴퓨터 부호가 난무하는 현재에도 입으로만 자유를 외치는 동물은 뿔이 머리에 났고

σ .... σ

새벽안개가 몹시 심한 지역에 살고 있는 노인.

거동을 억지로 하는 데다가 안개까지 자욱하니 기는 듯 걸어갑니다. 그 '억지로 걸음'마저 잡아당기는 물체가 노인의 가물가물한 시력에 잡혔습니다. 삐걱대는 허리를 굽혀 보니

        날개   몸체는 사라진 날개

새의 주검입니다. 노인은 어렸을 때 죽은 새의 사체를 보고 충격을 받았던 기억이 있습니다. 그리고는 더 이상, 새의 사체를 본 적이 없습니다. 아침마다 뒷마당 앞마당에서 노래하던 그 많은 새도 죽기는 죽을 터인데.

노인은 그것이 궁금하였습니다. 그런데, 자기의 심장박동 소리가 만만치 않음을 느낄 때 되어서야 새 사체를 본 것입니다.

인간들은 언제나/누구나, 길 위에 있습니다. 어떤 궤도에 항상 있는 셈입니다. 그 궤도가 보이던, 보이지 않던 일단 이탈해서 탈선되면, 인간은 괴롭게 되어 있습니다. 그러니 당연히 이런저런 틀에서 벗어나지 못하는 인간은 자유로울 수가 없는 굴레에 있게 됩니다.

그래서 길 없이 날아다니는 새를 보면

어떤 때는/ 정신 차렸을 때는 눈물이 납니다.

새벽 물어 버린 안개 갇혀
뒷걸음 앞걸음 질질 끌려가던 노인
그 허술한 발길마저 잡아버리는 검은 물체 있다

주검
주검에 날개 달려 있다

주름 잡힌 전두엽 저장고에서 먼지 쌓여 있던
그 어릴 적 몸서리 기억이 바시식 부활하고 있다

그때 꿈자리까지 날아다니던 꺾인 날개
노인 목숨 식을 때 되어서 다시 마주한다

새들 주검은 왜 보이지 않을까
새벽마다 저렇게나 많이들 노래하면서
죽어서도 그냥 하늘로 올라가 구름 위에서 죽는가

들이쉰 숨 내뿜지 못할 때까지 길에 있는 인간들 위로
길 없이 먹을 걱정 입을 걱정 집 걱정 없이 날아다니더니

쓰레기 흔적 남기려 바동대는 사람들 내려다보며
찬란한 날개 흔적까지 거두어 사라지는
　　　―「그래서 새」

　새들은 그렇게나 먹을 걱정, 집 걱정, 입을 걱정 없이 평생을 자유
롭게 살다가, 죽어서도 더러운 인간들이 사는 쓰레기 같은 땅 위에
서 죽지 않는 것일까요? 구름 위에서 그냥 구름같이 사라지는 것일
까요? 청소 동물(淸掃動物, scavenger)이 사체를 처리한다는 생각
은 전혀 들지 않네요. 그저

쓰레기보다 못한 자기 흔적
구정물 튀는 세상에 남기려 바동대는 인간들 내려다보며

날아다니려면 / 날개 지니려면
　주검까지도 흔적 남기지 않아야 된다고　노래하는 새들에게 부끄
럽기만 합니다.

주말 구름 낮아진 아침
들리는 것은 예서제서 새소리
보이는 것은 가끔 흔들리는 나뭇잎
이마로 살짝 지나가는 약간 싸늘한 바람결
　ㅡ「절대 평화 증폭되다」

아침에 일어나서 뒷마당에 나가면 가까운 듯 먼 듯 반드시 들리는 소리가 있습니다. 차량 지나가는 소리, 비행기 태평양으로 향하는 소리, 가드너 기계음 소리, 사람들 현란한 입에서 나오는 소리.
　그런데, 주말에는 이런 소리가 하나도 안 들립니다. 보이는 것도 없습니다. 가끔 하늘 멀리에 하늘로 치솟던 비행기도 안 보이고요.

시를 보시면, 글자들이 점점 더 늘어지어 길어지는 모습입니다. 증폭되는 모습. 해가 없이 구름이 낮게 하늘을 덮고 있으니, 시야의 Frame을 좁게 잡아 줍니다. 그 프레임에 들어온 것은 그저 간간이 흔들리는 부드러운 나뭇잎. 귀에 잡히는 주파는 오로지 새소리. 이마에 살짝 스쳐 가는 약간은 싸늘하면서도 부드러운 바람 한 줄기.
　　　몸은 후욱 - 뜨거워지고, 머리는 싸늘하게 차가워지니
　　　　　명온이 증폭　됩니다.
　확실히, 〰〰〰〰〰〰〰〰〰〰〰〰〰〰〰〰〰〰〰〰〰〰、
　　　　　평화롭기만 합니다.

샘물 솟듯이　　　　　　　　조금만 더 깊게
눈으로 보고　귀로 들으며　몸으로 느끼고
입으로 말하고 먹다보면　　사각이 차단되는데
　ㅡ「깊은 오감의 신비」

사람이 제대로 보면, 실수가 없습니다. 그런데 수시로 잘못 보아, 많은 실수를 하며 괴로워하지요. 정확히 듣고, 말하고, 먹고, 냄새 맡으며, 몸으로 느끼면 삶이 즐거워야 하는데 그렇지 못하고요.

현대인의 **오감으로 들어오고 나가는 정보는 정확하지 못한데, 그걸 정확하다고 착각**하기 때문입니다.

당연히 잘못된 그 정보에 따라서 하는 인간들의 행동들은 오류가 나고 이에 따라, 인간은 어제도, 오늘도 괴로울 수밖에 없습니다. 당연히 미래도 그럴 것이고요.

眞 ◑ 假　　진시와 가시 視覺
　　　　　　진청과 가청 聽覺
　　　　　　진미와 가미 味覺
　　　　　　진언과 가언 言語
　　　　　　진후와 가후 嗅覺
　　　　　　진촉과 가촉 觸覺

인간이 보고 있는 것 중에 진짜(眞)가 있고 가짜(假)가 있습니다.

물체에서 반사된 빛이 직선 이동하여 각막을 통과하고, 동공과 수정체로 이동하면서 빛이 굴절되고 망막에 초점이 맺히고 망막 광수용기가, 빛을 전기 임펄스(Nerve Impulse)로 변환시키고 이것이 시신경을 통해 뇌로 전달된 후에, 두뇌가 신호를 이미지로 만든다는 차원이 아니고요. '나를 살리고 행복으로 이끌어 주는 것을 보는 것인가 아니면 나를 해치고 죽이려고 하는 것을 보는 것인가'에 기준을 두고 분별해 본 것입니다.

시각뿐만 아니고, 현대인의 오감으로 현재 느끼는 것은, 모두 가짜로 보아야 해결책이 나옵니다. 왜냐하면 지금의 오감으로는, 역사적으로 절대로 해결이 나질 않았기 때문입니다. 이것을 해결하려는 대책에 대한 시도는 있었는데 이 시도에 대한 접근 방법이 유치하여 그동안, 해결이 안 되었던 것이지요.

그래서 우리가 현재 느끼고 있는 것은 모두 가짜라고 전제하고 부정하여야, 거기서 더 전진할 수 있습니다. 그 전진의 의미는 새로운 패러다임(paradigm)을 의미합니다.   **역명적인 사고.**

지금 보고 있는 것이 진정으로 내가 눈으로 보고 있는 것이 아니다. 먹고 있는 것은 진정으로 내가 입으로 먹고 있는 것이 아니다. 말하고 있는 것 진정으로 내가 입으로 말하는 것이 아니다. 듣고 있는 것은 나의 귀가 가짜로 듣고 있는 것이다. 냄새 맡고 있는 것은 나의 코가 가짜 냄새 맡고 있는 것이고 피부를 통해서 느끼는 감각은 나의 몸이 가짜의 것을 느끼는 것이다.

－「라는   획기적인 깨달음」

5감을 좀 더 진지하게 깊이 느끼면, 지금껏 느끼던 5감이 가치가 없는 가짜라는 것을 경험하게 됩니다.   **새롭고도 경이로운 경엄**

이런 경험의 수련을 거치면
좋은 소리만 귀에 들어옵니다.   - 생명을 살리는 소리
좋은 말만 남에게 하게 됩니다.   - 남을 살리는 말
건강한 먹거리만 먹게 됩니다.   - 나의 몸을 치유하는
사랑스러운 것만 보게 됩니다.   - 평온 불러오는
정신 맑히는 향기만 맡게 되고요. - 영혼을 맑히는
기분 좋은 감각만 느끼게 됩니다. - 미소가 저절로

태어난 후로 줄곧
시끄러운 소리에 익숙했던 귀
시기, 자랑, 큰소리하며
입이 작을 정도로 먹어대던 입
더럽고 어지러운 것을 보던 눈
속 구역질이라는 냄새 익숙한 코
상쾌하지 못하게 찜찜하던 몸 하고 단절이 됩니다.

* 단절과 새로운 연결

이 경험을 하게 되면, 순간순간이 기뻐집니다. 행복하지요.
이렇게 되면, 잡념이 자리할 곳이 없게 됩니다.

깨달음의 완성

부스러질 낙엽 되기가 싫다며
마지막 빨간 분을 바르셨나요

찰바람 쓸려갈 먼지 안 되려
미리 스스로 노랗게 되었나요
　－「단풍은 먼지 되기 전 스스로」

저 먼 산 나무는 무슨 말 하지 못해
저리 벌겋게 되었을까

마을 어귀 나무 무슨 말들 하려는가
그리 노랗게 되었으니
　－「나는 무엇을 말하고 싶은가」

가을에 왜 단풍이 들까
내가 너를 물들인다고
네가 나를 물들인다고

가을엔 왜 기분 Up 일까
내가 너 속에 살기에
네가 내 속에 있기에

* 단풍 드는 이유

하고 싶은 것
다 못하고 떠나게 되는가
그래서 먼 산
그곳부터 단풍 들어오나

* 그대 서두르시게

체열 얼마나 달아올랐기에
무엇이 취기 저리 올렸기에

그대 눈에 단풍만 보이는가

* 그대는 단풍

나뭇잎에 왜 불이 붙었냐고
죠앤은 물었다
당신 가슴에 왜 단풍 들었냐
그녀 또 묻는데

* 언제나 물들어 불탔었다고

무엇이 그리도 뜨거웠으면
나뭇잎이 그리 되었겠느냐

무엇이 그리도 뜨거웠으면
바다 하늘까지 태웠겠느냐
　-「단풍과 노을」
　　　(그대에겐 무엇이 뜨거운가)

그래 마지막 한숨까지 타올라라
이 세상 남겨둘 것 무엇이던가

그래 마지막 한 잎까지 타올라라
이 벌거벗은 산 미련 무엇인가
　-「잔인한 산 속 단풍과 노인」

나무를 위하여 혼백까지 다했는가
단풍이여

누구를 위하여 소사하려 하시는가
노인이여
　-「무엇을 위해 사셨는가」　소사(燒死) : 불에 타 죽음

봄꽃이 마음에 피다 질 만하니
단풍 가슴에 또 피어 나는구나
　-「일 년 내내 찬란하구나
　　　　　살만하구나」

56

낙엽을 태우면 왜 향기가 날까
죠엔이 물어온다

나무 위해 혼백까지 태웠기에
태운 것 태우기에
　　—「불사른 것을 또 태우면 향기가 난다」

　　　　　　　　단풍에서 물 빠지기 전에
　　　　　　　　우리 모두 죽기로 해요

　　　　　　　　마지막 낙엽이 지기 전에
　　　　　　　　우리 모두 놓기로 해요

　　　　　　　　석양 바다에 빠지기 전에
　　　　　　　　우리 같이 살기로 해요
　　　　　　　—「우리 그래도 같이 살기로 해요」

낙엽 밟으면 비명소리 들린다

나무 키우느라 혼백까지 바치다가
마지막 불 까지 살피다가 물 빠져
이렇게 까지 내려놓았는데 밟다니
　　—「바스락 소리가 좋다니」

나무가
노란 바람 목도리를 하고

빨간 핏자국 옷 걸치더니
우수수
    —「나무의 최후 치장」

나무가

핏빛 옷 벗어버린다
노란 속 내의까지도
    —「나무는 단풍 들어 나무가 되는데」

단풍 나무 위 쏟아지는 가을비
황금 빗방울 핏빛 빗방울 흥건한데

향긋한 향기 나는 것은 왜일까

평생 금맥 찾아 꿈에도 피 흘렸는데
죽을 때만이라도 향기 있기를 어찌
    —「죽을 때만이라도 향기가」

네가 죽어 나가는데
전 국민 웃고 다니는구나

마지막 팔랑 숨으로
벌겋고 누렇게 꺼져 가는데
    —「단풍 국민장(國民葬)」

이 저주받은 땅에
얼마나 많은 벌건 풍문 있기에

이 비참한 땅 위에
얼마나 많은 누런 소문 있기에
　 ─「단풍이 저리도 요란스럽소」

노란 단풍 위에 빨간 단풍
빨간 단풍 위에 노란 단풍

업히네
누이네

떨어지지 않네
그 위 빗방울
　 ─「더 이상 무엇이」

얼마나 목 놓아 울었으면 저리도 붉게 고운가
얼마나 밤새 아팠으면 저리도 노랗게 찬란한가

얼마나 새들이 곁에서 조문하여 주고
얼마나 나무들도 같이 울어 주었으면
　 ─「단풍은 찬란한 주검인데」

그려
단풍 들었구먼

당신 마음에

그려
떠날 때 되었다고
모든 걸 끊어버려
　－「이제야 황홀해 보이는구먼」

이제 버릴 때가 되니
저리도 붉구나

키워온 것 내려놓아
그리 노랗구나

흙으로 돌아가게 되니
이리 누렇구나
　－「그래서 황홀하구나」

내장산 단풍이 아니면 어떠냐
설악산 단풍이 아니면 어떠냐

인간들의 쓰레기 하치 장 산어귀에
그저 그렇게 보이는 단풍이면 어떠냐

벌겋게 붉힐 줄 알지 않느냐
누렇게 포기할 줄 알지 않느냐
　－「어디 한 번이라도 단풍같이」

넘어지지 않는 사람이 어디 있으랴
넘어져 다치지 않는 이 어디 있으랴

누구는 넘어지며 뼈들이 조각이 나지만
누구는 넘어지며 가벼운 상처로 막는다

살아가며 넘어지면 그러려니 하며
앞으로 넘어지든 뒤로 넘어지든
옆으로 급하게 넘어져 버리던

거기에 맞게 충격 분산 위하여
넘어지는 주위 부분까지 쳐주며
구르고 가운데 머리는 들어가며
　　─「낙법 없이 넘어진다는 것은」

낙법 없이 넘어진다는 것은
뼈들을 조각내겠다는 것이고
머리에 금을 낸다는 것인데
　　─「그대 삶에서 낙법은 무엇인가」

　사람은 넘어집니다. 그것도 넘어지고, 넘어지고, 또 넘어지면서
살아갑니다.
　개인 차이는 있지만 아기가 태어나서 대개, 생후 4~6개월에는 고
개를 가누게 되고, 7~10개월 사이에는 스스로 앉거나 기기 시작하
다가, 11~16개월 정도가 되면 걷기 시작합니다. 아기가 걷기 전에
비틀거리며 넘어지는 것을 보면 안타깝기만 하지요. 이 넘어지는 숫

자가 대략 2천 번이나 된다고 하고요.

ㄱ 찮이 ㅎ에ㅁㅎ ㅐㅎㅎㅜ ㄹㄹ 이 크겠습니까?

그래도 그 아기는 용기를 내어 다시 일어납니다.

그렇게 많은 넘어짐을 겪어 내고서 걷기 시작했는데, 어른이 되어서는 왜 몇 번 넘어진다고 그렇게 하늘 구석이 부스러져 나에게 쏟아지는 것처럼 엄살을 피우면서 살아가는지요?

보아라 아기
이천 번 넘어진 후
걷기 시작하는

보아라 당신
이제 몇 번 넘어져
못 일어나는
　　　－「그 아이가 당신」

사람은 넘어집니다. 안 넘어지면 사람이 아닙니다. 당연히 넘어지면 다치게 되어 있고요.

왜 넘어지는가
아이는 물었다
　　　발을 엄한 데 딛고
　　　딴 곳을 보아가며
급하게 피하면서
죠앤은 물어왔다
　　－「그래서 넘어진단다」

발을 Right Place(正所)에 딛고 있던지, 정소에서 발을 옮기던지, 앞 정면을 응시하면서 옆도 잘 살피던지, 서두르며 정신을 분산하지 않으면 넘어질 일이 없습니다.그러나 사람은 자기가 있지 말아야 할 곳에서, 이런저런 탐욕으로 두리번거리다가, 숨소리 거친 인간의 숨소리 가까이하다가, 아니면 갑자기 날아오거나 달려드는 공격체/장애에 맞거나, 피하려다가 넘어집니다.

넘어지는 곳은
왜
뾰족 돌밭일까
왜
가시덤불 일까
왜
항상 거기일까
― 「왜 그곳으로만 넘어질까」

그런데 넘어지는 곳은 언제나, 편안하고 푹신하여 다치지 않는 곳이 아니지요. 넘어졌다 하면 꼭 피가 나고 뼈가 부러지고 눈물을 쏙 뽑아야 하는   '가시덤불''뾰족한 돌밭'이기 마련입니다.

살아간다는 것은 넘어진다는 것이다
넘어진다는 것 결국 다친다는 것

부러지고 피 쏟는 것 머리 깨는 것을
숨소리 낙법 치는 소리 되듯 피하여
― 「낙법 숨쉬기」

63

넘어졌다고 통탄하거나 엄살 부리지 마라
살아 있는 것들은 모두 넘어지며 산다
넘어질 때 낙법 잘 쓰면 되고
다시 털고 일어나면 되니
  ―「다 넘어지며 살아가니」

낙법은 떨어지며 바닥을 쳐서 떨어지는 충격을 한곳에서 여러 곳으로 분산을 시키는 무술입니다. 몸이 추락하면서 한 곳으로 집중되면, 그 한곳이 손이라면 손, 손목이라면 손목이, 팔이라면 팔, 다리라면 다리, 몸이라면 몸, 머리라면 머리가 중상을 입게 됩니다.

여러 운동경기에서 넘어지는 것은 기본입니다. 특히, 태권도, 유도, 프로 레슬링, 격투기 같은 경기를 보면 '어찌 저리 넘어지고도 또 일어나나?' 할 정도로 과격하게 넘어집니다. 그러나 운동 연습하기 전의 낙법 연습이 기본이 될 정도로, '수많은 낙법 수련'이 그 운동선수의 건강과 생명을 유지하여 줍니다. 그 낙법을 익힌 대로 쓰지 않게 되면 큰 사고로 이어지고요. 잘못 넘어지면 뼈가 금이 가고, 부러지며, 피를 쏟고, 뼈가 잘 못 되면 장기까지 손상될 수도 있고 이렇게 되면 생명이 위험하게 되지요. 이러한 대재앙을 막기 위해서 낙법을 써야 합니다. 낙법(落法)은 떨어지는 방법이지요. 넘어져 떨어지는 장소나 때에 따라,

전방낙법, 후방낙법, 측방낙법, 측방낙법을 응용한 전방회전낙법, 공중회전낙법이 있습니다. 앞으로 넘어지면 팔과 손을 삼각형으로, 뒤로 넘어지면 두 팔 바닥 치며, 옆으로 넘어지면 옆 발바닥 치고, 몸 전체를 구르면서 충격을 여러 곳으로 분산합니다.

사람이 살아가면서 더군다나 나이가 들어가며 얼마나 신체적으로

정신적으로 많이 넘어집니까!

신체적 낙법이 있듯이, **정신적 낙법**이 있습니다. 이 정신적 낙법은 자기가 처한 동기와 결과 그리고 환경에 따라 다 다르게 되지요. 다만 신체적 낙법과 같은 점은

　　　충격을 가한 군데에 모으면 안 되며 분산하여야 한다는 것입니다.

예를 하나만 들면, 자기가 원하는 시험에 실패하였더라도, 이 시험 실패에 내 신경, 내 주위의 사람들, 자원들, 시간, 걱정들을 모으면 모을수록 그 충격은 커지고 그 회복 기간도 길어집니다. 내 실패에 다른 친구/식구들을 모아 걱정하는 시간을 오래 하면 그 피해는 깊어지게 되고요.

　　　　이 세상은 참으로 많은 사람이　　많은 기회가

　　　　　　　　많은 장소가　　많은 시간이　　있습니다.

다른 장소와 다른 시간에 다른 사람과 다른 기회로, 아픔을 분산시키는 것이 '지혜'입니다. 신체적 낙법의 종요 부분은 머리를 보호하고 신체 부위의 큰 부상을 막는 데 있습니다. 정신적 낙법의 중요 부분도 내 정신/머리를 보호하고, 충격이 정신과 신체에 전이 되지 않도록 하는 데 있습니다. '멸상'으로 숨소리와 뇌파를 제어하는 방법도 정신 낙법이 되고요.

　　　　정신 과학/의학은 사후 치료가 아니고

　　　이렇게　　**'정신 낙법 연구'**　로 가야 합니다.

　누런 소 그 멀뚱한 눈으로
　주위 맴도는 닭을 쳐다본다
　난 그 소와 닭을 쳐다보고
　　－「무관심의 경지」

종일 따갑고 까만 햇볕 아래
내일 기약 없이 뜨겁게 일하고
누렇게 된 늙은 소의 두 눈은
닭을 쳐다보면서 무슨 생각을
　—「소 닭 보듯 해야 하는 세상」

소의 덩치는 큽니다. 닭은 상대적으로 작으면서 날개가 있어서 급하면 살짝 날아갈 수도 있지요. 생태계가 다를 정도는 아니라도, 노는 물이 다른 것이고요. 그렇다 보니 소하고 닭은 서로 다툴 일도 없고, 관심을 가질 일도 서로 없습니다.

초등학교 시절에는 여름 방학 때마다, 안양 깊은 시골 마을, 이모님 사시는 곳에 가서 지내다 오는 것이 큰 즐거움이었습니다. 농사 일하시는 이모님이셨기에, 지내는 동안 내가 보는 것은 농촌의 풍경이었지요. 도시나 도시 근교에서는 볼 수 없는 정경은 어린아이 눈에도 평온하기만 하였었습니다.

아직도 기억에 남아 있는 것이 많이 있지요. 그중에 하나는, 종일 힘들게 일하다가 집으로 돌아온 소가 무릎이라도 편하고 앉아 쉬면 좋으련만 무릎을 구부리고 큰 눈을 힘겹게 껌벅거리며 앉아 있으면, 그 소 앞에서 여러 마리의 크고 작은 닭들이 모이를 쪼아 먹으며 한가롭게 고개를 까딱거리며 왔다 갔다 하는 모습입니다. 그 정경은 '평화 그 자체'였고요.

서로 관심이 없어 보이면서
서로에게 피해를 주지 않는
이 소 닭 보듯, 닭 소 보듯 하는 Cool한 인간관계의 97% 정도와
정성 있는 찐한 인간관계 3% 정도의 혼합이
한국인 4명 중 한 명이 평생 한 번은 겪는다는 정신질환을 줄일 수

있지 않을까요?　　지금 우리가 사는 현대의 삶은 사람을
너무 피곤하게 만들고 있습니다.
쏟아지는 정보의 쓰나미 앞에
마냥 무방비로 열려 있는 눈, 귀, 입, 코, 몸
거미줄 같은 인간관계 사슬에 묶여
편이 쉴 자투리 시간마저 증발하는 걸 모르는
특히, 눈이 소처럼 멀뚱멀뚱 해지는 노인이 되어서도, 여기저기
기웃거리는 모습을 보면 혀가 '자동으로 츳츳' 탱고 박자로 놀려지
네요.　＊소닭나 묵상 : (소와 닭이 한가하게 노는 곳에 나를 데려가
보세요. 물끄러미)

　휘잉 소리 잔인한 가을바람 자락 끝
　언제이던가 찢겨나가고 남은 거미줄 끝
　휘리리릭 휘둘리고 있는 반쪽짜리 나뭇잎 끝
　　ー「끝에 매달려 같이 떠는 노인」

가을바람도 겨울바람에 못지않게, 잔인하고 싶으면 그리도 잔인
하게 불어 댑니다. 노인이 이 추운 날씨에 그냥 집에 있으면 좋으련
만, 그 물고 늘어지는 습관 때문에 구시렁거리면서도 산책길을 나
섭니다.
산기슭을 돌아 나오는데, 아슬하게 눈에 들어오는 것이 있습니다.
나무는 이미 이파리들을 모두 바람에 내어 주었건만 어떻게 된 것인
지, 누렇게 된 이파리 반쪽이 깡마른 나뭇가지 끝에 매달려서 파르르
떨고 있습니다. 시력이 좋지 않으니 가까이 가서 봅니다.
어디엔가 반쪽을 내어 준 이파리 반쪽은 거미줄 한 가닥에 걸려 있
었습니다. 주위를 살펴보니 거미줄 본체의 형체는 없습니다. 언제인

지는 모르지만, 또 누가 그렇게 거미줄을 부숴버렸는지는 모르지만,
거미줄 전체는 사라지고 한 줄기만 남아 있습니다.

거미줄에서 탈출하다가 걸린 나무 잎   인가
저 처절한 탈출 시도는 결국은 성공할 것   인가
저 부서진 꿈을 끝까지 잡고 있는 것은 무엇   인가
저 휘리리릭 떠는 반파된 나무 이파리가 노인인 것   인가.

얼마나 술에 절어 살아내야 했길래
석양에도 그리도 붉은가
단풍이여

얼마나 힘겹게 말려 살아와 이제는
그렇게 누렇게 되었는가
단풍이여
　－「단풍이여」

사연이 많은 이파리일수록
떠날 때는 색이 곱다지

사연 없는 이 누구 있을까마는
그대 찬란한 색이라고는
　－「노인과 단풍색」

가을에는 머리에 꽃을 꽂자
머리칼 흩트려 버리고

가을에는 예쁜 내 얼굴에
노랑 파랑 분을 바르고

나 작사 작곡 아무 노래를
목청 보이게 불러가며
　　—「가을에라도 미쳐 보자」

며칠 안 감은 머리칼 둥지에
플라스틱 꽃을 꽂아보자
윗도리는 저고리 아랫도리는
한쪽 걷어 올린 양복바지
주름 깊은 얼굴에 보라 깜장
분을 덕지덕지 발라보고
덩실 덩실 막춤을 추어가며
나만의 노래를 불러보자
　　—「미친 세상에 안 미쳐 살기」

　우리가 많이 하는 말 중의 하나가 '이런, 미친놈(년)'과 '미쳤구먼.'입니다. 본인의 측면에서 보니, 상대방의 말, 행동, 생각이 미쳤다는 것이지요. 또한 세상의 일을 지켜보노라니, '미친 세상'으로 보인다면서, 주위에 일어나는 일마다 '미쳤네, 미쳤어'라고 합니다. 그 미친 것들에 대한 경멸감의 표현을 극대화하기 위해서 세치의 혀를 약간 뒤로 당기면서 혀를 차기도 합니다.

　인간이 자라면서 가정, 교육, 직장, 인간관계에서 자연스럽게 스트레스를 받게 되는데 이 Stress Management가 잘못 되면 사람의 뇌에 과부하가 걸리게 되지요. 이렇게 되면 트라우마가 올 수도 있고 감정, 사고, 신체에 영향을 미치게 됩니다. 좀 더 진행이 되면 뇌에 더 큰 타격을 주어 정신질환을 일으키게 되고요. 정신질환은 두뇌에 호르몬 분비나 신경전달 물질에 이상이 오는 생물학적 요인도 있습니다. 요즈음 많이 발병 보고되는 우울증, 불안증, 조현병, 양극성 장애(兩極性障碍, bipolar disorder; 조울병 - 躁鬱病, 조울증 - 躁鬱症 manic depression)은 유전적 요인이 더 크게 작용하는 것으로 되어 있지요. 미국 정신의학회(American Psychiatric Association)에서는 정신질환 진단에 DSM-5(Diagnostic and Statistical Manual of Mental Disorders)를 사용합니다. 여기서 분류하는 주요 정신질환은

1. 신경 발달 장애(Neurodevelopmental Disorders) :
   1)지능 장애(Intellectual Disability) - IQ 70 미만
   2)커뮤니케이션 장애(Communication Disorder)
      - 의사소통장애
   3)자폐성 장애(Autism Spectrum Disorder)
      - 사회적 상호작용 장애
   4) 주의력결핍, 과잉행동 장애(ADHD)- 집중장애, 과격행동
   5) 특정학습장애(Specific Learning Disorder)
   - 특정분야 학습결함

2. 정신분열증(Schizophrenia) : 환각, 망상 증세, 감정표현 결여, 횡설수설, 무반응태도, 괴이한 고정자세.

3. 양극성 장애(조울증, 조울병; Bipolar Disorder) : 지나친 자신감에 휩싸인 조증 증세와 심각한 우울 상태가 교차하며 나타나는 증세.

4. 주 우울장애(Major Depressive Disorder) : 우울하여 매사에 소극적으로 자기 자신을 돌보지 않는 증세.

5. 불안장애(Anxiety Disorder) : 심한 불안과 공포를 갖는 증상.

1) 공황장애(Panic Disorder) : 어떤 생각이 지배하게 되어 육체에 타격을 주는 공황발작(panic attack)이 반복적으로 일어나는 증세. 때로는, 밖에 나가는 것을 꺼리는 광장공포증(agoraphobia)을 병행.

2) 사회적 불안 장애(Social Anxiety Disorder) : 타인이 부정적으로 평가하는 것을 몹시 두려워하는 증세.

3) 범 불안장애(General Anxiety Disorder) : 그냥 늘 불안해하는 증세.

4) 특정 공포장애(Specific Phobia) : 어떤 대상 즉 특정 대상에 대한 무서움 증세.

6. 강박장애(Obsessive Compulsive Disorder) : 어떤 원하지 않는 생각에 지배를 당하여 벗어나지 못하는 증세.

7. 외상 후 스트레스 장애(Post-Traumatic Stress Disorder) : 충격적인 사건으로 인하여 심각하게 변형된 생각, 믿음, 감정에서 벗어나지 못하는 증세

8. 신체성 증상 장애(Somatic Symptom Disorder) : 자기 몸의 이상증상에 대하여 정신적으로 집착하여 고통을 겪는 증상.

9. 해리장애(Dissociative Disorder) : 상황이나 환경에 따라 다른 사람이 되는 Dissociative Identity Disorder, Multiple Personality Disorder 같은 장애, 기억 손상 장애; Dissociative Amnesia.

10. 식사장애(Eating Disorder) : 식사 이상 증상인 신경성 식욕부진증(Anorexia Nervosa), 신경성 폭식증(Bulimia Nervosa) 증상.

11. 물질 사용 장애(Substance Use Disorder) : 어떤 물질(알코

올, 마약, 흡연)에 중독되어 내성(tolerance) 증세, 중단에 따른 금단 증상(withdrawal symptoms).

12. 성격장애(Personality Disorder) : 사회 기준으로 비정상적인 성격을 지속적으로 보이는 증상.

1) 편집성 성격장애(Paranoid Personality Disorder) : 타인을 심하게 의심, 원망하면서 복수를 다짐함.

2) 반사회적 성격장애(Antisocial Personality Disoder) : 사회의 법, 규칙을 위반하는 행동을 지속적으로 하면서도 죄책감이 없음.

3) 경계성 성격장애(Borderline Personality Disorder) : 타인에게 소외된다는 것에 대한 심한 두려움에 사로잡힘.

4) 자기애 성격장애(Narcissistic Personality Disorder) : 나르시즘, 자기에 대한 과대 평가에 사로잡힘.

5) 회피성 성격장애(Avoidant Personality Disorder) : 자존감이 극도로 낮아서 타인의 거절, 비난 등에 예민함.

6) 의존성 성격장애(Dependent Personality Disorder) : 자신이 결정을 못하고 만사에 타인에게 의존하는 장애.

　　　이 외에도 더 있으니, 많기도 합니다.　이 중에 해당이 하나도 안 된다면 그것이 오히려 이상할 정도로 많습니다.　이 험하게 돌아가는/미치도록 돌아가는 지구별에서 멀쩡하다니요!

미친 사람의 증상은 다양하게 나타납니다.

　　　　　　다양한 가운데서도 공통점이 있고요.

그것은 '자기가 미쳤다는 사실을 인정하지 않는다.'이지요.　그리고 증세가 심하여 정신병원에 입원 치료를 하는 사람들은 오히려, 병원 밖에 있는 사람들이 미쳤다고 봅니다. 어쩌면 그것이 어느 정도는 맞는 말이고요.

'빙빙' 돌아가는 세상에 당연히 살짝 미쳐야 하기는 하지만, 어떤 면이 사람을 확실히 미치게 할까요? 참으로 많은 이유가 있지만, 근본적이고도 공통적인 원인은 인간의 DNA 문제입니다.

인간은 어떤 곳/사람/일에 제대로 꽂히면 미치는 DNA 특성이 있는 동물이지요. 주위에 것/사람/일은 전혀 안 보이게 되면서, 다른 어떤 것에도 관심에 없이 미쳐 버리고요. 그것이 반짝이는/반짝거리는 것처럼 보이는 대상이면, 증상은 심해지게 됩니다.

게다가, 반짝거리는 것이 덫이게 되면 미치는 것에서 더 나아가 인생을 망치고, 생명을 잃게 되는 경우도 생기게 되지요.

덫(Trap)은 동물(당연히 인간 포함)을 사냥하기 위해, 동물을 속여 잡아서 꼼짝 못하게 하여 포획할 수 있도록 고안된 도구입니다. 덫은 인간의 역사와 같이하면서 많은 도구가 고안되었지요. 원시적인 도구로는 나무로 큰 돌을 고여 놓고 그 밑에 먹잇감을 놓아두는 것으로 시작하여, 그물로 덮치는 도구, 쇠로 콱 물도록 고안된 도구, 구덩이 아래로 툭 – 떨어지게 하는 위장을 동원한 도구 등 다양하기만 합니다.

고소한 향기 나기에 살금살금 기어가
가까이 보니 맛있는 먹잇감

누가 채갈까 봐 얼른 덥석 물어 보니
위에서 돌 뭉치가 덜쳐덕 쾅
　　－「덫」

맛있어 보이는 먹잇감 두리번거려서
살짝 건드려 보았더니

덜커덕 철컥 퇴로 차단하는 문 닫히고
내가 누구 먹잇감으로
　　　ㅡ「덫에 걸린 그대」

이 덫의 공통분모는 '먹이'입니다.

먹이
공짜 먹이
아무런 대가 없는
　　ㅡ「그런 건 없단다 이 세상에
　　　　그냥 덫이란다 그 모두가」

지능이 어느 정도 있는 동물을 잡는 데는, 공짜 먹이를 씁니다. 처음에는, 약은 동물의 경계를 풀기 위하여 '아무 해를 입지 않는 먹이를 주는 것'으로 시작하다가 동물이 안심하면서 경계심을 느슨히 할 때, 덫의 정체를 드러내는 방법이지요.

'고액의 이자를 제때 또박또박 주니 있는 돈, 꾼 돈, 없는 돈 다 끌어서 사채, 또는 어느 형태에 투자합니다. 사냥꾼은 주위의 친한 사람들에게도 소개하게끔 미끼를 쓰고요. 어느 정도의 적정 시간이 되면, 덫이 '덜컥!' 한꺼번에 덮칩니다. 이런 유형의 덫이 끊이지 않고 계속되고 있는데도, 인간들은 덫 안에 있는 '공짜 먹이' 주변에 어슬렁거립니다. 학습효과가 전혀 안 통하는 확실히 멍청한 동물이지요.

가만히 있어도, 미칠 것 같은 현상들이 주위에서 자주 목격되거나, 직접 자신이 미친 짓에 당하고 마는 것이 현대생활인데,

끊둥 맥끄ㅎ 어끄ㄷ꺼ㅆ ㅎㄹ꼬ㅆ ㅊ껴ㅂㅎ　　이 얼마나 많은지요.

자기가 감당하기 어려운 충격으로 머리에 꽃 꽂고 다니는 사람들.

그들은, 그래도 그 충격에 삶을 포기할 수가 없고 아직도 행복에 대한 욕구가 있어서. 그리고 자기 자신을 사랑하여

'아무런 힘이 없는 아름다운 꽃'을 꽂고 다닙니다.

다양한 방법으로 자기를 학대하며 '자기가 미쳐가고 있는데도 그런 줄도 모르는 대다수 사람들' 따라서 지구별은 자기 머리에 플라스틱 꽃을 꽂았습니다.

너희는 흙에서 태어났으니
흙에서 난 것을 먹어가며

흙에서 모든 문제를 풀고
그러다 흙으로 돌아가리니
　－「인간 너는 흙이다」

몸아 젊어져라 젊어져라
　　　　　　　　　그런데 늙는다
몸아 건강해져라 건강해져라
　　　　　　　　　그런데 병 든다
그러니 못 믿을 것이 몸이고 덧없는 것이 몸이다
덧없는 것이 무엇인가
고통과 허무함 아닌가

허무하고 괴로운 데 내가 어디 있는가
내가 없으면 아무것도 아닌 공(空)
공이면 내가 내 소유가 아니고 나도 몸의 소유가 아니니
　－「어찌 몸에 얽매이는가」

증일아함경(增一阿含經)제 30권 육중품(六重品) 2의 내용입니다.
'몸이 말을 안 듣네.'라는 말을 주위에서 많이 합니다. 나이가 드니, 내 몸이 내 마음대로 안 되는 것이지요. 몸이 못 믿을 정도로 내 의사와는 다르게 움직이니, 고통스럽고 사는 것이 허무하기만 합니다. 계속 끊이지 않고 고통스럽기만 한데 나를 찾을 수가 있나요? 나를 찾을 수가 없으니, 공(空)입니다. 공인 상태에서 나는 나의 소유가 아니며, 당연히 나도 몸의 소유가 아니게 됩니다.

몸도 말을 안 듣는데 마음은 내 말을 더 안 듣습니다.
몸은 그런대로 몇 년이라도 그 모습대로 이긴 합니다. 그런데 마음은 하루 몇 분 안에서도 수시로 변합니다.
생기는 것 같다가도 없어지고   없어졌다가도 또 돌아옵니다.
죽 끓듯 항상 부글부글하는 마음을 어찌 믿을 수 있나요?
몸도 못 믿겠고 더군다나 마음은 더욱더 못 믿을 존재이건만,
인간들은 몸에 대롱대롱 매달려 끌려다니고
마음에 질질   끌려다닙니다.
그러니, 인간들이 얼마나 한심하고 불쌍한 존재인지요.

지금 마음에 일어나고 있는 감정에 속지 마세요.
그 감정을 쫓아가면 안 됩니다.
마음은 나의 주인이 아닙니다.
내가 마음의 주인이고요.
어디에도 얽매일 것이 없습니다.   걸리는 것이 없고요.
몸도 별것 아니고, 마음도 별것 아닌 것을 깨닫는 것
그래야 하늘의 별과 같이 반짝반짝 자유롭게 빛나게 된답니다.
.......◉............ 이렇게 생각하며 살 수도 있고,
좀 더 다르게 묵상을 깊이 한다면 ....◉.....

몸이 못 믿을 정도로 내 의사와는 다르게 움직이니, 고통스럽고 사는 것이 허무하기만 합니다. 고통스럽지만 그것도 나입니다.

즐겁고 아무 일 없이 평온할 때만, 내가 존재하는 것도 아니고 기분이 좋을 때만, 나의 존재감을 느끼는 것도 아닙니다. 그래서 고통스럽다고 내가 없어지는 것이 아니지요.

다시 말해, 공(空)이 아닙니다.

공이 아니니, 괴로운 것도 나이고, 괴로움도 나의 일부분 몸의 소유입니다. 당연히 모든 고통은 마음의 소유이기도 하고요.

그러니   괴로움과 고통을 삶의 일부로 받아들여야 합니다.

사람이 몸속의 오물을 담고 살아가듯이.

나무와 꽃도 항상 그림자, 벌레들과 같이하듯이.

고통을 내 내장과 같이하면,   고통을 감싸 안을 수 있기도 하고

고통을 뿌리치려고 몸부림칠 때보다는

그리 심하게 타격이 되지도 않고요.

......◉............ 이렇게 묵상하며 살 수도 있습니다.

어떤 사고가 더 효과적으로 내 삶의 질을 높이는가?..◉....

각 개개인의 몫이지요.

어떤 누구의 생각도 이렇게 나의 것으로 재해석해서 내 것으로 만들어야, 그것이

비로소 나의 철학과 확신   이 됩니다.

흙 이상도 아니고

흙 이하도 아닌 것이

흙은 더러운 것이라 여기고

흙은 천한 것으로 치부하다니

 ―「인간 흑 흑 우는 이유」

어쨌거나, 인간이 흑흑 울면서 살아가는 이유는 인간은 분명 흙 이상도 흙 이하도 아닌 흙이기 때문입니다. 흙인 것을 깨달으면, 모든 번민은 '훅 -' 하고 한순간에 날아갑니다.

앞서느니 뒤처지는 걸
빠르기보단 느린 것을
화려함보다는 소박함
강하기보단 약함으로

속옷 입고 있듯
못 느낄 정도로
　　－「도사의 경지」

영 - 뒤처지어 지켜보며
영 - 느릿느릿 움직이며
영 - 수수 소소 시시하게
영 - 연약하고 부드럽게
영 - 밋밋하고 담담하게
　　－「Forever Young」

　　빠른 것, 앞선 것, 화려함, 강한 것들은 생명이 짧습니다.
　　　　　　　　　불안하고 일시적이기까지 하고요.
이 불안정한 것을 최고의 가치로 삼고 살아가는 인간들.
　　　　　　그러니 해결이 안 납니다. 항상 불안한 것이 당연하지요.
이런 삶의 이치를 깨닫고 느린 것, 뒤처지는 것, 수수/소소/시시한 것, 밋밋하고 약한 것에 익숙하며 이러한 것들에게 가장 소중한 가

치를 두고 하루하루, 시간, 시간 살아가는 것이 바로

　　　인간이 자연스럽게　　　　　물처럼 흐르며 사는 것입니다.

　그러나 자기 자신이 힘들게 억지로 강하지 않으려, 화려하지 않으려, 앞서지 않으려, 빠르지 않으려 그리고 달거나 자극적인 맛을 피하려고 노력하는 삶은 하수입니다.

　고수는 자기가 실제로 약한 것을, 수수 소박함을, 뒤쳐지고 있음을, 느리고 천천히 생각하고 행동하는 것을 진정으로 사랑하여, 그것이 삶 자체가 되어 버렸습니다. 하지만, 자기 자신이 그렇게 사는 줄도 잘 모릅니다. 몸에 밴 것이지요.

　　　　　　　　　마치 속옷을 입고 있듯이.　　　　　당연히, 모든 면에서 감사와 기쁨을 느끼는 극소수의 도사들입니다.

　*ㄴ굿ㄹ 놈ᄋ　　　　（도사들은 거꾸로 살아갑니다. 그것이 자유고
평온이기 때문입니다.）

　빨간 단풍들 물 빠지며 낮은 곳으로 내려앉으며
　노란 단풍 부스러지며 더 낮은 곳으로 내려가다
　졸졸졸 소리 내며 낮게 흐르는 물 위 내려앉는데
　　─「졸졸졸(卒卒卒) 사랑은 낮은 곳에 있다네」

　깊은 산 속에 들어갈수록 계곡에서 떨어지는 물소리는 '졸졸졸' 소리를 냅니다. 마치 병졸의 졸 소리같이 말이지요. 장기판에서 병졸의 졸은 앞으로 가다가 죽고, 옆으로 가다가 죽지요. 뒤로 도망가지를 못합니다. 그것이 장기판의 규칙이지요.

　　　　　앞으로 가다가 죽고
　　　　　옆으로 가다가 죽고

누구 방어하다 죽고
누구 공격하다 죽고
뒤로 도망못가 죽고
―「장기판 졸은 죽기 바쁘다
　나는 왜 바쁘기만 할까」

　궁(宮), 장(將)과 사(士)를 보호하는 것은 물론이고, 차(車), 포(包), 마(馬), 상(象)에게 공격의 길을 열어주고, 방어하면서 후퇴도 못 하고, 한낱 제물로 쓰이는 졸(卒), 병(兵)은 앞으로 전진, 옆으로만 가야 합니다. 　　　　　불쌍하기만 한 운명입니다.
　마치 삶의 현장에서 갑(甲), 을(乙), 병(丙)의 운명들처럼 말이지요. 하지만, 마음수련 면에서 보면 그렇지 않습니다.
　졸졸졸 소리를 내는 깊은 계곡의 물은 점점 콸콸콸 소리로 바뀌어 가지만, 졸졸졸 소리는 낮은 데로 흐르는 시발점에 있습니다. 즉 알파입니다. 수련의 시작이지요. 시작은 높은 곳에서 겸허하게 하지만, 수련의 목표지점인 낮은 곳으로 한발 한발.

이파리 키우느라 기진맥진
열매들 키우느라 기진역진

젊음과 생명 녹피 엽록소 빠져나가
빨강색 노란색 갈색으로 퇴색되고

앙상한 나뭇가지에 간신히 매달리다
성애 바람에 외마디로 떨어지고 만다

현기증 심하게 돌다가 떨어진 곳은
한없이 낮게 흘러가는 산사 시냇물
　　─「단풍 그대가 부처이구려」

단풍나무에 누가 불 질렀나
무엇하다가 누가 불 질렀나
더 타기 전 누가 불 끄려나
　　─「그대 가슴에 불 붙었네」

　이파리의 엽록소는 나무의 피, 녹색 피입니다. 이파리를 푸르게 키우고, 열매를 맺는 데 결정적 역할을 하지요. 나무는 이것을 하느라 다른 곳에는 신경 쓸 수가 없고요. 그렇게 봄과 여름 내내 온 정성을 다하니, 당연히 기진맥진(氣盡脈盡)합니다. 그 결과 피를 다 말려 가는 과정이 바로 단풍입니다. 사람들은 빨갛고 노랗고 갈색으로 잘 여물었다고 '남의 주검을 찬미'하고는 있는 셈이지요.
　단풍들은 간신히 마른 나뭇가지를 붙들고 달려 있다가 지나가는 늦가을 못된 바람에 기진역진(氣盡力盡)합니다. 그러다가, 빙빙 돌며 어지러운 현기증과 함께 낮게, 낮은 곳으로 떨어집니다. 떨어지면서 '아─악' 외마디 소리를 질러 보지만, 산 짐승들조차, 떨어지는 이를 돌아보지는 않습니다.
　　　　　　　　살려고 최선을 다했는데 말이지요.
　이때쯤이면 단풍들은 흙색으로 변합니다. 흙과 같이 되려고 그런 색이 되나 봅니다. '흙흙흙, 흑흑흑' 울 지경이 된 단풍은 끝 언저리들이 부스러지기 시작하지요.
　그럼, **'언제 이파리이었나?'** 하게 됩니다. 마치 **'언제 사람이었나?' '언제 여자이었나?' '언제 청년이었나?'** 와 같이 말이지요.

그런 물 빠진 단풍이 떨어진 곳은 깊은 산속에서 낮고 낮지만, 넓기만 한 바다로 가는 산사의 개울물이 긴 여행을 시작하려는 곳입니다. '졸졸졸' 소리를 내면서요.

이보다도 더 낮은 모습이 있을까요?

이보다도 거룩하고 성스러운 모습이 또 있을까요?

이 장렬하고도 장엄 축복의 모습 앞에, 찬바람 들어 살짝 열린 옷깃을 여며 봅니다.

차디찬 바람에 스스스슥 뚝
상한 갈대들 서로 부딪히는데
　─「인간들도 가을에는」

비워진 저 가을 들판
누가 추수해 갔을까

한해 삶 저 들판에서
그대 무엇 추수했을까
　─「누가 무엇을 가지고 갔을까」

추수 감사절입니다.

추수 감사절(秋收感謝節 : Thanksgiving Day)은 미국 추석이지요. 캐나다에서는 10월 둘째 월요일에 기념하는데, 미국은 11월 넷째 목요일입니다. 식구들이 모두 모여서, 지난 한 해의 은혜에 감사하며 즐거운 음식을 나누는 최대 명절 중 하나입니다.

Turkey, Stuffing/Dressing, Gravy, Mashed Potatoes, Cranberry Sauce는 기본이고요.

Yam, Corn, Bread, Green Bean Casserole 등을 곁들여 만찬을 하지요.

> 들판 곡식들 알차게 여물어갈 때
> 어디에선가 누가 야위어 갔을까
>
> 더 여물 이유 없어 떨어져갈 때
> 어떤 이 마음 같이 낮아졌을까
> ―「누가 진정으로 감사했을까」

추수 감사절에 많은 사람이, 즐겁게 먹고 떠들 때, 지구별 곳곳에서는 사람들이 야위어 갑니다.
　　　　　가을이 깊어 가는데　　가을이 여물어 가는데
　　　　　인간들은 사람이지 못합니다
　　사람다운 사람은 야위어 가는 사람들을 외면하지 않습니다.
　　낮은 곳에서 그들과 같이할 때, 진정한 감사를 할 수 있고요.

> 누런 낙엽 하나 주워 들었더니
> 바삭 부서지네
> 언제부터 속 그다지 허하였나
> 허물어진 세월
> ―「낙엽이여 노인이여」

노인에게서 떠나가는 것은, 시간이 지날수록 많아집니다. 건강도, 주위의 관심도, 삶에 대한 호기심도, 집중력, 기억력도 떠나갑니다. 특히 주위의 사람들이 하나 둘 떠나기 시작해서 이 숫자가 점점 많아지게 되지요. 사라져도 하나도 이상하지 않은 나이.

　　　곁의 떠나가는 것이 많아질수록 노인들의 속은 허해집니다.
　　단풍 속의 물기가 서서히 빠질수록 바삭 부스러지는 것처럼.

　바람 한 가닥 없는데 떨어지는 낙엽
　　ー「세월인가 운명인가 1」

　아무 일 없는데 숨소리 떨어지는 노인
　　ー「세월인가 운명인가 2」

　노인의 숨이 가빠지다가, 멀어지다가 간신히 이어지다가, 결국은
끊어지는 것은 겉으로 보기에는 잘 매달려 있는 것 같다가, 대롱거
리다가, 바람 한 가닥 없는데
　　　　　　떨어지고 마는 마른 단풍과 같은 것인데
　　　　　이것이 운명인가 아니면 세월 때문인가.

　무심코 떨궈진 가을 나뭇가지
　밟지 마라

　그 긴 시간 이파리 열매 맺으려
　하나만 한
　　ー「부러진 나뭇가지보다 못한」

　행여나　　끝까지 모진 늦가을 바람에 부러져
　　　　　땅에서라도 잠시 쉬고 있는 마른 나뭇가지
　　　　　더러운 발길로 밟지 마시라

그대가
단 한 번이라도 저 가지처럼 온 정성
연두색 산소 빚어 이파리 만들고 둥근 마음
빚어서 열매 맺은 적 있는가
　　ー「하나에 온 정성 다한 적 있는가」

늦가을 부러진 나뭇가지
마음 속 박아두고 살고 싶다
늦겨울 둥근 나무 나이테
가슴 속 둥글게 새기고 싶고

그다지 내 깊고 어두운 숲 속
빠져나오지 못한 열매 하나가
　　ー「내세라도 봄이고 싶다」

늦 바람의 속성은 '모질고 못됨'인가 봅니다. 아침저녁은 물론이고 낮에도 차기만 한 늦가을, 성이 잔뜩 난 가을바람이 매섭게 몰아칩니다. 그 바람 앞에 견딜 것이라고는 아무것도 없는 것 같은 날이 며칠 되자, 나무에 억지로 붙어 있던 나뭇가지들이 떨어져 나가서 길거리에 마구 뒹굽니다.

이 나뭇가지는 아무 잘못한 것이 없지요. 나뭇가지는 오로지 녹색의 나무 이파리와 지구별 닮은 열매 맺는 것 이외에는, 아무 생각도 하지 않고 열심히 자기 할 일만 하였습니다.

인간 하는 짓하고는 정반대로.

인간이 키우는 더러운 색깔과 정반대로.

인간이 모난 마음으로 맺는 저급한 열매와 정반대로.

그 나뭇가지 앞에 성자의 성 자를 붙여도 하나도 이상하지 않습니다.   죄인이 성자를 밟는 일은 정말 있으면 안 되겠지요.

예쁘구나 빨간 단풍
아름답다 노란 단풍
가을 눈길 모두 여기 머물지만

갈색으로 물든 단풍
회색으로 물든 단풍
그 들 없으면 산 있기나 할까
    ―「인간 망막에 맺히는 것이 다가 아닌데」

사람들이 보면서 '아 ― 예쁘다.' '와우 ― 참 곱네.' '이 빨강, 노랑 색깔들 없으면 가을 산이 아니지!' 라고 하는 것은   인간들 망막에 맺힌 Image들을 보고 느끼는 감정을 표현하는 말들입니다.
        그런데, 그것이 정말 Fact일까요? 다 일까요?
'눈으로 보아서 망막에 맺히는 것이 전부다.'라고 확신하시는 삶을 살아 온 분들은 그냥 그렇게 사시면 됩니다. 하지만 좀 더 Fact, 사실을 들여다보면   노란 단풍, 빨간 단풍뿐 아니라,
    갈색 단풍도 있으며, 무슨 색이라고 표현할 정도가 안되다가 그냥
        바람에   세월에   부스러져 사라지는 단풍들이 많습니다.
        시각이 모든 것을 판단하여 그 많은 실수를 하고서도
                계속 눈에만 의지하며 살아가는 바보들.

노인들을 쳐다보는 젊은이 눈동자 망막에 맺힌 것이 다가 아닙니다.
노인들 자신을 쳐다보는 노인 망막에 잡혀 준 것이 다가 아니듯이.

시월이면 인간들은
        빨간 노란 단풍보다 더 어질한 현란한 색으로
        머리부터 상하의 신발까지 두르고 몰려다닌다
십일월이면 시인은
        이런 색이라기 거북한 색 하다 부스러지는
        그 많은 산속의 단풍색 옷 입고 홀로 헤매니
     ―「가을엔 무엇이 시인을 외롭게 하는가」

  단풍잎은 왜 초록색에서 우리 눈에 잘 보이는 빨강, 노란색으로 변
할까요? 나뭇잎이 봄여름에 초록색을 지니는 것은 초록색 엽록소를
갖고 있기 때문입니다.
  그런데 나무는 가을 겨울을 준비하면서 이 엽록소를 더 이상 만들
지 않지요. 혹독한 겨울이 올 것을 미리 알고, 대비하는 것입니다.
이렇게 엽록소가 없어지면서 녹색에 가려서 보이지 않던 나뭇잎들
의 원래 70여 가지 색소들이 다양하게 나타나는 것이 단풍이고요.
  빨간 단풍은 안토시아닌(anthocyanins) 색소, 오렌지색의 단풍
과 노란색의 단풍은 카로티노이드Carotenoids) 색소가 표면에 나
타납니다. 이런 이유로 우리 눈에는 빨강, 노랑이 많이 보이지만, 실
제로는 그냥 가지에서 말라서 엷은 갈색빛을 띠다가 말라비틀어져
떨어지는 낙엽들이 더 많지요.

        따끔하던 땡볕이 숨 고르며 하늘거리고
        움직이는 그림자 길게 늘어져 추스를 때
     빨간 노란 단풍들 갈색 되다 부스러지고
     아직도 상념 사로잡힌 이도 사그라지니
        ―「가을 아닙니까 가을」

빨갛고 노란 단풍도 떨어지면 결국은 갈색이 되다가 '바스락' 부스러집니다.　　　　　제아무리 잘났다고 하는 사람도
　　　　세월이 지나가면 결국은 부스러지는 것처럼

노랗고 빨간 단풍보다는 인간 눈길에서 멀어진 색 단풍도 볼 수
있는 이는 좀 더　　　　　삶을 질적으로 깊게 사는 사람입니다.

인간의 눈 망막에 비치는 예쁨의 기준 - ★별거 X아닙니다.

봄에는 머리 풀어서 나다니고
여름에는 단추 풀어 떠다니니
상념 무성하기만 한 이파리들

가을에는 그들 마음 채색하고
겨울에는 그들 텅 비게 하소서
　ㅡ「그렇게 하소서」

휭 ㅡ 아스팔트 위 끌려가는 반파 낙엽
허리 숙여 주워 들며 바람인가 했더니
　　바삭 파손된 세월이네요

휭 ㅡ 벗겨진 낡은 모자 급히 쫓아가서
무릎 굽혀 못된 가을바람인가 했더니
　　날 벗겨온 세월이네요
　ㅡ「가을엔 내가 세월이네요」

형태 없는

　　　　바람과

　　　　불씨 만나

나는 수상한 소리

너는 무엇이냐
　―「불길한 불길」

바람도 형태가 없고 불씨도 형태가 없었습니다. 그런데 바람은 무엇을 흔들 때 그 정체를 드러냅니다. 불씨도 아무 모습이 없었지요. 그런데 어떤 적정 상태가 되었을 때 불꽃이 일어나며 불씨가 됩니다.
　　　　　형태 없던 불씨와　　형태 없던 바람이 만나면 소리가 나지요. 불길이 솟습니다. 불길에서는 **불길안 소리** 가 납니다. 불길에 따라 소리가 다르지요.
　그 불길의 형태를 보고, 앞으로 다가올 불길한 일의 정체를 볼 수가 있어야 합니다.

불길한 기분은
불길을 트는가

찜찜하게 불길한 기운이
머리 한 편 바스락거린다

결국 마음 섶에 불꽃 튀어가며
거대한 불길 불길한 소리 내니
　―「불길한 불길소리」

나의 삶에서 불씨는 무엇이며
　　　　바람은 무엇인가　　　그리고
　　　불길은 무엇이냐
　　－「내 속의 화는 무엇이냐」

해가 뜨고
달이지는 걸 바꾸려 하네
인간은

　　　　　　　남이 바뀌고
　　　　　　　환경 바뀌기를 평생 하듯
　　　　　　　인간은

바꾸어야 하는 것
바꿀 수 있는 것은
내 생각
나의 행동뿐
　－「인간이 살아남으려면」

바뀌지 않는다
남과 세상은
절대로

실제로 바꾸면
내 생각 행동
평화가
　－「세상 대탈출」

인간은 원숭이입니다. 그 수준이지요.

아프리카에서 원숭이를 잡는 방법은 많이 알려져 있습니다. 원숭이 팔이 간신히 들어가는 단지 속에 바나나를 넣어두고, 입구만 나오게 하여 땅에 단지를 묻어둡니다. 원숭이는 살금살금 와서, 단지 속에 있는 먹이를 집어 들게 되니까, 주먹을 쥐게 됩니다. 당연히 손은 끝이 좁은 단지 때문에 빠지지 않고요. 이때, 원주민들이 가서 그냥 원숭이를 잡게 되는 것입니다.

꽉 쥔 주먹을 펴고 도망가면, 목숨을 살릴 수 있는데, 그 주먹에 쥔 것을 못 놓아서 그냥 자기의 하나뿐인 생명을 잃고 맙니다.

어리석은 원숭이

ㅈㅎㅁㅓ ㅐㅅㅇㅎ ㄹㅎ ㅎㅆㄱㅎ . DNA가 80%가 같다는 주장, 98%가 같다는 과학적 주장과는 상관없이 인간이 하는 행동을 보고 있으면, 원숭이와 많이 닮은 데에서 벗어나지를 못하고 있지요.

손에 꼭 쥐려고 얼마나 밤낮으로 노력하는지요. 더 쥐려면 '적극적 사고'를 하여야 한다며 온갖 '채찍질 이론'이 사람들을 지배하고 있고요. 재물이던, 명예든, 권력이던 일단 쥐면 절대로 놓으려고 하지를 않습니다. 놓으라고 매질하는 부류와 안 놓으려는 부류가 싸우는 것이 인간하는 일 전부입니다.

어리석은 인간

인간이 하는 일의 중심은 두 가지입니다.

남을 바꾸려 하는 일 　　　 주위 사정/ 환경을 바꾸려 하는 일

절대로 안 바뀌는 것이 다른 사람들이고요. 그에 못지않게 바뀌지 않는 것이 주위의 사정이고 환경입니다. 그 바뀌지 않는 것을 바꾸려 하니 얼마나 진액이 빠질 정도로 힘이 드는지요.

원숭이 수준으로 안 되는 것을 끝까지 하지요. **나를 바꾸면 남이 바뀌고 내가 바뀌면 주위 사정/환경이 바뀝니다.**

원숭이에서 사람 되는 것은 간단   합니다.
바꿀 수 있는 것을 바꾸고요, 바뀌지 않는 것은 포기   하면 되지요.

삐걱
수도꼭지 트니
물줄기 쏴아 쏟아져
찝찝함 푸욱 적셔주는가

미끈
비눗방울들이
손에서 떨어져 나온
번뇌들 감싸 안고 사라지니
　　ㅡ「손 세례」

더러워진 손을 닦을 때는 먼저 수도꼭지를 '확 ㅡ' 틀어 물로 적신 다음에 비누를 잘 문질러 거품을 '속 끓는 모습같이 부글부글' 냅니다. 그 다음, 다시 맑은 물로 닦아 내면 거품들이 '쏴 ㅡ 아' 하고 때를 감싸 안고, 얼싸안고 하수구로 사라져 줍니다.

　더러움이 손에서 사라져진 것입니다.

　　　　　　　　　　마치, 세례성사 때 그 깨끗한 기분

　고체와 액체 안에 기체를 가두면 거품이 됩니다. 거품은 Bubble, Foam으로 표현되는데. Bubble은 속이 비어서 동그랗게 공 모양을 한 액체이고요. 이것이 여럿 모인 것을 Foam이라 하지요.

　물과 기름은 상극처럼 서로 섞이지 않습니다. 그런데 두 물질이 서로 만나는 경계면인 '계면'의 표면 장력을 감소시켜주는 '계면활성제'를 사용하게 되면 액체는 둥근 모양이 되는데 이것이 바로 거품이고요. 이 거품은 계면의 장력 감소를 일으키기 때문에 활성제가 두 물질을 섞이게 하여 줍니다. 이때, 물과 기름 같은 때가 서로 접촉하게 되면서 원형구조를 만드는 '미셀(micelle)'을 만들어서 서로 잘 섞이게 되지요. 그러면 기름이 세제에 녹게 되는 것입니다. 이런 물과 기름이 섞이는 현상으로 거품이 만들어지고 깨끗한 물에 때나 기름이 씻겨 나가게 되고요.

한 개 번뇌 하나 거품
두 개 번뇌 둘 거품들
둥글고 예쁘게 감싸서
돌아오지 못할 곳으로
―「성(聖) 비누 거품」

　손 씻을 때마다, 예쁘게 둥글고, 잘 비추어 보면 무지개색도 있는 비누 거품을 보시지요. 그 거품들은 우리 몸을 깨끗하게 하여 줍니다. 그때만이라도 다시는 돌아오지 못할 하수구로, 거품과 함께 빠져나가는 번뇌를 보는 사람은 행복한 사람입니다.

왈왈왈 와알
멍멍멍 머엉
월월월 워얼
컹컹컹 커겅
Bow ― wow
　―「다 ― 개 소리일세」

　개들이 짖는 소리를 들어 보면, 다른 동물과 마찬가지로 크기에 따

라서 소리가 다릅니다. 글로 표현할 때도 당연히 소리의 크기에 따라 다르고요. 영어에서 개 짖는 소리(Barking)를 강아지는 'Yip', 큰 개들은 'Bow - wow'로 표현하지요.

개를 보면, 어디 한 구석이라도 흠을 잡을 곳이 없는 동물입니다. 그런데 인간들은 개들을 '나쁜 상황/인간'에 비유하여 비하할 때, 접두사 또는 접미사에 갖다가 붙입니다. 붙이는 이유가 합당치 않지요. 어쨌든 이런 거북한 문화에 근거를 두고 표현을 하자 치면,

사람들 특히 마이크를 이용하여 떠드는 사람들을 보고 있노라면, 한마디로 이 소리도 개소리, 저 소리도 개소리, 모두가 '왈왈, 멍멍, 월월, 컹컹' 개소리로 들리기 시작한지가 꽤 되었습니다. 진실성이 없는 말이기 때문입니다. 저 자신도 여러 사람 앞에 나서서 마이크를 잡았던 시절이 오랜 시간 있었습니다.

그때 나를 보면서 그 많은 사람이 속으로는 '다 – 개 소리일세 - ' 라고 했을 생각을 하니 가을이 더욱 서늘하기만 합니다.

그래 그 길이다
오솔길
적당히 휘휘 휜 길

그래 그 곳으로
오솔길
저절로 만들어진
　－「그래 직선 없는 그 길이다」

이 사람도 직선 저 사람도 직선
손가락질하는 나도 굵은 직선

희망은 곡선이다
평화도 곡선이고
— 「우리 모두 오솔길로」

이상적인 길은 무엇일까요? 가장 보편타당한 도 닦는 방법은 무엇일까요?

길 도 자나, 도 닦는 도의 한자는 같이 도(道)를 씁니다. 그만큼 도를 닦는 일은 삶의 길을 찾는 일입니다. 그렇다면, 어떤 길이 제일 이상적인 길일까요?   오솔길.

자연, 오솔길에 있는 삶

오솔길은 '폭이 좁고 호젓한 길'입니다. 산을 오르는 오솔길은 곡선이지요. 가파르게 오를 일 없이 적당히 높은 산을 여유롭게 오갔던 선량한 사람 발길들 하나 둘이 자연스럽게 만든 길이고요. 인간들 세상, 수많은 길 중에 사람에게 제일 자연스러운 길이 오솔길입니다.

오솔길에는 야생화들과 나무들이 자연스럽게 퍼져 군락을 이루기 마련이지요.

자연은 무엇일까요?

서양에서의 자연은 'Nature'의 의미이고요. 동양에서의 의미는 '스스로 그러하다.' '자연스러움'이라는 뜻이 있습니다. 깊이 생각하면 같은 의미가 되지요. 지구별에 그냥 스스로 존재하거나 상태를 나타내는 '자연'은 화두. 인류가 당면한 모든 급한 현안에 답을 줄 수 있는 유일한 화두입니다. 낭떠러지로 서로 밀어가며 달리고 있는 호모 사피엔스는 이제

'*자연에서 얼마나 연명한 길을 찾느냐.*'

에 바로 인류 미래가 달려 있습니다.

깊은 산속 안겨 한 그루 나무 된 만큼
넓은 바닷가에서 한 줄기 바람 된 만큼
구비 구비 굽은 강가 서서히 거닌 만큼
그 만큼

딱 그만큼
　ー「딱 그만큼 사람」

　사람의 심성을 '사람답게' 하는 것은 무엇일까요? 가르침, 종교, 사상, 철학 등의 관점에서 여러 답이 있을 수 있겠네요.
　다 맞는 말이고, 일리가 있습니다. 그러나 1%가 부족합니다.
　종교, 교육, 사상, 철학 분야에서 오랜 수행을 한 사람들에게서 '사람답지 못함'을 보는 것은 바로 이 1%의 부족을 증명하여 줍니다. 이 1%까지 채워, 완전히 사람이게 하는 것은　　　　　자연입니다.
　　　　사람의 심성을 사람답게 하는 것은 오로지 자연.
　'얼마나 깊은 산, 넓은 들판과 바다, 숲속 그리고 직선 없이 구비구비 굽은 강가에서 지냈는가?'가 바로 사람다움의 척도가 됩니다. 진정한 행복의 정도도 되고요.
　자연과 함께하다가 보면, 내가 야생화가 되고, 내가 나무가 됩니다. 나 같은 사람이 곁에 많아지게 되면, 숲이 되고요. 내가 풀/나무가 되다 보면　　　　**봄, 여름, 가을, 겨울 같은 사람**　　이 되지요.
　봄에 꽃이 피면, 꽃이 질 것을 알고, 가을에 이파리가 단풍 들고 낙엽 되어 땅에 구르면 겨울에 모든 것을 비워야 함을 알고 하나하나 내려놓습니다.
　눈이 소복하게 쌓여 세상 모두가 하얗게 얼어도, 머지않아 꽃이 피기 시작한다는 것을 느끼고 스스로 몸을 녹이게 되지요.

마치, 나에게 좋은 일이 생기면, 그 기쁜 일이 얼마 못 가고 어려움이 닥치게 된다는 것을 알고, 또 괴로운 일이 갑자기 몰아쳐도 그 아픔은 그리 오래 가지 않고 고요한 시간이 온다는 것을 알듯이.

이렇게 되면 **내 감정과 생각의 뇌파 진동이 크지 않게 됩니다.**
감정 기복/진폭이 작게 되는 경지.

만큼이라는 말 있다
변하지 않는 빛 진리

사랑한 만큼 예뻐지고
감사한 만큼 행복하고
용서한 만큼 평온하다

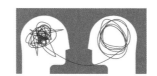

멸상한 만큼 기뻐지고
긴 숨 쉰 만큼 득도하며
자비로운 만큼 복되다
　　－「만큼 딱 그만큼」

더도 말고 덜도 말고, 딱 그만큼입니다.
믿으세요. 이쯤 살아 본 사람의 확신입니다.

사랑을 1만큼 해보세요. 1만큼 실제로 예뻐집니다. 감사를 하루에 세 번 해 보세요. 세 번씩이나 행복합니다. 하루에 말이지요.

용서를 5번 해보세요. 마음속에서 저절로 노래 다섯 개가 올라오며 평온해집니다. 생각을 멸하는 멸상을 한 만큼 마음속에서 기쁨이 솟아오름을 느끼게 됩니다.

숨을 길게 내쉬세요. 그 길이만큼 득도의 강도가 높아갑니다. 도사가 되는 것입니다. 자비를 베푸세요. 내가 가진 것을 나누어 주는 만큼 복이 저절로 굴러 들어옵니다.   **믿으세요. 믿는 만큼 행복해집니다.**

생각든 게 없다
새 대가리라 했지
생각 잔뜩 많은
사람 머리라 했고

하늘까지 나는 새
걸핏 넘어지는 나
　ー「날개 없는 이유」

하얗지도　　검지도 않은　　얼룩얼룩한 새벽에
　처음 오감에 들어오는 것은　새 소리　참으로 아름다운 새 소리입니다. 뒷마당에 돌아다니는 다섯 종류의 새들.　이름은 모릅니다. **알고 싶지도 않고요.**

왜 그것이 알고 싶을까
왜 이것도 저것도
왜 스스로 꼬이며 살까
왜 오늘도 내일도
　ー「알아서 꼬이기」

　어차피 조류도감에 나오는 새들의 이름은 자기들의 Identity가 아닙니다.
　인간들이 자기네들 편 한대로 붙여 놓은 명사일 따름이지요.

그래서 저는 그냥   작은 새(수직 하강을 자유롭게 하는 새)

조금 작은 새(제법 큰 무리로 몰려다닙니다. 식구 친구들이 많기도 하지요) 파란 새(항상 둘이 다닙니다. 혼자 다닐 법도 한데 말이지요)

누런 새(비둘기 소리를 내는데 비둘기가 아닙니다)

까만 새(까마귀처럼 생겼지요)   이렇게 구분합니다.

노래 부르는 소리도 다르고 나르는 모습도 다르고 나무에 앉는 모습도 다릅니다.   뒷마당에서 이런 새들을 보며 하루를 시작하지요.

자유롭게 되기를 매일 바라면서요,

 – 확실이 지금 사는 것이 자유롭지 않기 때문이겠지요.

어렸을 때부터 동네 아이들에게 사이에서 '윙윙' 돌아다니던 말 중에   "에그… 이 새 대가리야."라는 말이 있습니다.

머리가 작으니 그 속에 든 것이 얼마나 되겠느냐. 그러니, 네가 한 행동이 그것밖에 안 된다. 그런 핀잔이 녹아 들어간 소리입니다.

그런데 – 그런 식으로 핀잔을 주는 사람이 오히려 더 어리석다는 것을 쉽게 볼 수 있지요. 노인들도 다르지 않습니다. 나이가 들었으면 젊은 사람들보다도 현명할 그것이라고 추정하는 것은 찐한 '지독한 오해'입니다.   **생각이 적을수록   연명압니다.**

                    생각이 없을수록   앵복압니다.

자유롭기를 바라면서 새를 쳐다보며

" 아 – 날아가고 싶다"

" 아 – 벗어나고 싶다"   "이제라도"

이렇게 생각하는 사람들은 그래도 날아갈 수 있습니다.

이제라도 자유로워질 수 있고요.

생각을 줄이는 만큼 날아다닐 수 있습니다.

생각을 없애는 만큼 벗어날 수 있습니다.   딱 그만큼만

날기는커녕   자유롭기는커녕

걷다가 곰곰이 생각하다가, 돌부리도 없는데 넘어져 코를 깨는 사람
생각에 잠겨, 마음 눈을 감고 걷다가 넘어져 "왜 나만 넘어지냐?"
라고 한탄하는 사람　　　그 사람이 바로　　　내가 아닌지
그것을 깨닫는 것도 쉽지가 않습니다.

인간들은 새를 부러워합니다. 엄밀히 말하자면, 새의 자유스러움
을 부러워하는 것이지요. 새가 어디에 얽매이지 않고 마음대로 날아
다니기 때문입니다. 새의 두뇌는 단순합니다. 시력은 인간의 최대 8
배까지 좋지요. 잘 본다는 이야기입니다. 날개는 바람을 잘 타게 되
어 있고요.

새
새 대가리
새
새 시력
새
새 바람 타는 날개
인간
인간 대가리
인간
인간 시력
인간
인간 바람 거스른
　　　－「자유 그리고 속박」

인간은 새 보고, 새가 머리가 작으니 어리석다며 새대가리라고 놀
리지만, 인간은 새보다 훨씬 큰 두뇌를 갖고 있으면서 새보다 못한
생각과 행동을 하고요. 인간은 사람/사물/일을 잘못 보아서 실수에
실수를 거듭하면서도, 또 같은/비슷한 실수를 해서 자기 스스로 구

렁텅이로 걸어 들어갑니다. 잘못 보는 것이지요.

　게다가 바람이 닥치면 거스를 궁리만 합니다. 맞서려 발버둥친다
는 것이 결국은 바람을 더 일으키는 결과를 겪으면서도 말이지요.

　　　　　　　바람은 말이다
　　　　　　　　뒷발질 겁내지 않고
　　　　　　　　살살 달래 가면서 올라타
　　　　　　　　고삐 조이고 풀어가며 길들이는
　　　　　　　　ー「바람에 맞서 번번이
　　　　　　　　　　무릎 꿇는 그대에게」

바람은 올라타는 이 앞에서 길들여지는데 말　　입니다.

　　　　　　　　　　바람
　　　　　　　　　　바람은 말이다
　　　　　　　바람
　　　　　　　바람은 바람 거스르지 않고
　　　　　　　바람을 올라타고 고삐를 쥐는 이에게
　　　　　　　길드는 순한 말이다
　　　　　　　ー「바람은 말이다」

■ 고슴도치로 나아가라
누구든　　　　　　무엇이던　　　　가까이 못 하는
　　　　　　찌르기 전에
　　　　　　찔리기 전에
　ー「중용(中庸 : Golden mean)」

고슴도치 딜레마(Hedgehog's Dilemma)라는 것이 있습니다. 사람들이 만나면서 처음부터 일정한 거리를 유지하여 '자기방어'를 하려는 심리를 말하지요. 고슴도치는 서로 가까이 있으면 피차 상처를 입기 때문에, 어느 정도의 거리를 두는 것에서 기인하고 있습니다. 사람들의 고립주의와 내향적 성향을 설명하는 데 이용되고 있고요.

내형적 성향이 잘못된 것도 아니고, 고립주의가 비정상적인 것도 아닙니다.   **내가 편하고 행복하면 그것이 자기의 길입니다.**

<u>고슴도치처럼 혼자서 나아가라</u>
—「고슴도치 수타니파타」

다가오는 남에게 상처받지 말고
가까이 있는 그에게 상처 주지 말고
고슴도치로 혼자서 가라

사랑하는 사람에게 버림받고
사랑했던 사람 버리는가
차라리 고슴도치로 나아가라

모든 것 공유하던 친구에게 배반당하고
많은 시간 같이했던 친구 등졌던 것이 찌르듯이 아프다면
고슴도치처럼 혼자서 나아가라

지난 일이 너무 아프고, 서럽고, 억울하였다면
그래서 사람들이 겁이 난다면 용기를 강하게 내어
고슴도치처럼 혼자서 나아가라

그대가
그대가 마음을 모두 열었는데, 상대방은 그렇지 않다면
그리고 그이가 거짓을 보인다면
차라리 고슴도치처럼 혼자서 나아가라

그대가 상대하는 이가 예의도 없고 착하지도 않으며,
지혜롭지도, 성실하지도 않고 가식적이라면
고슴도치처럼 혼자서 나아가라

언제까지 남의 말과 이론에 얽매어 남의 삶을 살아갈 것인가
지혜를 얻었다면 그 깨달은 지혜에 오로지 기대어
고슴도치처럼 혼자서 나아가라

곁에 누가 있는 만큼 딱 그만큼 간섭받게 된다
자유와 독립을 원하는가
그럼 고슴도치로 나아가라

사람을 만나서 무엇을 하는가
너희 발목 잡는 유희와 환락 아니던가
잡히지 않으려면 고슴도치로 나아가라

지금 갖고 있는 것으로 만족하라
남과 남의 것을 나 내 것과 비교하면 너희는 언제나 초라해진다
삶의 질을 높이고 싶으면 고슴도치로 나아가라

누구에게도 머리를 조아리지 말라
출가한 사람이나 집에서 수행하는 자나 다르지 않다

홀로 고슴도치로 나아가라

쫄지 말라. 어떤 이나, 일 앞에서도 당당하라
마음속에 겸손은 유지하면서도
고슴도치로 혼자 당당히 나아가라

그냥 아는 친구인가 마음을 주고받는 친구인가
삶이 그리 길지 않은데 왜 쓸데없는 인간들을 대하는가
차라리 고슴도치로 혼자 나아가라

가깝게 지내던 이를 만나 마음의 혼탁만 일어난다면
항상 안정되지 못하고 불안하고 의심이 간다면
고슴도치처럼 혼자서 가라

탐욕은 향기도 짙고 빛깔도 오묘하다
하지만 결국은 너희를 구렁텅이로 몰아내고야 마니
언제나 탐욕 앞에 고슴도치로 나아가라

추위로 떠는가 더위로 지쳐가는가
그래서 삶이 버겁기만 하고 지쳐가기만 하는가
그래도 그대는 고슴도치 되어 당당히 끝까지 나아가라

그대는 누구의 후예인가 혹시 태양의 후예라며 빛만 쫓아다니는가
이 세상의 모든 사람에게는 그림자가 있다
고슴도치의 그림자 되어 나아가라
나에게 아무도 다가오지 못하도록

내가 더 이상 남에게 상처를 알게 모르게 주지 못하도록
고슴도치 가시 세우고 혼자서 나아가라

종교인들이든 철학자이든 정치인들이든 그들과 논쟁을 피하라
그들의 다투는 근처에 가기만 해도 섶에 불이 붙어 버린다
고슴도치로 멀리 혼자서 나아가라

이 세상의 모든 집착에서 벗어나는 것이 얼마나 중요한가
집착이 있는 한 해탈이 일어나지 않으니
혼란과 혼탁을 벗어나 고슴도치로 나아가라

열 명의 동창, 백 명의 동기가 있어도 그들이 의롭지 않다면
그들이 나에게 어떤 의미가 된단 말인가. 한 명의 진실한 친구가
없다면 차라리 홀로 고슴도치로 나아가라

자기에게 가장 가까운 사람과 소중한 것을 놓아보라
나머지 것들은 자동적으로 내려놓게 되니
그때에 고슴도치로 홀로 나아가라

맛있고 향기로운 먹이가 내 앞에 있고 그것이 공짜라면
그것은 그림이거나 낚시 미끼이니, 절대 물지 말고
차라리 굶은 배 움켜쥐고 고슴도치로 나아가라

번뇌의 불에 불타고 있는 그대 마음을 보는가
아직 늦지 않았다 그 불길에서 나올 수 있는 것은 그대 자신뿐
아무도 구해 주지 않으니, 스스로 뛰쳐나와 고슴도치로 나아가라

출가하고 가사를 걸친다고, 목에 로만 칼라 두른다고 길에 있지 않
다. 재 속에 있으면서도 얼마든지 오솔길 오른 길에 있을 수 있으니
　고슴도치 되어 미소 지으며 나아가라

　너희 마음속에 오적이 있다. 급함, 탐욕, 화, 교만, 집착.
　이것이 나를 휩싸고 있다는 것을 본다는 것은
　내가 고슴도치로 홀로 나아가고 있다는 것이니
　수행을 게을리하지 말라. 공적은 한순간에 무너질 수도 있다
　바닷가의 모래성처럼 무너지지 않도록
　고슴도치 되어 홀로 정진하며 나아가라

　현명한 나비는 거미줄을 볼 줄 안다
　항상 깨어 자세히 보라. 묵상을 하며 한 번 더 보면 보인다
　보이면 고슴도치처럼 홀로 나아가라

　묵상 깊게 하고 냄새를 맡으면 느끼게 된다
　어느 것이 쓰레기인지. 얼마나 썩은 것인지.
　그것을 알게 되면 고슴도치 되어 혼자서 나아가라

　물만 보지 말고 너 잡으려 펼쳐진 그물도 보라
　그물을 못 보면 너는 뭍으로 건져지고 너는 더 이상 아가미로 숨을
못 쉬니 고슴도치 되어 자세히 보며 나아가라

　바람이 바람을 만나면 회오리바람 되고
　파도가 파도를 부르면 쓰나미 되고 마니

고슴도치 되어 바람 피하고, 파도 멀리하며 홀로 나아가라

숲속에서 어디에도 묶이지 않는 바람이 그물에 걸리지 않듯
자연스럽게 살아가라. 바람처럼 사는
고슴도치 되어 자연 속에서 홀로 나아가라

묵상에 깊게 이르러 멸상을 하게 되면 깨달음이 온다
이렇게 도를 얻는 자는 지혜롭게 되었으니 이제
그저 고슴도치 되어 홀로 당당히 나아가라

듣는 것이 사실이 아니고 보는 것이 실체와 다르다.
오감에 의존하며 사는 삶은 참으로 아슬아슬하기만 하니
고슴도치 되어 자기 확신만을 붙들고 자신 있게 나아가라

무릎 꿇고 뜨겁게 모은 두 손 사이로 찬바람이 쳐들어온다
서리 찬바람 쫓겨 도망간 끝은 벼랑이라 하더라도
고슴도치 되어 끝까지 당당히 홀로 나아가라
한 번 불탄 곳은 다시 타지 말아야 하는데 얼마 안 있어 또 타오른
다 불에 타면 탄대로 불이 꺼지면 꺼진 대로
　　　　　고슴도치처럼 자연스럽게 나아가라

〈 수타니파타 경전을 묵상하며 써 본 글입니다.〉

　수타니파타(Sutta-nipāta)는 초기 불교 경전의 대표입니다.
수타(sutta)는 경(經)이란 뜻이고 니파타(nipāta)는 모음
집(集)이란 뜻이지요. 부처님 말씀 경집이 되겠습니다. 사품(蛇品),

소품(小品), 대품(大品), 의품(義品), 피안도품(彼岸道品)의 5장(章)으로 되어 있는데 잘 알려진, '무소의 뿔처럼 오직 혼자서 가라'는 사품 제 3경에 있습니다.

바람이 바람을 치면 돈다
휘이잉 회오리 되어

파도가 파도를 치면 튄다
후우욱 쓰나미 되어
　－「바람 앞에 바람 되면」

모진 바람 앞 등 보이지 마라
바람 더 날 세운다

바람 분다고 바람일지 마라
거친 회오리 되리니
　－「바람 불면 팔 벌리고」

　미국 중 남부지역에 음악 도시 여행코스가 있습니다. 미국컨트리 뮤직, 로큰롤, 블루스, 재즈의 산지 지역입니다. 세인트루이스(St. Louis) － 멤피스(Memphis) － 내슈빌(Nashville) － 뉴올리언스(New Orleans) 지역이지요. 이 음악 도시들에는 음악박물관도 많고, 스모키 마운틴국립 공원(Great Smoky Mountains National Park), 달리우두(Dollywood), 그레이스 랜드, 프렌치 쿼터(French Quarter), 채터누가(Chattanooga) 등 볼거리는 물론 미국의 유명한 먹거리들도 산재해 있고요.

이런 낭만적인 지역에 악명 높은 것이 있습니다.

회오리와 토네이도는 다릅니다. 휘휘 도는 바람이기는 마찬가지지만, 토네이도는 비가 올 때 구름 벽에 붙어서 상승되는 기류이고 회오리바람은 햇빛이 있을 때 생성되는 상승기류입니다. 피해 정도는 토네이도가 훨씬 파괴적이고요.

이 지역을 자동차로 장기체류해가면서 여행했었는데, 멀리서 얼핏 보기에도 빌딩 20층 정도 높이의 토네이도를 보았습니다. 실제로 보니, 그 파괴력은 상상 이상이었습니다. 위험해 보여 차를 급히 몰아 그 지역을 피해 나왔지요. 회오리바람, 토네이도는 바람과 바람이 서로 부딪혀서 돌아가는 것으로 보이지요. 그렇게 바람이 닥칠 때, 나 스스로 바람을 만들어서 더 큰 회오리바람으로 만드는 사람들이 있습니다. 삶에서 찬 바람이 모질게 불 때 등 보이면 안 됩니다.

당당히 두 팔 벌려서 바람 노려보면

서서히 바람의 세력은 줄어들게 됩니다.

뾰족 십자가 달린 건물 속
사람들은 이렇다고 한다

68%가 94%가 아니라고 하는데
ㅡ「어쩌다 이 지경」

2021년 한국 리서치 결과를 보겠습니다. 전체 한국민의 개신교 호감도는 31.6점입니다. 천주교와 불교는 50.7점, 50.4점이고요. 이 조사에서 응답자 전체 48%가 개신교에 24점 미만, 30%가 4점 미만의 점수를 주었습니다.

2021년 Gallup 조사를 보겠습니다. 무종교인 82%가 '종교는 사회에 도움을 주지 않는다.' 했고요. 전체 인구에서 종교인 비율은 40%,

     * 개신교 – 신자 수는 전체인구의 17%, 비종교인 호감도 6%

     * 불교 – 신자 수는 전체인구의 16%, 비종교인 호감도 20%

     * 천주교 – 신자 수는 전체인구의 6%, 비종교인 호감도 13%

입니다. 20대 종교 인구는 22%, 30대 종교 인구는 30% 정도밖에 안 되고요. 한국인 대다수가 '그 사람들 믿을 사람들이 못 되지' 하는 것입니다. 그런데 종교인들은 '우리는 정말 정의롭고 신뢰할 수 있는 사람들이야' '우리가 제일 깨끗하지' 합니다. 이런 현상을 어떻게 표현해야 할까요?   또 뭐라고 정의해야 할까요?

'사회학(sociology)'에서는 무엇이라 하는지 모르겠네요. 일단은 사회 병리 현상임은 틀림이 없는데 – 종교조직이 어마 무시하니 이런 현상을 연구하는 학자가 있으려나 모르겠습니다. 혹시, 누구라도 있어서 이런 현상을 '집단착각 현상? 단체 착시현상? 조직 자뻑 현상? 구제 불능 착란 현상? 전체 모르쇠 현상? 아니면 자위 우기기 현상?' 이라고 했다면 이미 연구기관/학교에서 이런저런 구실로 제거되었겠지요.

군중심리학(群衆心理學: mob psychology, crowd psychology)과 사회심리학(社會心理學: social psychology) 차원으로 고찰해 보겠습니다. 침묵하는 다수(Silent Majority) 가 있고 시끄러운 소수(vocal minority)가 있습니다. 이 시끄러운 소수들은 모이면 자기네들이 '절대적 우위의 힘을 가지고 있다.'라고 믿고 행동합니다. 이들이 시끄러우면 시끄러울수록 '실체의 다수'는 좀 더 이 시끄러움과 멀어지려 하고 이들이 주장하는 바에 대하여 더욱 침묵하게 됩니다. 이러한 현상은 눈덩이처럼 점점 불어나게 되어 있습니다. 이를 'snowballing phenomenon'이라 해 두겠습니다. 이런 현상이 종교에 일어날 경우를 'Snowballing in Religion'이라고 해 보고요.

군중심리는 집단적 동조현상이지요. 군중심리가 작동하면, 군중들은 지배적인 의견에 따라 행동하고 개인의 판단이나 이성은 무시됩니다. 즉, 감정이 군중을 움직이게 하는 것이지요. 이러한 심리는 지배적인 의견과 성향에 동조하는 사회적 관계를 맺어야 위험인자를 피하거나 도움을 받게 된다는 생각에서 나오게 됩니다. 자연스러운 것이지요. 즉, 지금 소수의 종교가 시끄러우니까 다수가 침묵하고는 있지만 만약

1. 소수가 계속 '종주의 거룩한 가르침을 외면하는 행동'을 지속하고

2. 소수가 계속 지금 하던 대로 미래에도 그대로 하면서

3. 소수가 계속 영성 없이 독선적이고 시끄럽기만 하며

4. 소수가 계속 사회 기여를 외면한다면

다수의 감정이 몹시 상하면서 '위협적이고도 위기적인 감정 움직임' 현상이 일어날 수가 있습니다. 즉, 침묵하고 있던 다수의 군중심리가 행동 개시하게 되는 것이지요. 이러한 현상이 지속이 되면 소수의 종교는 30년 안에 큰 위기를 맞이할 것이고요. 반세기 50년 안에는 공룡처럼 멸종할 가능성이 있습니다. 왜냐하면

1. 지금 종교 감소의 현상은 매년 지속적입니다.

2. 20대, 30대 종교 인구가 노년이 되면 지금의 종교 중심 노년 인구는 존재하지 않습니다. 이십, 삼십 대 종교 비율 20, 30% 대의 숫자가 종교를 지탱할 것 같지만, 이 낮은 비율조차도 다수의 군중심

리가 움직이게 되면 점점 위축되어 10% 밑을 돌다가 소멸할 가능성이 있습니다. '군중은 동조(conformity), 즉 지배적인 의견을 따라간다.'라는 현상이 작동을 하게 되는 것이지요.

　3, 종교 집단 비이성적 행동 지속가능성입니다. 종교 인구가 줄게 되면, 종교는 더욱 자기네 밥그릇 사수를 위하여,

　　1) 다른 교단은 사이비 타령

　　2) 다른 교단과의 분쟁/전쟁 획책

　　3) 신자 유산 강요 - 하늘에 보화를 쌓으라는 가르침에 주력

　　4) 기복 장사

　　* 이러한 Pattern은 더욱 종교 사양화

　　　　　　　　가속화에 불을 붙일 것입니다.

　* 해결방안

군중심리에 의하여 소멸하여 가고 있는 종교를 살리는 방법은 오로지 군중심리 회복에 달려 있습니다. 군중심리가 '자기 사익 추구'를 하게 되면, 나치즘/파시즘/전쟁 획책 세력 'SNS 가짜뉴스'마녀사냥'이 됩니다.

　　　군중심리가 'Poison'으로 쓰인 경우가 되겠습니다.

군중심리가 '홍익인간(弘益人間) 추구'를 하게 되면, 전쟁 종식, 기아 해결, 평화 정착이 됩니다. IMF 당시 전 세계가 놀란 한국 금 모으기, 환경운동의 경우이지요.

　　　군중심리가 'Medicine'으로 쓰인 경우가 되겠습니다.

소수 종교인에게 그리고 종교인을 바라보는 절대다수의 비 종교인들에게 군중심리가 약으로 쓰이는 실질적 방안은

　1. 종주의 거룩한 가르침 회귀에의 실질적 행동

　2. 고난, 기아, 병, 고독에 고통을 받는 이웃과 함께하는 영성에 All - in.

3. 성직자와 신자들 사이의 갑을 관계 철폐.

현대는 과학의 시대, SNS 시대입니다.

나쁜 정보도 빠르게 퍼지지만, 좋은 선량한 정보도 빨리 퍼집니다. 종교인들이 사랑과 평화 그리고 봉사의 삶을 행동으로 살아간다면 순식간에 '절대다수를 소수가 감명'시킬 수 있습니다.

세계인 평화 행복 실연 – 그렇게 임든 문제 아닙니다.

이 인류 희망의 시작은, 참으로 난감한 사회문제이기는 하지만 종교인들이 자기 자신의 사회적 위치를 직시하는 것으로 하여야 합니다. **자기 자신을 안다는 것은 지성의 첫 걸음** 이기 때문입니다.

나 당신 믿어요
절대로 안 믿지만

내 사회 믿어요
절대로 못 믿지만
ㅡ「못 믿으며 미소 지어야 하는 사회」

한국인의 약 70%는 '대부분 사람을 믿을 수 없다.' 합니다. 그리고 ' 내가 사는 우리 사회를 믿을 수 없다.'라는 사람들은 약 50% 정도 되고요. 불신 사회. **분명 크게 잘못된 사회** 인데
고치려는 노력은 안개입니다.

한국인, 한국 사회에 국한된 상황은 아니지요. 팬데믹 바이러스처럼 전 세계인, 모든 사회 곳곳 깊숙이 퍼져 있는, 일반적인 사회 불신 분위기입니다. 걸쭉하게 탁한 사회의 물을, 깊은 산골 맑은 물 영성으로 정화하여야 하는데 종교 단체에 영성이 없습니다.

나와 너, 서로 못 믿는 사회에서 무슨 희망이 있을까요?

또 이런 사회에서 '무엇이 어떻고'하는 것이 무슨 의미가 있을까요? **사회 신뢰 회복 운동**은 종교계 솔선수범으로 풀어야 할 시급한 문제입니다.

그래
바로 그 길이다
그대가 헤매다 찾은

그래
깨어지고 구르다
세모 네모 크고 작고

그래
그렇게 서로서로
틈 메우고 받쳐 들어
　　ㅡ「그래 돌담길이 답이다」

돌담길 보라
그 긴 시간 물속 스스로 닦고 씻으며
다 다른 모습으로 작아지고 작아진 돌

돌담길 보라
신화가 불 뿜던 때부터 구르고 구르며
깎아지고 깎아지다가 둥글게 모나게
돌담길 보라

돌들끼리 만나는 만큼 그림자 짙어도
틈 메우고 서로 받치며 찬바람 막아서
　　─「돌담길에서 시작하라」

산꼭대기에서 구르다가 깨지다가
개울물 속 스스로 몸 씻고 닦다

둥글고 모난 돌들 만나
서로 받치고 틈 메워서　　찬바람 막는
　　─「돌담길로 가라」

　돌담길은 마을의 모든 사람이 오+오 ─ 랜 시간 동안 하나둘, 돌을 쌓아서 만든 담입니다. 서로를 막고 경계하는 '담벼락'인데 싸늘한 도시의 담벼락하고는 전혀 다른 '정겨운 담'인 것은 왜일까요?

　1. 재료로 쓰인 돌 : 산에서 구르고 구르며 깎인 돌이거나, 물속에서 맨 알몸으로 씻고 닦인, 도 닦은 돌들입니다. 그것도 그리도 긴 시간을.
　2. 다양성 : 돌의 크기와 모양이 다 다릅니다. 도시의 건축자재처럼 일률적이고 규격에 맞추어져 비린내 나는 모습의 건축자재가 아니고, 다양한 모습 그 자체입니다. 현대 인간들 눈에 거스른 모난 돌 쪼개진 돌, 뾰족 돌까지 모두 수용하지요.
　3. 포용성 : 여러 모양의 돌들이 만나는 접하는 면에는 언제나 그늘이 깊게 드리워져 있습니다. 그러나 이들은 그늘을 간직하며 서로의 틈을 메꾸어 주고, 서로를 받쳐 줍니다.
　4. 효용성 : 돌과 돌 사이에는 바람이 드나들 수 있는 공간이 있습

니다. '바람에 맞서 무너지는 모습'이 아니지요. 세찬 바람을 통과시
켜버려 절대로 무너지지 않는 효율성이 있습니다.

　　　　　마음 속 돌담길 쌓자
　　　　모난 돌 조각 돌 둥근 돌 모아
　　　휘휘 돌아가는 돌담길
　　　찬바람 사이사이 빼어 버리는

　　　　　그래 돌담길 쌓아보자
　　　　서로의 틈 매우고 서로 받치는
　　　　　　ー「그래 돌담길 쌓아보자」

　살아가면서 제대로 된 길만 볼 수만 있다면, 삶에서 고통은 없게
됩니다. 그러나 그런 일은 절대로 없지요. 엉뚱한 길, 낭떠러지 길,
못 돌아올 길, 가시밭길, 지뢰밭 길, 구렁텅이 길, 끊긴 길, 불길, 물
길 같은 어마무시하면서도 다양한 고난의 길에 서 있어야만 하는 것
이 인간의 삶입니다. 이런 잘못된 길로 들어설 때, 신호음이 나오면
서,

　　　　　경로 이탈하여 재검색합니다
　　　　　돌아가야 합니다
　　　우회전하십시오
　　　일단 정지하세요
　　　이런 안내 없어 그곳으로 가나
　　　낭떠러지 향해 구렁텅이 향해
　　　ー「삶의 GPS 촉(觸)」

116

경로 이탈했습니다. 잘못된 길입니다.

이제 돌아가야 합니다. 안 돌아가면 낭떠러지입니다.

아 - 글쎄, 구렁텅이라니까요.

이런 삶의 GPS가 있으면 좋을 텐데, 이런 GPS는 있지 않습니다. 다만 짝퉁 GPS가 있기는 한데, 그런대로 가끔은 쓸 만한 것이 있지요.   촉(觸)

촉 (직감, 예감, 육감)은 무엇일까요? 영어로는 Intuition - 여자들의 감각 Gut feeling - 육감이라고 표현하지요.

이 촉이 다 맞는 것은 아닙니다. 그러나 삶의 연륜이 쌓이다 보면 이 '촉'이 제법 맞는 것을 느끼게 됩니다.

촉이 오면, 오감을 잠시 닫고 직시하시지요. 그리고, '이게 뭐지?' 해 보세요.   **촉이 왔을 때 이를 무시하면 안 됩니다.**

◑

여름만 있는 곳에서 두 달을 살아 보았습니다. 겨울만 있는 곳에서 덜덜 떨면서 꾹 참아가며 석 달을 억지로 살아 보았고요.

비틀거릴 때 돌아봐
평탄하기만 했다면

하나뿐인 인생에
사계절 있었다고
재미가 있었다고
말할 수 있을까

— 「이제는 고난이 재미로」

머리 정수리에서 화산 기운이 솟아나는 여름에는 알래스카에 가서 살고 싶습니다. 아래 이빨 위 이빨들이 서로 만나서, 타악기 연

주를 하는 곳에서는 캐리비안(Caribbean)으로 얼른 가고 싶고요.

고난이 엄습할 때도 마찬가지입니다. 더위나 추위처럼 피하고 싶습니다.   그러나 그 더위가 피해집니까?   그 추위가 빨리 가고요?

날씨가 그렇게 호락호락치 않고 인생도 절대로 만만치 않습니다.

지구가 도는 속도대로 날씨는 가고요.

고통은 내가 뿌린 만큼 가는 겁니다.

그러니 그쯤 살아서 사 계절을 수십 바퀴씩이나 자기가 굴렸으면 이쯤 되어서는 고난을 즐길 줄 알아야 하지 않겠습니까.

낮에는 검게 타는 지뢰밭 지구
맨발 끝으로 깡충거리며 뛰다가

밤에는
밤만큼은

뼈 보이게 그슬린 발바닥 치유
뽀얗게 되는 파란 별에서 사는
지구가 멀게 보이지는 않지만
　　　－「그런 종족이 있다」

고대 로마 그리고 중국 춘추전국시대 때부터 지뢰의 모습은 시작하였습니다. 본격적으로 폭발하여 사람을 살상하는 지뢰는 중국 15세기 때부터 사용되었고요.

제2차 세계대전 이후에는 전쟁 중 사망자보다는 부상자가, 동료들 사기와 전투 작전 능력에 더욱 악한 영향을 준다는 악랄한 생각이 지뢰 제작에 적용되었습니다. 그래서 지뢰로 사람을 죽이기보다는 발목만을 잘라 낸다던가, 사람을 날려 버려 확실한 부상병으로 만들어 버리는 지뢰들이 사용되었습니다.

인간이 얼마나 사악한지를 보여 주는 인간종의 민낯입니다. 현재 한반도 DMZ에는 200 만발의 지뢰가 그대로 묻혀 있다고 합니다. 지나고 보면 티끌같이 아무것도 아닌 이데올로기의 찌꺼기가 아직도 그대로 남아 있는 것입니다. 전쟁 중에만 사람이 사람을 이런저런 살상 무기를 이용하여 죽이는 것은 아닙니다. 쇳덩어리에서 불을 뿜으며 쇳조각이 사람의 살을 가르고 피를 뽑아내는 정도의, 살벌한 일이 벌어지고 있는 것이 이 현대 세상 삶이지요.

아군인 줄 알았더니　　친구인 줄 알았더니
나에게 총칼을 들이대는　인간들이 한둘입니까.
사람들이 큰소리로, 돌아다니는 낮에도　더 큰소리로 어슬렁거리는 밤에도　숨을 곳이 마땅치 않지만　　　그래도
인간들이 잠을 청하는 늦은 밤만이라도 파란 별로 도망을 가서 가슴을 쓸어내리며 사는 새 가슴 종족들이 점점 늘어나고 있습니다.

머리는 뜨거워지고
가슴은 얼어 가는

뿌연 창 밖 모든 것
투두둑 떨어지는데

유리창 밖 모기 눈
내 피 입맛 다시건만
　－「유리창이 무엇이냐」

창밖에 낙엽이 지고 있는 것을 보고 있노라니 머리는 뜨거워지고 마음은 점점 얼어져만 가는 것이 실제로 느껴집니다.

이마를 짚어 봅니다. 혹시, 아픈 것은 아니겠지.

아프지는 않기를 바라면서 창밖을 내다보는데,

아름답고 청명한 하늘을 날아다니는 날개를 갖기는 가졌는데, 날개값을 못 하는 큰 모기가 유리창 밖 창틀에 붙어 있습니다. 날씨가 추워 오고 있는데도 아직도 모기가 있습니다. 가까이 가서 보니, 나를 노려보고 있었습니다. 나를 먹고 싶은 겁니다. 나에게 빨대를 박아서 '쪽쪽' 빨아먹고 싶은 것입니다.

틈날 때마다 나를 빨아 먹은 것도 모자라서, 이 서늘한 계절에 나를 더 빨리게 하고 싶어서 저리 나를 노려봅니다.

유리창이 무엇입니까.

편히 산책이라도 하려는 나를 그 긴 시간 동안 괴롭히는 그것은 또 무엇입니까? 그 많은 상념은, 나를 말리고 나를 빨아먹어 버리는 저 기생 버러지고요. 나를 저 벌레로부터 막아 주고 있는 저 유리창은, 늘 깨어 있는 마음입니다.

상념(想念)은 나를 잡아먹고요.

멸상(滅想)은 나를 살려 줍니다.

주욱 푹 주욱 푸욱

시끄러운 기계음 차 앞 유리 닦아낸다

저 멀리 하늘부터

쏟아져 내려 앞 못 보는 나 닦아낸다

　　―「빗물인가 구정물인가」

가을비가 내립니다. 제법 많이 옵니다.

집에 가만히 앉아 숙성된 글이라도 같이 하고 싶은데, 할 수 없이 나갈 일이 생겨 쇳덩어리 차량에 몸을 꾸겨 넣었습니다.

차 앞 유리에 부어대는 물세례에 앞이 보이지 않습니다. 아무리 와이퍼 작동을 빨리하여도 순식간에 유리창에는 물이 흥건합니다.

앞이 보이지 않으면서 차가 달리고 있으니, '제법 + 아무튼 -' 상당히 위험합니다. 그래도 빨리 와이퍼가 오고 가는 사이로 간신히 앞을 보아가며 안전하게 집에 돌아와서 생각해 봅니다.

나의 앞을 보이지 못하게 하는 것은 무엇인가? 저 먼 하늘을 달려서 달려드는 저 빗줄기들은 나에게 무엇일까. 아니,

나를 진정 못 보게 하는 것은 구정물인데, 누가/어떤 일이/어느 곳이/구정물일까?

그래도 앞을 계속 볼 수 있게 하는 것은 또 무엇인가?

이 세 가지를 자각하지 못하고 사는 사람들에게

희망이란 정말 있게 되는가.

◑ 바람이 찹니다. 뼈가 시리게 찹니다. 아직 겨울이 되지도 않았는데 말이지요. 마음이 찹니다. 그냥 외로운 것 같기도 합니다. 주위 사람들이 많기도 한데 말이지요.

찬바람 앞에 풀이 눕는 모습이 보기 좋습니다.

풀이 눕는다
누런 풀들이
모진 바람 앞에   그대 눕는가
                        모두 내려놓고
                        낙엽 무덤 위에

                    ―「가을이라도」

121

뼈까지 외롭게 하는 바람이 모든 풀을 일제히 눕게 만드는 것이지요.   누렇게 되어 가는 사람들.

노인들만이라도 모두 같이, 자기를 낮추고 누운 모습을 보고 싶습니다. 뉴스를 보아도 그렇고, 교회나 모임에 가서도 그렇고 사람 모이는 곳을 들여다보면   노인들이 고개를 꼿꼿하게 세우고,

성대에 핏줄이 튀어나오게 목소리 높이는 것이 보입니다.
보기 좋지 않습니다.   인생 마무리 길에 들어선 자기에게도 좋지 않고 삶이 안창인 남들에게도 좋지 않습니다.

바람 앞에   세월 앞에

모두 같이 누워 버리는 산과 들의 풀들을 보며 무슨 생각을 하시나요? 그런 보기 좋은 모습을 보는 사람들이 많아지면 세상이 좋아지는 것입니다.   뼛속에 찬 바람이 숭숭 불어닥치는데도

보이는 가죽들은 모두 늘어지는데도   눕는 사람은 보이지 않는 세상에서요.

부드럽게 누워 물결같이 춤을 추는 누런 풀들 위로
낙엽까지 빨갛고 노란 수를 놓으니   편하게 누워 보시지요.
가을만이라도.   멀리서 종소리가 울려옵니다.

부우욱
주글주글 주름밖에 없는 손등에 하얀 줄이 그어진다
물건 집다 놓치고 오른손 검지로 왼손 등 긁는 소리

언제 자랐나 손톱들
언제 나갔나 정신줄
  ―「언제 무엇이 자랐는지도 모르다니」

두꺼운 서류를 집다가 잠시 다른 생각 하며 놓쳤는데 그만 오른손 검지 손톱으로 왼손 등을 긁어 주름밖에 없는 왼손 등에 보기 좋게 하얀 줄이 가고 말았습니다. 일주일에 한번 깎는 손톱인데 언제 일주일이 지났는지 모르는 것도 부끄럽고-갑자기 닥친 세상일 걱정을 하느라 정신줄을 놓아 내 손이 내 손을 긁은 것도 부끄럽습니다.

그래도 피는 안 났습니다.-그래도 정신을 다시 차리고 소리 없이 서서히 자라는 손톱을 지켜보았습니다.

자라는 손톱과 함께   잠시도 쉬지 않고 자라는 회색의 마음을 보는 한   다시는 손톱으로 긁히는 일이나

세상 걱정으로 내 파란 마음을 어지럽히는 일은 없을 것입니다.

사각 사각
사과 익는 소리

노릇 노릇
감 익는 향기

9월에는 모두가 스스로 익어 가건만
설은 채 익지 않는 하나 여기 보이니
　-「9월의 여기」

따르릉 따르릉
정신차려요
　　　　우물쭈물 하다가는
　　　　사고납니다
　-「사고와 사고의 상관관계」

어렸을 때 즐겨 불렀던 노래 중에 자전거 가 있지요.
'따르릉 따르릉 비켜나세요. 자전거가 나갑니다. 따르르르릉
저기 가는 저 사람 조심하세요. 어물어물하다가는 큰일 납니다.'
이 가사는 언제부터인지 바뀌어 왔지요.
원래는 '저기 가는 저 영감 꼬부랑 영감'이었습니다.
영감 노인이 우물쭈물하다가는 큰일, 즉 사고가 난다는 것이지요.
그렇습니다.

나이가 들어서도 사고(思考)를 많이 하면 사고(事故)가 납니다.

생각과 사각(死覺)을 철저히 냉철하게 분리하는 방법 중에 하나가

사각을 사고로 따로 처리하는 것   입니다.

생각은 나를 살리고 남도 살리고요 쓸데없는 사각은 나도 위험하
게 만들고 내 주위의 다른 이들도 위험에 빠트리는,
사고를 나게 만든다는 것을 자각하면 사고가 나기 전에 사고를 그
만 중지하는 습관을 들일 수 있겠지요.

난 오늘 일기를 쓴다
어제와 똑같은 글들

한 자도 틀리지 않은
 ―「자신 있는 삶」

초등학교 때 매일 쓰던 일기장의 내용이 어떠했을까요?
거의 매일 같은 이야기밖에 쓸 것이 없는데, 담임선생님이 쓰라고
하니…… . 매일 고민했던 어릴 적 나의 모습이, 조그마하게 보입니
다. 공부하느라 정신 줄이 나가 있던 중학교, 고등학교 때의 일기장
에는 자신을 채찍질하는 내용으로 도배를 하였던 것 같습니다.

대학교에 가서야 조금 일기장다운 일기장을 쓰기 시작했는데 일기장이 아니고 나 자신의 고민을 스스로 물어보는 그런 내용이 주였던 것으로 기억이 됩니다.

이제 - 살아갈 날이 얼마나 남았으려나? 라는 말이 실감이 나는 시기에 나의 일기장은 어떻게 되어야 하나? 라고 생각해 보는 깊고도 깊은 밤입니다.

> 오늘 밤도 허리 펴고 앉아 일기 쓰네
> 난중일기
> 이리 험한 나이에도 끝나지 않고 있는
> 내 전쟁
> ―「끝나지 못하는 나와의 전쟁」

매일 같은   매일 흔들리지 않는   후회하지 않는 그런 일기장이었으면 좋겠습니다. 이제라도 말이지요.

그것이 고마워
그 순간에 그 자리에 머물게 되면서
생각을 끊게 되고

지금 이곳에
더
오래 머물게 되고
더
생각을 끊게 되고
더 행복하게

뿌리를 내리는
천국에
극락에
　一「행복하기 위한 오로지 한길」

종교가 그 오랫동안 이루지 못한
철학의 그 많은 학자 찾지를 못한
행복으로 이르는 길　　바로 그것을 찾아내는가　상념은
현재 지금 그 진정한 뜻을 모르고 거기에 있지 못하게 하고
　　　　* 행복하기 위한 오로지 한길

꾸겨진 하루 접을 때
더 꾸겨진 너 앉혔던
의자 쉴 때 보라

깎이고 또 깎인 나무
서로 업히고 또 업혀
모두 앉히지 않나
　一「깎이고 업고 앉히는 의자」

　미군 부대의 차량이 먼지 '폴폴' 나는 길거리에 지나다니는 것이
낯설지 않은 모습을 보고 자라난 세대에게 딱딱하기만 한 나무 걸
상은 유일한 안식처였습니다. 앉을 때마다 삐걱거리는 나무 의자 말
이지요. 종일 ― 자기의 미래가 불안하여 책이라도 붙들고 있으면
그 책이 어떻게 따스한 미래를 보장해 줄 것 같은 막연한 위로. 그
알량한 함량 미달 위로 이외에는 아무것도 위로가 되어 주지 못하

여, 그저 책만을 잡고 있던 고단한 청춘들이 쉴 곳은 다른 곳이 아닌 벗어날 곳이 전혀 없어 주위를 뱅뱅 돌다가

다시 그곳에 앉아야 하는 나무로 된 무지막지 딱딱한 의자 피곤한 청춘들의 희망이 되고 지친 그들을 다시 쉬게 하느라, 정작 자신들은 잠시도 쉬지 못하였던 그 나무 의자들은 언제 쉴 수 있었을 까요? 청소할 때 – 그때만 의자들은 쉴 수가 있었습니다.

학생들이 모두 집에 돌아간 캄캄한 밤 교실에서 서로가 서로에 업혀져 쉬고 있었지요. 교실 청소하려면 책상 위로 나무 의자 위에 또 나무 의자를 올려 겹쳐 놓고 물청소를 하였었습니다.

나무 의자.

나무 의자는 나무 의자 하나가 되기 위해, 원목 나무는 깎이고 또 깎였습니다. 얼마나 아팠겠습니까? 그 전에 이미 진액까지 말리어지며 몸속까지 몸서리쳐지게 바싹 말려 졌는데, 칼날을 대고 대패로 밀어서 온몸을 고문 치사하였습니다. 당연히 나무 자기네들이 원하는 모습은 아니었을 것입니다.

말려지고 – 잘리고 – 박히고 그래서 의자로 만들어졌습니다.

그런 지독한 아픔을 가진, 아픈 의자가 또 다른 아픈 의자를 껴안고 있습니다. 깎인 의자가 깎인 의자를 업고 있고요.

섣불리 아픈 사람 앞에 나서지 마세요. 함부로 외로운 사람 곁에 계시지 마세요. 그대가 참으로 아팠던 사람이라면 아픈 사람을 안을 수 있습니다. 그대가 진정으로 외로웠던 사람이라면 외로운 사람을 감쌀 수 있습니다. 가난한 사람이 가난한 사람을 안을 수 있지요.

책 몇 권, 강의 좀 들었다고, 전문가인 것처럼 진정성 없이 하얀 밤을 서성이는 사람 앞에 오만하게 나서는 사람들 보면 참 무식 X 무모하게 용감하다는 생각이 하얗게 듭니다.

아찔 – 한, 현기증과 함께 말이지요.

** 뿌연 창 열고 하늘을 보면 **
〈그믐이지만〉이라는 시를 쓴 적이 있습니다.

가슴 비워주는 달빛
몰락하기 바쁜 세상에
까맣게 접혀진 꽃잎
하나하나 어루만지며
시든 나에게도
다가오게 되나

라고요. 옛 시인들이, 마음처럼 움직여 주는 부드러운 붓 잡고 검은 먹을 유유히 갈아가며 시를 쓸 때나, 시상(詩想)처럼 손에 간신히 잡혀지는 몽당연필 잡고 시를 쓸 때나, 요즘 세대 시인들이, 까만 자판 위에서 열 손가락으로 탱고 추듯 현란하게 시를 쓸 때나, 가난한 마음의 시인들 단골 주제 중의 하나가 달입니다.

달의 모양은 어림잡아 29.5일 주기로 그 모습이 삭, 초승달, 상현달, 보름달, 하현달, 그믐으로 변하지요. 달은 지구 둘레를 하루에 13도씩 서쪽에서 동쪽으로 지구 둘레를 공전하고요. 달의 공전 주기와 자전 주기는 27.3일로 같아서 지구에서 달을 보면 항상 달의 같은 면만 보이고 달의 뒷면은 볼 수가 없습니다.

내가 그대 마음 한쪽만 보는 것은
달의 뒷면을 볼 수 없기 때문이고
그대 내 마음에 그리 구멍 내는 것
달 표면 온통 분화구 뿐 때문이라
―「달 같은 그대」

인간의 삶을 세는 달력을 보면 서양은 빛나는 해, 동양은 아늑한 달이 기초가 되었습니다. 세상의 온갖 번쩍거림, 부스럭거림 그리고 혼탁함이 푸근한 어두움과 같이 모두 가라앉은 다음에, 낮 내내 세상에 끌려다니느라 기진맥진한 사람들의 마음을 위로하고자, 달은 힐링의 빛으로 다가오지요. 사람을 자극하며 쳐다볼 수가 없는 강렬한 태양에 비하여, 달빛은 어린아이 덮어 주는 포대기처럼 정답고 부드럽기만 합니다.

태양은 더 높은 목표를 가지라고… 여러 말 말고 눈에 보이는 성과를 내라고… 이익 되는 사람만 만나라고… 이글거리는 불채찍을 휘두르며 인간들을 다스립니다. 하지만 달은 사람을 만나도 목적 없이, 길을 걸어도 목적 없이, 꽃을 보아도, 책을 읽어도, 산을 보아도 목적 없이 그냥 그대로 보라고 합니다.

실직한 가장을 달래주는 것도, 실연당한 여인 보듬는 것도, 희망 날개 꺾여버린 청년, 기가 막힌 일 당한 아이 감싸 안아주는 것도 달빛입니다.　　달을 보신 지 얼마나 되셨나요. 기억이 나시나요.

달은 달을 사랑하는 사람에게만 마음을 열어 가슴 색 지혜를 선물로 안겨줍니다. 두리둥실 보름달을 좋아하기보단 조각달 조각나 꺼진 쪽을 볼 수 있는 사람. 태양 반사 점점 밝아지는 달빛 따라가기보단, 기울지만 그믐달 그늘을 넉넉히 품고 사는 이에게만 말이지요.

낮에, 젊은 날에 찢긴 생채기 아물게 하며… 포근하게 잠이 들게 해주는 빛. 그 달빛이 어두움과 추위로 접혀진 꽃잎, 상심한 풀잎을 하나하나 천천히 부드러운 손으로 보살핀 후에 드디어 한 사람에게 다가갑니다.

오늘 밤에는 유난히 힘주어 억지로 버티고 서있는 그 사람의 상심한 발끝부터 서서히 감싸주는 것이 보이시나요, 이제 비움의 힐링이 시작됩니다.

언제나 한 쪽 면만 보는 세상, 여러 착각 속에 점점 어두워지고 있는 그믐 같은 답답한 세상이지만, 그래도 달을 자주 보는 사람은 달빛 덕분에 잘 견디며 살아갑니다. 달빛이 마음을 맑게 해주기 때문입니다. 마음이 맑은 사람은 지혜의 눈으로 세상을 보며 고난을 극복하여 살아갑니다. 혹시 오늘 밤, 마음이 먹먹하시다면, 마음같이 뿌연 창 열고 하늘 올려다보시지요. 맑은 지혜가 떠오르게 된답니다.

** 어두운 데 내려진 스위치 (행복 발전소 ON-OFF 스위치)
〈마음 스위치 올리며〉라는 시를 쓴 적이 있습니다.

탁
불 켜진다
막장마저도 환하다

탁
불 꺼진다
밖 분명 환한데 어둡고

라고요. 이 세상에 이것이 없으면 내가 어떻게 될까 하는 것이 어디 하나둘이겠습니까. 그중에 전기를 생각해 봅니다.

전기(electricity)라는 용어는 호박을 뜻하는 그리스어 'elektron'에서 유래되었다고 합니다. 기원전 600년경 그리스 철학자 탈레스가 양털에 문지른 호박이 가벼운 종이나 털 등을 끌어당기는 현상을 발견하고, 이를 마찰 전기라 이름 지었다고 하지요.

하지만 이런 단순한 정전기 현상이 아닌 전류를 발견하고, 세계 최초의 전지를 발명한 사람은 이탈리아의 물리학 교수 볼타였습니다.

130

전압의 단위 볼트(V)는 그의 이름을 딴 것이고요.

현대의 전류 하면 떠오르는 것은 에디슨과 니콜라입니다. 에디슨은 '멘로파크의 마법사'라고 불리며 직류를 바탕으로 백열전구 발명을 비롯해 GE의 설립에, 천재 과학자 니콜라 테슬라는 교류를 발명하여 웨스팅하우스의 발전을 이끌었습니다.

미국 과학자들은 테슬라에 대한 존경심이 높다고 하지요. 에디슨은 애완동물들을 의도적으로 잔인하게 죽인 장면들이 포함된 전단지들을 배포한다든지, 죄수들의 사형에 교류 전기 충격을 사용하자는 주장을 펴는 등의 파란 스파크 일어나는 음모를 동원하여 전류전쟁(War of Currents)으로 불리는 전기 경쟁에서 세르비아계 크로아티아 이민자 테슬라를 몰아붙였다고 합니다.

현대인들은 테슬라의 맑은 영혼 덕분에 간단한 스위치 조작으로 방안의 어두움을 물리치며 살아가지요.

축축한 일, 마저 해결하고 가라며 왼쪽 팔 잡는 이들과 인연 질기게 사나운 일이 오른팔 잡아끌어, 삶의 끝자락마저 모두 빛을 잃고만 늦고도 늦은 밤… 더 이상 어두울 수 없을 것 같은 눅눅한 집도 파르르 떨리는 손가락 하나로 '탁' 스위치를 올리면 언제 어두웠던가 하며 금세 밝아지지 않습니까.

어두움은 오랜 장마로 물 잔뜩 먹은 천막같이 무거워 마르지 않을 것 같지만, 사실 뒤집어 보면 별것 아닙니다. 조그만 스위치 조작 하나로 물러나니까요. 그런데 우리 마음의 어두움은 어떻습니까. 자기 마음 불빛이 어두운지 밝은지 모르는 사람들은 스위치 조절할 일이 없겠지요. 그래서 항상 마음이 어둡습니다. 잠시 누가 스위치를 올려주어 밝았다가도 금방 다시 어두워지지 않습니까. 수시로 자신의 마음 밝기 즉 조도를 알아채야 합니다. 그리고는 자기 스스로 스위치를 올려야 합니다. 세상 따끔한 일로 레이저 빛 발사하던 눈길을 부드럽게 하고, 길길이 뛰는 폭풍우 같은 숨소리를 다스립니다. 그 다음 '살아 있음'부터 시작해 '감사할 거리'를 하나하나 찾아 '탁' 스위치를 올려 보시지요. 금세 환하여집니다. 광산 땅속 갱도의 마지막 막장같이 어두운 마음도 말이지요.

반면에, 낮이라 세상이 분명 온통 환한데 스위치를 내리고 있으면 마음은 어둡기 그지없지요. 마음 깊은 곳에 조도를 서서히 조절하는 디머 스위치 하나 달아 두시지요. 감사하는 한, 행복을 전달해 주는 행복발전소하고 연결된 스위치 말입니다.

데카르트에 되묻다

〈데카르트의 오류〉라는 시를 쓴 적이 있습니다.

생각한다 고로 존재한다 한다 그랬나 그대는
그런 그대에게 왜 존재한다고 생각하냐고 묻는다
그대는 조금 더 깊게 그 말 의심했어야 했다

사람은 행복하려고 존재한다
행복하려면 생각 말아야 하고

라고요. 프랑스의 철학자 R.데카르트는 수학자이면서 철학자입니다. 수학자로서의 업적은 해석기하학에 관한 것이지요. 해석기하학을 이용하여 주어진 축과 이 축에 고정된 각도의 모서리 사이에 만족하는 관계, 곡선의 접선을 작도하는 방법, 방정식의 해법 등을 연구하며 기하학과 대수학을 종합하였다고 평가를 받고 있습니다.

철학자로서 그가 남긴 유명한 말이 있지요.

Cogito, ergo sum〈나는 생각한다. 고로 나는 존재한다.〉

근대 철학의 아버지로도 불리는 데카르트는, 철학에서 확실한 기본을 발견하기 위해서는 모든 인식을 부정하고 의심하여야 한다고 전재하고 출발합니다. 이 세상의 모든 사물을 의심하지만, 의심하고 있는 나는 의심할 수가 없다는 것이지요. 즉, 생각하고 있는 순간에는 내가 존재한다는 그것만은 확실하다는 것입니다. 그는 바로 이 점에서 모든 존재 인식을 이끌어 내려고 하지요.

그의 저서 『방법서설』에서 변하지 않는 진리를 찾으려고 불확실하다고 생각하는 감각 자체도 부정하였습니다. 이유는 감각도 꼭 맞는 것이 아니기 때문이라는 것이었지요. 생각은 존재의 중심이고 이것만은 더 이상 의심하거나 부정할 수 없는 진리라고 보았습니다.

그런데 조금 더 깊이 그의 방법을 동원하여 그의 말을 의심하여 보면… 인간의 생각 한가운데에 까맣게 박혀있는 '불쾌한 생각' 심지의 끝은 무엇이며 또 그 생각들은 언제 끝날 것인가. 꼼지락거리는 과거의 자락만 잠시 잡아도 지난날 불행한 기억들의 갱내로 끌고 들어가는 그 칙칙한 생각들. 불편한 과거의 생각은 다른 더 불편한 과거 생각들의 꼬리만을 먹고 살아간다는 생각에까지 이르게 됩니다.

그런 과거 생각들도 벅차기만 한데 머릿속은 미래 생각까지 농후하게 덮쳐 걸힐 기미를 안 보입니다. 사람들의 미래에 대한 '불길한 생각'과 막연하게 '희망하다가 마냥 실망'하기만 하는, 뱅뱅 도는 생각의 끝은 있기나 한 것일까요.

지속되지 못하는 행복의 기억·기대와 상관없이, 과거와 미래의 나까지도 지금 내 존재가 아닙니다.

생각하는 순간, 나는 그 생각 때문에 존재하지 않지요. 타(他)의 생각이 아(我)인 나의 존재 자리에 들어와 그 타의 형태로 마음을 독차지

133

하기 때문에 나라는 존재는 없어지고 지금 찰나에는 실존하지 않는 타의 존재가 나를 점령하게 됩니다.

타라는 존재의 삶을 살아가고 있는 현대인들을 대변하여 데카르트에게 되묻습니다. "그대는 좀 더 깊이 의심했어야 했다. 생각하지 않을 때 온전한 내가 존재할 수 있다. 생각하면 그 생각으로 내가 존재할 수 없지 않는가. 내 존재가 없는데 어찌 존재의 이유인 '생존을 위한 존재와 행복'의 근간이 존재하겠는가."라고요.   덧붙여

"말간 행복은 생각을 줄이는 만큼 느끼는 것"

"생각 안 한다 고로 나는 온전히 존재한다." 라는 말까지 더해서요.

지팡이도 굽은 노인
숨길 예사롭지 않은
순한 골든 리트리버
목 끌고 가고 있다

하늘 좁게 긴 날개
솔개 깊게 쳐다보는
　 　 ―「개인가 나인가」

인상이 그리 좋지 않은 미국 할아버지. 어떻게 삶을 살았는지 인상 구겨진 노인. 노인보다도 더 늙었는지 헉헉거리며 목줄에 끌려가는 착하게 생긴 개 한 마리. 산길에서 노인을 쫓아가다가 하늘을 쳐다보기에. 한참을 쳐다보기에.

나도 하늘. 그쪽 하늘을 깊숙하게 쳐다보았습니다.

동네에서는 보기 힘든 솔개가 긴 날개로 하늘 한편을 가리며 서서히, 유유히 날아가고 있었습니다.

천성이 순한 골든 리트리버도, 평생을 개 같이 끌려 살아온 굽어진 노인도 하늘을 쳐다봅니다. 한숨 속에 하늘 한쪽 구석이 무너집니다.비가 오려나 봅니다.

*[illegible] .

깊게
들어온
칼에
베여진
상처

바람 안 불어도
시큰 덧나고

세월 지나가도
덧나는 것은
　—「칼보다 깊은 호흡으로」

마음이나 몸이 내적인 아니면 외적인 자극으로 인하여 폐해를 입는 것 그리고 그로 인한 부서진 자국을 상처(傷處)라고 하지요. 상처는 흉터를 남기고요.

상처의 종류가 얼마나 많습니까.

* 자상刺傷

찔린 상처를 말합니다. 날카로운 도구로 찔린 상처.

☞ 마음 : “믿고 보증을 서 주었는데, 그 보증이 목을 죄어 옵니다.”

* 열창상(열창)裂瘡傷

살이 찢겨져 나가는 상처를 말합니다.

☞ 마음 : "믿고, 모든 것을 말하였는데 그가 소문을 퍼트립니다.
　　　　　그렇게 숨기고 싶어 하는 비밀인데 말입니다."

* 열상裂傷

속살이나 뼈가 보이게 심하게 찢어진 상처입니다.

☞ 마음 : "그 앞에 거짓의 옷을 벗었습니다. 하지만, 그는 그것도
　　　　　거짓이라고 합니다."

* 창상槍傷

쇠로 된 기구에 의한 상처를 말합니다.

☞ 마음 : "더 이상 물러날 것이 없는데, 이 사람은 더 요구합니
　　　　　다. 분명 더 없는데…."

* 좌상挫傷

눌린 상처이지요. 무거운 물체에 짓눌려 생기게 됩니다.

☞ 마음 : "나의 남편이 얼마 전에 죽었는데, 믿고 의지하던 외
　　　　　아들이 갑자기 교통사고로 죽고 말았습니다."

* 등창瘡傷

감염에 의한 상처입니다.

☞ 마음 : "내 친구의 아픔을 듣다 보니, 그리고 만나다 보니
　　　　　그 아픔이 나의 아픔을 더욱 아프게 합니다."

* 절상切傷

여러 가지 도구에 의하여 베인 상처를 말합니다.

☞ 마음 : "자동차 사고가 나고 말았습니다. 분명 상대방 잘못
　　　　　이고 나의 잘못이 없는데, 법원 판결이 나의 잘못이
　　　　　라고 합니다."

* 절단상絶斷傷

신체의 일부가 잘려 나간 상처입니다.

  ☞ 마음 : "사기를 당하였습니다. 고소하였더니, 우리 측 변호사
           하고 상대방 변호사하고 짜고 변호사 비용만 부풀려 나
           갑니다. 이젠 돈도 더 없어서 소송을 진행하지도 못합
           니다."

* 타박상打搏傷

멍을 수반하는 상처 즉 맞아서 생긴 상처입니다.

  ☞ 마음 : "며칠 전에도 직장 상사에게 꾸지람을 들었는데, 오늘
           또 야단을 맞았습니다. 이러다가 간신히 얻은 직장에
           서 해고당하는 것은 아닌지, 내일은 있게 되는지 하루
           하루가 불안합니다."

* 찰과상擦寡傷

가볍게 피부의 외부가 벗겨지는 정도의 가벼운 상처입니다.

  ☞ 마음 : "지하철에서 누가 시비를 걸었습니다. 그는 다짜고짜
           더러운 욕을 퍼부었습니다. 이 더러운 기분이 오래 갈
           까 봐 걱정입니다. 며칠 전에도 이보다 사소한 일인데
           도 더 심한 욕을 듣고 밤잠을 설쳤거든요."

* 파열상破裂傷

상처가 어떤 외부의 타격으로 인하여 신체의 바깥으로 터져 나가
는 것을 말합니다.

  ☞ 마음 : "성적이 좋지 않습니다. 학교 다닐 때도 이 성적이 오르
           지 않아 미래가 불안하기만 하였는데, 시원찮은 이 직
           장에서마저도 실적이 좋지 않습니다."

* 내상內傷

신체 안에 있는 내장에 입는 상처를 말합니다.

  ☞ 마음 : "부모님이 형제자매 중에 나만 제일 소홀하게 나를 키웠

습니다. 어떤 때는 나만 주워 온 자식 아닌가 할 정도로
차별을 수없이 받아 왔습니다."

* 골절상骨折傷

신체의 뼈가 금이 가거나 부러지는 것을 말합니다.

단순하게 골절되는 것을 떠나 그 골절로 인하여 주변의 장기, 피
부, 근육을 더 다치게 하는 복합골절이 더 큰 상처가 되게 됩니다.

☞ 마음 : "형제자매에게 돈을 꾸어 주었습니다. 그것도 나의 친
구 돈을 사정사정하여 꾸어 건네 주었습니다. 그런데
돈을 돌려줄 생각을 전혀 하지 않습니다. 자기네 할 일
은 다 해 가면서요."

* 동상凍傷

얼어서 생긴 상처입니다.

☞ 마음 : "신앙에 의지하려고 교회 성당 사찰을 다녀 보았습니다.
열심히 믿을수록 성직자와 가까이하게 되다 보니, 그들
이 우리보다도 신앙심이 떨어진다는 것을 알았고 게다
가 그들 부정부패를 보고 마음은 더욱 얼어만 갑니다."

* 화상 또는 열상火傷(熱傷)

화기에 의하여 데인 상처입니다.

☞ 마음 : "그의 말, 그의 행동이 모두 믿음직스럽고 귀엽고 사랑
스러웠습니다. 시간이 지날수록 그의 말 한마디, 움직
임 모두가 싫습니다. 이제는 증오스럽기까지 합니다."

* 파상破傷

깨어진 이빨; 파절(破絶)을 말합니다.

☞ 마음 : "나를 해치려는 사람을 대항하여 열심히 싸웠습니다. 물
기까지 하였는데, 그가 해를 입기는커녕 나의 이빨만
부러지고 말았습니다."

* 뇌상腦傷

두뇌에 입는 상처를 말합니다.

☞ 마음 : "일 초도 생각이 안정되지 않습니다. 그 인간이 미워 생
각을 하지 않으려고 하면 할수록 더욱 그의 징그러운 비
웃음이 나의 멱살을 잡고 놓아주지 않습니다.
그 기가 막힌 일을 잊으려고 하려 해도, 잊을 만하면 떠
오르고 잊을 만하면 떠오르며 심장의 박동이 불규칙합니
다. 늦게 잠들고 일찍 깨며 밤새 몇 번이나 잠을 깹니다.
자고 일어나면 머리가 깨지는 그것같이 아프고 어지럽습
니다. 분명 뇌 깊숙한 곳에 큰 균열이 가 있을 것입니다."

이렇게 분류하고 나면 우리가 지금 살아 있는 것만도 감사하게 되
지요. 이 세상에 이렇게 많은 위험이 항상 도사리고 있는 것입니다.
실제로 나이가 들어가며 사람들은 점점 몸의 상처보다 마음의 상
처 종류가 더 많게 되어 있습니다. 또한 마음의 상처가 몸의 상처보
다 더 깊고요. 치료도 힘들고 치료 기간도 더 길며, 상처를 치료하
고 흉터가 난 후에도 계속 돌보아 주지 않으면, 바로 재발 우려가 크
지요.
마음의 상처를 입었을 때의 상황이 조금이라도, 비슷한 정황이 되
면 상처를 준 사람과

**목소리가 – 옷차림이 – 머리 스타일이 – 걷는 모습이 – 뒷모습이
비슷한 사람만 보아도**

그때의 상처가 도집니다. 바람 불어야, 몹시 불어야 흔들리던 것이
이제는, 바람 불지도 않는데도 흔들립니다.

흔들린다
깊숙한 어지러움들과 함께
흔들린다
이제는 바람 불지 않는데도
  — 「깊숙이 박힌 그림자」

　그래서 그때야 자기의 상처가 깊은 것을 알아차리고 자기 자신도
또 놀라고 낙담을 하게 되지요.
　　　깊숙한 오흡만이 이를 완치　　하여 줄 수 있습니다.
　생각을 끊는 깊고도 깊은 호흡을 지켜보는 습관만이
　　　　이 많고도 많은 종류의 상처들에서 나를 살려줄 수 있습니다.
　　　　　　물론 흉터도 서서히 희미하여지고요.

물 가르면 갈라지나
불 가르면 꺼지는가

그냥 물
　　불 끌어안으면
　　차갑지도
　　뜨겁지도
　—「용서가 안 될 때」

　용서란 "피해자가 가해자에 대한 감정이나 태도 변화를 의도적·자
발적으로 경험하는 것으로, 복수심과 같은 부정적인 감정을 버리고
가해자가 잘되길 바라는 능력이 향상되는 것"이라고 위키피디아는
정의하고 있습니다.

그리고 실천적인 행동에 대해서 성서는, 만일 하루에 일곱 번이라도 누가 죄를 지으면 일곱 번이라도 용서해 주라고 했고, 또한 일곱 번뿐만 아니라 일흔 번씩 일곱 번이라도 용서해 주라고 하였습니다.

불가에서는 용서가 가장 큰 수행이라고 하였지요. 달라이 라마는 부정적인 감정들은 행복에 이르는 길을 가로막는 가장 큰 장애물이며, 그 장애물을 뛰어넘는 유일한 길이 용서라고 하였고요.

용서에 대한 이러한 종교 스승들의 말씀을 지키라고 강론, 설교, 설법하는 성직자들은 자기 자신에게 먼저 양심적으로 물어보아야 합니다. –　　나는 다섯 번이라도 용서한 적이 있는가?

나를 나락으로 빠트린 자를 정말 용서한 적이 한 번이라도 있는가?

우리는 모두 사람이 갖추어야 할 덕목으로서, 또는 신앙인으로서 용서의 가치와 의미 그리고 나아가 의무에 대하여 설득을 강요당하지만 현실적으로는 그것이 그렇게 쉽지도 않고, 어쩌면 현실하고 너무 동떨어진 〈용서 실천 방법〉인지도 모릅니다.

자기 자신이 성서적으로 되어야 하는 압박감이나 결벽 성향으로 끊임없이 용서하여야 한다는 강박증이 있는 사람이라면, 이 '용서 신화'에서 벗어나는 것도 자기 자신을 해방시키는 좋은 방법이 됩니다.　　　　용서의 방법에는 두 가지가 있습니다.

1. 490번씩 용서하는 독한 마음으로, 무조건 용서해 주는 방법

내 등에 칼을 꽂은 사람을 아무렇지도 않게 따스하게 안아주고 그 사람에게 진심으로 미소를 지어 주는 방법이 되겠지요. 실제로 하루에 일곱 번씩 용서를 하고 이렇게 일흔 번씩 〈용서〉라는 말을 주문처럼 외우면, 용서가 내 몸처럼 된다는 체험을 한 사람들을 주위에서 제법 보게 됩니다.

2. 상기 1의 방법이 안 될 때 마지막 수단. – 용서하여야 하는 순서는　1) 그 사람을 떠올려야 합니다.

2) 그 다음은 당연히 그 사람이 나에게 한 기가 막힐 일을 다시 끔찍하게 떠올려야 하고요. 이런 과정은 내가 다시 한번 깊은 상처를 입어야 하는 필수 과정이 됩니다. 이것은 특별한 새로운 과정이 아니고, 사실은 매일, 가끔 하는 과정에 불과하지요.

어찌하였든, 이런 과정으로 괴로워하고, 잠을 못 자고, 자기가 하는 일에 집중을 하지 못할 때는 그냥 똑바로 쳐다 보면서 미워하여야 하지 않겠습니까?   용서가 정말 안 되는 너무 힘든 경우가

되겠지요.   '그래. 그냥 편안하게 미워하자.' 이렇게요.

마음에 부담만 안 느끼면 됩니다. 아주 대놓고 '미워하자' 하고

실제로 생각날 때마다 '이제 슬슬 미워해 볼까? 이렇게 마음에

속삭여 보기 시작하면, '점점 시큰둥'해지게 됩니다.

이 미워하는 감정에 〈잘 처방된 시간이라는 약〉을 잘 섞어 먹으면,   **이 뻣뻣하고 낯선 미워하는 감정이**

싫어하는 감정으로 꼬들꼬들하게 잘 말려집니다.

먹을 만하지요. 말랑말랑 만만하게 말이지요.

이 싫어하는 감정은 잘 숙성이 되면…….

무시하는 감정으로 향기가 나게   됩니다.

성자가 되지를 못하여, 너무나 내가 착한 인간적일 때에는

그냥 –   미워하세요. 싫어하세요. 무시하세요.

그렇게 당당하게 사는 겁니다.

걍 –   그렇게 뻔뻔하게 사는 겁니다.

나를 해친 원수가 뻔뻔하게 잘 사는데

착한 내가 그 원수만도 못하다고 하면 너무 억울합니다.

뻔뻔하게 무시하며 살면 됩니다.

이 세상 사람들이 겉으로는 그렇지 않지만
속을 들여다보면 다 뻔뻔하게 살아간다고 생각하여야 합니다.
그럼, 숨이라도 잘 쉴 수가 있게 됩니다.

다들 그러고들 살아
뻔뻔하게
안 그런 척 아닌 척
반질하게
－「다들 그러고들 살아」

그다음에는 숨에 집중하는 겁니다.
그렇게 되면, 남을 미워하면서 내 건강이 나빠지고, 일도 잘 안 되
며 숨마저 거칠어지는 나의 모습을 지켜보는 자를 보게 됩니다.

괜찮다 괜찮아
실수 잘못 실패 좌절
다들 그러고들 살아

괜찮다 괜찮아
다들 찔리고 찔러가며
안 그런 척 시침 딸 뿐
－「까짓것 괜찮아」

그 지켜보는 자가 진정한 나이고요.
그 괴로워하는 자는 가짜 나입니다.

그 가짜에 사로잡혀서　　휘둘려서 사는 한 평온은 찾아오지
않습니다.　　　　　　　행복의 향기는 피어오르지 않습니다.

바람은 흡혈귀
바람 맞을 때마다 피 빨려 나가

늙은 몸뚱이
구석구석 피 대신 바람 흐르니
　－「노인은 바람 든 가벼운 풍선」

시장에서 무를 사 왔습니다. 싱싱해 보여서 샀지요. 그런데 칼로
반을 잘라 보니 바람이 숭숭 들었습니다.

처음 무를 심을 때 바람 들이에 강한 품종 자체를 선택하여 심는 것
이 중요하다고 하네요. 이른 조생종 품종을 선택하거나, 너무 일찍
씨를 뿌리거나, 밭이 모래땅일 때, 질소비료가 많을 때, 햇볕이 재배
할 당시 부족할 때, 온도가 높고 습도가 높을 때, 그리고 너무 늦게
수확할 때, 무는 바람이 숭숭 들어 맛이 없게 된다고 하지요.

무 재배 하나에도 이렇게 많은 정성과 신경을 써야 한 뿌리가
탄생을 합니다. 바람 든 무를 보며 나의 몸에도 바람이 든
것은 아닐까 생각해 보았습니다.

그 긴 세월을
허구한 날
바람 맞으며 살았으니

144

바람 맞을 때마다
피가 마르게 고민하고
고통을 겪었으니
　 －「바람구멍 난 무 속의 나」

당연히 바람이 저의 피를 뽑아 갔을 것입니다.

　　　무　　　　　　바람 먹고
　　　　　　　어둠 먹고
　　　나

　　　　　　　고통만큼
　　　　　　　뿌리만큼
　 －「무 핏줄에는 바람 흐르고」

　바람은 뱀파이어입니다. 피를 뽑아 가고 그 자리에 자기의 자식들
을 심어 놓아서 자자손손이 잘도 살아가고 있습니다.
　늙은 가죽 - 야위고 협착한 핏줄. 그 속에는 분명 피 대신 바람이
흐릅니다. 하지만 그나마도 -
　이제라도 세상 이치를 조금은 알게 되어 마음이 가벼운 것을 보면,
늙은 시인은 바람 든 풍선 정도는 되는가 봅니다.

고개 잠깐 올려보니
푸른 하늘 뭉게구름
빠른 바람 몰고 가네
　 －「삶 그리고 구름」

참으로 -　　　　　기억도 가물 - 가물가물한 그 시절
　　　　　　하늘을 올려다보니 하늘색이 푸르더군요.
　　　　　　하늘이 푸르다는 것을 모르고 살았나 봅니다.
　　　　　제법 오랫동안
빠른 바람이 하얗기도 하고
회색이기도 한 구름을 몹시도
빠르고 바쁘게 몰고 갑니다
　　　　　인생도, 남은 삶도
　　　　　저렇게, 빠르게 지나가려나.

▲

제자들이 답답할 때면 이런저런 문제로 연락해 옵니다.
그중에 두 내용을 무명으로 한다는 양해를 받아서 공개합니다.

1
(전략)
끊임없이 나를 대면해야 하는 삶의 자리에서
풀리지 않는 매듭들은 어느 상황에서도 누구와도
어느 시간 안에서도.
나 자신의 숙제일 것입니다.
(중략)
스스로의 선택이 아니라면…
삶의 매듭은 풀리지 않을 것이고…
그 매듭이 풀리기 위해서는
(중략)
자신이 중요하게 생각하는 가치관의 무너짐도 필요할 것입니다.

146

(중략)

'사랑하면 돼!'라고 쉽게 말할 수 없는 것도

그 사람이 나와 같지 않음이 아닐까 싶습니다.

사랑하는 것이 얼마나 어려운 일인지 더욱 실감합니다!

내가 사랑해야 모든 것이 변할 수 있을 텐데....

오늘도 그렇게 하느님의 치유의 손길이 저를 어루만지길 바라며....

(후략)

☞ 저의 답신입니다.

S.

내가 이렇듯 오래 살아 보니 삶은 그렇게 복잡하지도 않고 행복을 찾는 데는 그렇게 여러 말이나 거창한 이론이 필요 없는 것이었습니다.   그렇습니다.

매듭을 맨 것은 분명 남이 아니고 나 스스로입니다.

실제로 남이 묶었다 해도, 내가 안 묶이면 안 묶인 것이고

       남은 안 묶었는데도 내가 만들어 묶기도 합니다.

당연히 묶인 것은 절대로 남이 풀어 주지 않으니, 나 스스로 풀어야 합니다. 복잡한 것 같지만, 그것은 그렇게 괴로운 일도 어려운 일도 아닙니다. 마음 하나 바꾸면 되는 것이고 그런 삶의 지혜가 몸에 스며들면 되는 것이지요.   결코 어렵지 않습니다.

자신이 중요하게 생각하는 가치관의 무너짐이라는 말이 마음에 다가옵니다.

하느님께 구하는 자세보다는 모든 것이 나에게 달려 있다는 것을 절실히 느끼는 용감함이 필요하지 않을까요?

왜냐하면 하느님께 넘겨 버리는 자세는 제가 살아 보니

결코 해결책이 안 된다는 것입니다. 그동안 살아오시면서 하느님께서 얼마나 실제로 매듭을 풀어 주시던가요?

친구 관계는, 저의 경우에는 ABC의 차등을 두고 사귀고 있습니다. C의 Level에 있는 친구들에게 A등급의 기대를 하는 것은

현명한 일이 아니리고 느꼈기 때문입니다. 그렇다고 C를 내치는 것이 아니고 그저 C 정도의 관계를 유지하는 것이 마음을 편하게 하는 방법이더라고요.

나이가 들수록 A등급의 친구와 깊은 정을 나누어야

내 삶이 A등급이 된다고 생각합니다.

친구와의 관계뿐만 아니라 모든 인간관계에서 이런 냉철한 구분은

안타깝지만 어쩔 수 없는 나를 방어하는 삶의 기술이라 봐야 합니다. 내가 견딜 수 있는 정도가 넘어서게 될 때 최후의 수단이기도 하고요.   S 홧팅

#2 K님은 피정 지도 중에, 같은 피정 지도자하고 좋지 않은 관계로 〈대형사고〉라는 표현을 쓰면서, 피정 내내 괴롭다 며 이 메일을 하였습니다. 저는 여행을 돌아오자마자, 시와 함께, 답장들을 하였고요. 그 중에 하나.

말이 적어야 하는데
생각 줄여야 하는데

말로 시작한 종교
말로 세워진 교회
생각 늘리는 그곳
　－「자 다시 시작이다」

여행에서 돌아오니 모든 것이 그대로입니다. 피정에서조차 묶여 있는 일들이 벌어진다면 언제 매듭을 풀어 자유로울까요?

하지만 대형사고는 어떤 이에게는 살짝 접촉사고 정도이고

또 어떤 이에게는 마음이 흔들리지 않기에 아무 일조차도 안 되겠지요.   결국은 마음이 문제입니다.

종교라는 것이 말로써 세워졌으니 말이 많지요. 말 많으니 생각이 많을 수밖에 없고요. 거기다가 과거를 끊임없이 묻고 더군다나 미래만을 지향하니 사랑 – 예수님의 현재 사랑은, 삶에서 제일 중요한 지금 여기 사랑은 –   입 다물고 언제나 하며 뒤돌아 누웠습니다.

지금/여기/사랑하다가 죽어도 짧은 것이 인생입니다.

하루 – 하루가 소중하기만 합니다.

탕진하는 것 – 하루를 사랑하지 않고 탕진하는 것

그것이 바로 나에 대한 죄 – 이 세상 중대한 죄가 되지 않을까요?

고생하며   고민하며 살아온   나에 대한   죄가 되지 않을까요?내가 생각을 끊지 않고, 말을 끊지 않고 그리고 확신 없이 남 앞에 나서면 옆 사람, 앞 사람, 뒷사람 그리고 나도 괴롭게 됩니다.

K 홧팅!

*********************** 누구에게나(구도자/수도자들 포함) 제일 힘든 것은 인간관계입니다. 특히 수도자들은 인간관계에서 자유롭지 않으면, 일생 헛수고 하는 것입니다. 수도 생활의 중심은 '소외된 이웃과 함께'여야 합니다. '소외된 이웃'과 함께 한다면 어떤 마음고생도 존재하지 않습니다. 기쁜 일만 있겠지요. 그러나 이런 곳에 있지 못하면, 인간들하고 '자갈돌이 서로 끊임없이 서로 부딪혀 모래 되듯이' 질기게 어긋나며 살아가게 됩니다. 이런 상황이 길어지면 수도 생활에 회의에 휩싸이게 되고요. 일생을 전부 All – in 했는데, 참으로 안타까운 삶이 되고 맙니다.

새벽 건너 우는 이 보거든
손수건 없이 우는 이 보면
우는데 눈물 없는 이 곁에

입 열려 하지 마라
아는 척하지 말고
　　　ー「무얼 안다고」

분명 어둑어둑할 때 울기 시작하였는데
　멀리서 하루를 지지겠다고, 해의 가는 빛이 떠오르는데 아직도 울고 있습니다. 손수건으로 눈물을 닦다가 손수건이 흥건히 젖어 이젠 손수건 없이 그냥 웁니다.
　이젠 우는데 목소리도 나오지 않고 눈물도 나오지 않는데
　　　　　　　　　　　　　　이것도 운다고 하여야 하나요.
　　　　　이것이 진정으로 우는 것이겠지요.
　　　이런 사람 보셨나요… 많습니다. 정말 많습니다.
그대가 진정성 없이 위로한답시고 자기도 자신 없는 이야기를
주저리주저리 하면서 지나쳤기 때문에 보이지 않았을 뿐.
많습니다. 정말 많답니다. 너무너무.

누가 알기나 할까
나 눈물 흘리는

누가 알면 또 어때
같이 안 울어줄
　　　ー「어차피 나 혼자」

150

나 아픈 것을 아는 사람이 또 있을까.　　　　　　나 말고.
내가 지금 어지러운 것을 아는 사람은 있기나 한 것일까. 나 말고.
우는 것도 나. 우는 걸 그치는 것도 나. 어차피　　나 혼자입니다.
　　　　　　　　　　어찌 되었거나　　나 혼자이고요.

 노란 거북이

세상 팽팽 돌아가고 있는데 - 혼자 어슬렁어슬렁.
항상 눈물이 두 눈에 그렁그렁해 보이는 거북이.
세상의 모든 것을 천천히 보아, 세상이 모두 눈물겹도록
아름다우니 항상 두 눈에 눈물이 촉촉이 반짝입니다.

눈물겨워 사는 거북 하나 있었다
느릿하지 않게 다가오는 세상 일
마냥 느릿느릿 두 눈 껌뻑거리는

사람들 눈동자보다 더 빠른 세상
어기적어기적거리는 노란 거북이
천천히 보아 모든 것 아름다우니
　　―「행복한 거북이 하나 있었다」

당신이 바로 노란 거북이였으면 좋겠습니다.

오래 찌들어
더러운 자국
마른 걸레로

지워지지 않는가

축축 눈물로
적셔진 걸레로만
　ー「깨끗이 닦으려면」

　사람에게는 지우고 싶은 것이 있지요. 없으십니까? 그대 양심을
지우셨군요.
　있으십니까? 걸레 하나 준비하시지요. 걸레입니다. 깨끗한 행주
말고요.
　그대의 찌든 삶과 같이 한 걸레 말이지요. 그 걸레에
　농도 짙은 진실의 눈물을 적시어 살살 문질러 보셔요.
지워집니다. ー 깨끗하게

쭈뼛 쭈뼛
어떻게 살아왔기에

우왕좌왕
얼마나 남아 있다고

긴가민가
그렇게 어리석게도
　ー「언제 행복하여지려 하나 노인이여」

　그렇게 모래알보다 많은 날을 살아왔으면서 아직도 쭈뼛쭈뼛하나
요.　　　　　　　　　　앞으로 살아갈 날이 얼마나 남아 있길래

이것인가 저것인가 우왕좌왕 확신을 못 하시나요.
언제 행복하여지려고, 언제 평안하여지려고, 언제 기뻐하면서 살
려고   두리번거리기만 하실 건가요. 노인이시여.

너의 가면을 벗어다오
그만큼 괴롭혔으면

수상한 정체 밝혀다오
마지막 긴 숨길 앞에
 ―「과거여 미래여」

사람의 삶 – 인생을 탁탁 털어 보면 나를 제일 괴롭힌 것은
             과거이고 미래입니다.

괘씸하기만 이들의 정체   는 무엇입니까?
사람으로 태어나서 이 마귀들   이 원수들
          시뻘건 손아귀에서 죽기 전까지 벗어날 수가 있습니까?
마지막 기나긴 숨길 – 날숨이 나가고 들숨이 안 들어오거나
    들숨이 들어오기는 하는데 날숨이 다 나가지 못하게 되면
끝나는 겁니다. 나의 생애는 말이지요.
이렇게 되는 마지막 순간까지도 인간을 괴롭히는 것은
과거이고 형제인 미래
미래이고 자매인 과거   입니다.
과거는 기쁘고 즐거웠던 생각보다 아프고 괴로웠으며 창피했던 기
억으로 얽힌 데다가 설켜 있습니다. 나무를 칭칭 감고 놓아주지 않
는 칡넝쿨처럼.

그러니 - 과거의 기억을 해 낼 때마다 상처에는 소금이 뿌려지고
    쓰라리게 아물지 않게 합니다.   이것이 과거의 속살입니다.
그때 그렇게 하지 않았으면 지금의 나는 이렇지 않았을 터인데
        그 사람에게 그렇게 하지 않고   그 사람하고
        엮이지만 않았어도 내가 이 정도는 아니었을 터인데
과거의 속살은 우회입니다.
미래는 어떻습니까?   미래의 가운데 왼쪽 토막 정체는 걱정이고
            오른쪽 토막 정체는 불안입니다.

내가 앞으로 이렇게 되면 어떡하지?   직장에서 쫓겨나면?
    학교 성적이 안 좋으면?   저 사람과 이렇게 되면?
    계약은 잘 해 두었는데, 그 계약이 파기되면?
    내 건강이 나빠지면?   그 사람이 변심하면?
    날씨가 몹시 나빠서 여행 중 돌아오지 못하면?
    지금 내가 먹는 이 음식의 재료가 살충제/농약이 많이 들었다면?
    아파트 옥상에서 화분이 내 머리로 떨어진다면?
    운전하는 차를 누가 들여 박는다면?
    이렇게 써내려가면 5Page는 쉽게 쓸 수 있습니다.
그런데 여기다가
    자식의 걱정을 추가하면 역시 5Page도 더 쓸 수 있고요.
이것도 모자라서   손자들의 오지 않는 미래 걱정까지 더하면
15Page…   이래도 숨이 쉬어지는 것을 보면
            인간은 독하고 독한 존재임에 틀림이 없습니다.
결론이 나지요? 왜 내가 오늘 - 현재에 살아 있어야 하는지?
살고 싶으면   살아남고 싶으면
            과거 미래의 가면을 벗겨내고
            연재 지금에 머물러야 합니다.

까만 옷에 하얀 실
살짝 앉는다
실수다
툭 - 쳐낸다

하얀 옷에 까만 실
계속 앉는다
실패다
그래도 툭 -
　ー「실수가 실패는 아니다
　　실패 완전 절망도 아니고」

　실수가 실패인가요? 실수 안 하는 사람 있나요?
　실수가 쌓이고 쌓여, 실패가 된다고 해도 그것이 복구 불가능일까
요?　　　　　　　　　　　　　실패 안 하는 사람 있나요?
　다들 실수하고 살아갑니다. 모두 실패하고 살아갑니다.
　　　실수하면 '다들 그러고들 살아' 하시며 실타래 털어내듯
　　　실패하면 '모두 그렇게 살잖아.' 하시며 먼지 털어내듯이
툭 - 툭 - 털어내 보시지요. 남들 다 그러고들 사는데, 그게 뭐 대
수입니까.　　**실수와 실패하다가 가는 것이 인생이니**
　　　　실수와 실패한다고 너무 낙심 마시지요.

같이 한다는 것
하나 된다는 것
사랑 한다는 것
　ー「심준心準」

인간들은 수준이라는 말을 많이 사용합니다.

"수준이 안 맞아." "수준이 그래." "수준에 어울리지 않아." 같은 말
들.　　　　　　　눈높이라는 말이 있지요.

상대방 눈높이에 나의 눈높이를 맞춘다는 의미가 있습니다.

수준(水準)

은 사람이나 사물의 질, 가치의 기준이 되는 정도를 의미한다지요.

하지만, 물건이나 사물은 이렇게 말할 수 있지만

사람의 정도는 - 심준(心準)이라는 말을 썼으면 좋겠습니다.

수준하면, 물의 질과 연관되기 때문입니다. '여기 물이 왜 이래?'
처럼 말이지요.　　　　사람의 질을 결정하는 것은

돈도 아니고, 물질도 아니고, 권력이나 명예는 더욱 더 아닙니다.

사람의 정도를 나타내는 가치는　　　오로지 마음 하나입니다.

4계절, 마음을 닦는데 소홀히 하면 안 되는 이유가 바로 여기 있
습니다.

　　　　　　애썼다
　　　　정말로 애썼다
　　　　꽃잎 피려고

애썼다
참으로 애썼다
한 알 열매

　　　　　　애썼다
　　　　그동안 말이지
　　　　이파리 낙엽

애썼다
그 오랜 세월
언 흙 속으로
　　―「애썼다 그대 그만하면」

애썼다 봄날 내내
　　　　한 줄기 꽃 향 피우기 위해
애썼다 여름 동안
　　　　그 작은 한 알 빚어내려고
애썼다 가을 시간
　　　　떠나면서도 그 찬란한 단풍
애썼다 겨울 계절
　　　　아무도 돌아보지 않는 시절
　　―「할 만큼 애쓴 그대 인제 그만」

　그렇게 진이 빠지도록 애를 쓴 그대여. 평생 애먹으며 살아온 그대여.　'되었습니다. 인제 그만.' 그쯤 애쓰셨으면, 할 만큼 했습니다. 그대여 참으로 애 많이 쓰셨습니다. 그 기나긴 세월 동안. 인제 그만 쉬시지요. 쉴 만합니다.

　　　　　　　　　　쨍그랑
　　　　　　　유리 그릇 하나가
　　　　　　　일곱 조각쯤으로
쨍그랑
투명해서 깨졌을까
깨져왔던 것일까
　―「설거지 도(道)」

설거지는 도를 닦는 수행의 한 방법인 것이 확실합니다. 그리고 아무리 강조해도 지나치지 않고요. 집에 있을 때는 아침저녁은 확실하게 점심은 가끔 걸러 가며 설거지하고 삽니다.

그렇게 자주 하는 아주 익숙한 수행인데 – 잠깐 정신줄을 놓는 바람에 한 삼십 년은 넘은 유리그릇에 세제 거품이 너무 발라졌나?

그만 빨간 고무장갑을 떠난 유리그릇이 '짜앙 그랑' 깨지고 말았습니다.   아마도 일곱 조각은 더 났을 겁니다.

마음은 열 조각쯤은 더 났겠지요.

새것도 아니고 오래된 것이니 괜찮아 – 할 수도 있지만

설거지 도에 정진하고 있는데 잠시라도 온전히 머무르지 못했다는 생각에 마음이 산산조각나고 말았습니다. 유리가 투명해서 잘 보지 못했던 것은 아닙니다.

수련을 한 후에는 한 번도 설거지하면서 그릇을 깬 적이 없었는데 왜 깼을까.   또 왜 하필 유리였을까.

유리는 투명해서 투명하지 않은 생각이 난 지면 깨져 버리고 마는 것일까.   아니면

유리는   내가 정신 줄을 놓을 때마다

실망하여 조금씩 금이 가다가

오늘은 안 되겠다고 하며 자가 형태 파괴를 하고 만 것일까.

어둠 밝히려면 초에
불을 놓아야 하는 곳

초심

　―「초심(初心)」

초가 그리 중요하지 않은 세대에게, 초는 그저 생일 케이크에 몸을 꽂는 용도 이외는 낯설기만 합니다. 하지만, 배고픔이 무엇인지 아는 세대에게는 '초'가 생활 속에 깊게 자리 잡아서, 익숙하기만 하지요. 녹록지 않은 삶처럼 깜깜한 밤에 그래도 덜 넘어지게 하는 것은 전깃불이 아니고, 초였습니다.

초의 중심은 초의 심지이지요. 초의 중심, 마음을 초심(燭心)이라고 쳐 볼 때, 초심 여기에 불을 놓으면, 뜨겁게 초는 타오르며 주위를 환하게 밝힙니다. 그러면서 초는 점점 녹아서 작아지지요. 초심이 세상을 밝게 합니다. 이 초심을 계속 유지하는 것이 사람 관계/학교, 직장, 사회생활을 밝게 하고요.

사람 관계에서 제일 중요한 덕목은

초심을 유지하는 것 입니다.

처음 만났을 때, 처음 시작 할 때의 그 신선한 설렘. 예의, 존경심등이 시간이 지나는 것에 비례해서, 하얀 종이가 시간 조절자 햇빛에 의하여 서서히 퇴색하듯이 변합니다. 사랑이 식는 것이지요.　　　　신앙인의 마음가짐에서 제일 소중한 것도 초심(初心)을 유지하는 것이고요.

예수님, 부처님, 여호와 님, 신 알라와 그들의 가르침을 처음 대했을 때의 그 설렘, 경외감, 존경심은 달 모습이 초승달이 되고, 상현, 만월로 변하다 하현을 거쳐 다시 초승달 모양으로 수없이 반복되는 동안 얇아져 버리기도 하고, 그믐달처럼 안 보이게 되기도 합니다.

사람의 가운데 중심은 초심입니다.

이 초심을 잃어 사람들은 서로 싸우고 헤어집니다.

다양한 모습으로요.

분쟁, 파탄, 이혼, 원한, 사기, 보복, 모함, 모략, 폭력, 살인, 방화, 폭파, 강압　　　　많기도 합니다.　　**초심을 얼마나 유지하느냐**　가

행복의 척도　**인격의 척도**　**삶의 질 척도**　가 됩니다.
아무리 반복적으로 강조해도 지나치지 않습니다.

당신은 달이군요
보름달이 하현 초승달 상현으로 되는
어떤 때는 전혀 안 보이고

당신은 달이군요
나에게 보여 주는 것은 오로지 반쪽
그마저 달마다 그리 변하고
　　―「당신은 달이군요」

달을 보고 있으면
달에서 토끼를 빼고 보면
달이 무섭게 보이지요
그대를 보고 있듯이

달을 보고 있으면
달이 반쪽만 보여 주고
변하기만 하는 모습
그대를 보고 있네요
　　―「달에 사는 그대」

　지구에서는 달의 반쪽 면만을 볼 수 있습니다. 달의 공전 속도가
때마다 약간 다르고 태양 중력으로 자전축이 조금씩 변하는 칭동(秤
動 ; liberation) 현상 때문에, 정확히는 달 전체의 면적 약 59퍼센

160

트 정도만 볼 수가 있고요.

지구에서 보는 앞면은 어두운색의 지형 쪽이 보입니다. '달의 바다'로 불리고 있지요, 뒷면은 보이지 않는 산악지형으로 되어 있습니다.　달을 보고 있으면 토끼가 보이는 것이 아니고

한 달 내내 '이랬다저랬다' 변화무쌍하고

양면성을 가진 인간이 보입니다.

유명한 두 이야기,

Strange Case of Dr. Jekyll and Mr. Hyde는 선한 지킬박사의 모습과 사악한 하이드 모습을 동시에 가진 한 인물을 서술합니다.

1962년에 창조된, hulk는 분노하면 아드레날린의 분비로 거대한 녹색 거인이 되지요.

이 두 이야기는 하나의 인간 안에 두 개의 인격체를 묘사합니다.

선하고 사랑스러운 모습을 보이다가도, 어느 순간 '파팟 –' 파란 스파크가 일어나면서 '우우우 – 욱' 화가 솟아나서 '괴력'을 보입니다. 이 괴력은 눈에 보이는 것을 없게 합니다. 그래서 ★의 ☆ 짓을 다 합니다. 소리를 높이고 화를 내는 것은 기본이고 교활하고 앙큼하고 잔인하며 폭력적으로 되지요.　악한 모습으로 일단 변하면,

1. 자기가 하는 짓이 무엇인지 자기가 모릅니다.

2. 자기의 그 악행을 급하게 제어하지 못합니다.

그 후, 악행이 끝나게 되고 다시 선한 모습으로 돌아오면, 자기가 한 짓에 대하여

1. 후회를 막심하게 하거나

2. 자기 악행을 합리화하지요. – 받아들이면 자기가

괴로우니까요.

서양에는 헐크와 지킬&하이드가 있지만 동양에는 인물 대신에 철학이 있습니다.

맹자의 성선설과 순자의 성악설입니다.

성선설은 인간은 원래 착하고, 동정심과 이타심이 있어 이를 유지하는 수양을 하면 도적적인 존재가 된다는 것이고, 성악설은 인간은 원래 못되었고 이기적이므로 끊임없이 예의, 도덕을 교육받고 정신적으로도 수련에 정진하여야 한다는 것이지요.

어떤 주장이 맞는다고 하기보다는, 두 주장이 다 일리가 있고요. 이 두 주장을 모두 받아들이면 인간은 양면성과 이중성을 가진 존재가 됩니다. 그래서 두 주장의 공통점처럼 인간이 사람이 되기 위해서는 '도를 꾸준히 닦아야 한다.'라는 것이 되고요.

여기에서 간과하면 안 되는 것이 있지요.

가면을 쓰고 연기　한다는 것.

인간은 교활한 면이 있어서 자기가 선한 척 연기를 한다는 측면이 있고, 이 측면을 자기 자신이 잘 모른다는 것입니다. 실제로 Pure하지 못하게 선한 것이지요. 어느 순간, 누구에게, 어디에서, 어떤 사건, 어떤 계기로 자신이 생각하는 선함이 깨어집니다. 그러면 괴롭습니다. 그리고 혼란스러워합니다.

자기 정체성에 대한 혼란

자기가 선하다고/악하다고, 남이 선하고/악하다고 할 것이 아니라, 나 그리고 남의 이중성을 이해하고 인정한다면

자신을 학대하거나

남을 미워하거나 하는 데에서 해방될 수가 있습니다.

그래서 달을 보면서 살아야 합니다.

달을 볼 때마다 나의 한쪽만 보는 나
남의 한쪽만 보는 내 모습도 같이 보면서
마음을 닦고 또 닦아야 합니다.

절대 라는 말
결코 라는 말

그리고
한번도 라는 말
완전히 라는 말
완벽히 라는 말
　　　　－「절대로/결코 하지 마세요」

　사람들이 각오를 다지며 하는 말들이 있습니다. 절대로, 결코, 완벽, 완전히, 한번도 - 똑같은 말들입니다. 이런 말들을 유난히 잘 쓰는 인간들이 있지요. 이런 인간들을 곁에서 보고 있으면, 숨이 '턱턱' 막힘을 느끼게 됩니다.

　세상일이 결코 잘 굴러가나요?
　사람 일이 절대 잘 진행되나요?
　절대로/결코 그렇게 되지 않는 것은 살아갈수록, 뼈가 '찌릿찌릿' 저리게 느끼며 살아가는 것이 인간의 굴레입니다. 그래서
　결코/절대로라는 말을 빌려서 표현하자 치면 절대로/결코 하는 말을 자주 쓰면 안 됩니다.
　　이런 말을 쓰면서 남을 채찍질하고 자신을 학대하면
　　　　주위에 있는 사람들이 전염병 걸립니다.

　　　　　아애저야하고 나니 턴낌어한 .
　사람은 그저 최선을 다하면 됩니다.
　　　물론 최선 속에서 실수와 후회는 있기 마련이고요.

주름진 머릿속 까만 리모컨
백 개 천 개 만 개 채널 가진

누구나 언제나 한 곳 누르고
그것 이디인지 보고 있는 자
　─「리모컨 성자」

　예전에는 리모컨이 간단하였습니다. 끄고 켜는 버튼, 소리 버튼
그리고 0부터 9까지의 숫자가 전부였지요. 그런데 지금은 여기에다
가 사방 화살표, 온갖 부호표, 빨강, 파랑색 버튼까지 복잡다단하기
만 합니다.

　청소를 한다기보다도, 무엇을 찾느라 뒤적뒤적 진땀을 빼다가 보
면, 기진맥진 정도 될 때쯤, 손에 '스 ─ 윽' 아무렇지도 않게 걸리는
것이 있습니다. 옛날 리모컨입니다. 이사를 자주 가야 짐이 정리되
는데, 이민 초기 말고는 이 나무판자 집에서 35년 이상을 살다가 보
니, 온갖 추억의 잡동사니가 그대로입니다.

　구닥다리 리모컨은 옛날 우리 삶처럼 단순하여서 좋았습니다. 최
첨단 지금 리모컨은 한 손으로 잡기는 잡는데 다른 손의 도움을 받
아야 작동이 될 정도로 복잡하기만 합니다. 잘못 누르면 엉뚱한 기
능이 작동하여서 빠져나오는데도 '낑낑' 애써야 하고요.

어쩜 연대의 삶과 그리도 닮았는지요.

리모컨 보네
옛날 리모컨
간단하게 끄고, 키고, 숫자만 있는

잘못 누르고 말고도 할 것도 없게 된
리모컨 보네
요즘 리모컨
복잡한 화살촉, 부호, 숫자 난무한
한번 잘못 누르면 빠져나오기도 힘든
─「삶 그리고 리모컨 변천사」

우리는 하루에 얼마나 많은 생각을 하고 살아갈까요? 보고
듣고, 맛보며 냄새 맡고, 피부가 닿아서 느끼는 오감 즉,
시각, 청각, 촉각, 미각, 후각 따라 생각이 동시에 일어납니다.

하루에도 이 오감이 얼마나 자주 일어나는지요. 사람 살아가는 것
이 이 오감이 작동하는 것 자체이고, 그에 따라오는 생각이 더해지는
것이 바로 인간 삶이지요. 이 오감도 모자라 인간에게는 오감에 해
당하지 않는 감각, 육감(六感 ; sixth sense)까지 있습니다. 이 육감
은 '자기 근육이 어디에 있는가?' '어느 쪽에서 힘이 오는가'를 느낄
수 있는 '자기 인식(proprioception)'감각이라고 보는 견해가 있지
요. '고유수용'인데, 외부에서 오는 자극을 감지하는 것이 아니고 자
기 스스로에게서 나는 자극을 감지하는 것이라는 것입니다. 이것만
으로는 육감은 정확히 설명되지 않습니다.

어려운 육감을 쉽게 설명하자 치면, '딱히 오감으로는 설명하기가
힘들지만, 묘한 느낌 도는 직감으로 느끼는 감각' 정도가 될 수가 있
겠지요. 그런데, 이 육감은 오감보다도 훨씬 많이 생각을 불러오게
됩니다. 왜냐하면, 오감으로 설명이 되지 않기 때문에, 이 육감으로
떠오르는 생각을   **이게 모지?**   (뭐지 x)
하며 끈질기게 알아내고 싶어 하는 것이 인간의 두뇌 구조이기 때
문입니다. 이 육감은 맞을 수도 있고, 안 맞을 수도 있는 '비 정확성

165

이 특징'인데, 이 육감이 '어쩌다 번쩍'하며 맞는 데 문제가 있습니다. 이 어쩌다 맞는 것에 비중을 더 두게 되게 되어 있지요. 인간들은, 살아갈수록 '살아가는 것이 불확실'하기 때문입니다.

과학적으로 인간이 하루에 몇 가지 생각이나 할까를 측정한 적이 있다고 하지요. '하루 오만 가지'에 근접한다고 합니다. 우리 조상들이 어떻게 이 숫자를 세어 보았을까를 추정해보면, 선조들이 얼마나 '정신세계'에 관심이 지대했는가를 가늠할 수가 있습니다. 하루에 평균 6,200번 이상의 생각 즉, 1분 사이에 대략 6.5번 정도의 생각을 한다는 연구논문도 있습니다. 이것은 사람들 환경, 성격에 따라 다 달라서 편차가 당연히 클 것입니다.

사람마다 다르지만, 인간은 '순식간' '찰나'에도 어느 생각을 하게 되어 있습니다. 그리고 인간의 두뇌에는 그 어느 한 생각만 들어 있을 수 있고요. 이 생각이 들어와 있다가 다른 생각이 들어오면
이 생각은 졸지에 다른 생각에 밀려 버립니다.

리모컨으로 이 방송을 보다가 다른 채널로 돌려 버리면, 금세 조금까지 살아서 펄떡거리던 생명을 새로운 주파수에 내어 주어야 합니다. 우리 두뇌 구조하고 똑같지요.

지루하고, 재미없고, 해가 되는 방송
생명을 갉아 먹고, 오악을 부르는 생각 채널.

내 머리가 지금 어떤 채널에 고정되어 있는지

그것을 보는 자가 바로 각자(覺者)이고, 성자입니다.

언 시간 녹이는
장작불도
긴 밤 밝혀주는
횃불 길도

166

－「불쏘시개 되시라」

불쏘시개 같은 사람 있다
꾸겨지고
찢어지며
부러져서

함부로 집어 던져지지만
불의 꽃으로 뜨겁게 되는
　－「불쏘시개」

　사람의 눈을 가만히 들여다 보고 있으면

　그 어떤 사람의 두 눈을 깊이 보면 무서운 파도가 넘실대는 사람이 있습니다. 삶 속에서 － 이 인간 － 저 인간 － 이런 일 － 저런 일에 밟히고 살아온 사람 말이지요.

　이 파도를 못 보고 그 사람의 언 마음을 녹이려 하고

　누구에게나 적용되는 성서 구절을 들이대고 횃불이 되기를 바라는 것은 진정성이 없는 초점이 맞지 않는 무리한 요구입니다.

　그 멍든 눈동자 앞에서는 같이 멍들어야 합니다.

　같이 자기 삶을 꾸깃꾸깃 꾸겨서 그를 위한 불쏘시개가 되어야 합니다. 그래야 몸이 녹고 눈동자에 횃불이 비치고 나도 진실로 따스한 사람이 됩니다.　　　　　　　　　　부디,

　아무렇게나 이 인간 저 인간에게 꾸겨지고 찢어지며 부러져서 함부로 집어 던져지지만 불의 꽃으로 꽁꽁 얼어가는 주위를 따사하게 하고, 밝게 하는 불쏘시개가 되다가

　하늘로 오르는 한 줌의 회색 재가 되기를 간절히 바라봅니다.

내
보잘 것
없어서 　　　등불은
　　　　　못 되어도
　　　　　그대의
　　　　　불쏘시개
한 송이
꽃 아녀도
한 모금
물 된다면
　　　—「그대 원하여」

B 시인이 이 메일을 하였습니다. 평상시에 '도 닦는 길'에 관심 많은 분. '오늘은 새벽 모처럼 마당에 사뿐히 나가 보니 오렌지 대추 이것들이 다 열매를 달고 있어요. 언제부터 이랬을까요?

갑자기 내 머리털 사이로 무엇이 빠져나갑니다.'라고요.

제가 답했습니다. '과수원 지기님' 열매를 보셨군요. 언제부터인지 모르셨네요. 　　　　　**'뭐든가요? 나가는 게?'**

B 시인이 답합니다. 휘이익이요 　또 답신을 하였습니다.

　　　'나가는 것도 보고 —　다시 들어오더라도 보고 —

　　　　　　　　　지켜보시는 그것이 내 습관이 되면 됩니다.

위이익 — 빠져나가는 소리도 그렇게 지켜 들어 보시면 생각이 끊어집니다. 시간은 반드시 옵니다. 소리와 싸우지 마시지요. 그 소리 안에 무엇 있던지 그냥 지켜보시고 들으세요. 그냥 지켜보는 시간이 많아지면 아 그렇구나. 이런 좋은 데가 있었구나. 아 이렇구나. 이렇게 기쁨이 항상 하는 그런 날이 옵니다.

168

내 마음속에 열매가 맺어져 가는 것을 Slow Motion으로 보는

한 송이
꽃 되려
　　─「한 모금 물은 꽃이다」

　　한 모금 물 보네
　　이파리 위 구르는
　　한 방울 물 보네
　　꽃 있고 향기 있는

　　　─「물방울 속 꽃 보네」

툭　　　투둑 떨어지는 빗방울
그　　　한 모금의 물이 의미하는 것은 무엇일까요
툭　　　투둑 또 하나의 물방울
그　　　한 방울 속에서 꽃이 보이고 향기가 피어오릅니다.

　　　하늘이 나에게로 쏟아진다
　　　　　파랗게
　　　마음 시리게 하얀 구름들도
　　　　　나에게
　　　장미 향기까지 나 감싸는가
　　　　　그렇게
　　　지나가던 파랑새가 내 곁에
　　　　　조용히
　　　　─「묘지 가기 딱 좋은 날이네」

공동묘지를 종종 갑니다. 무슨 기일에도 가지만, 걍 - 무심할 때, 묘지를 갑니다. 묘지를 가면 그곳에 인간들이 궁금해하는 모든 답이 있기 때문입니다. 처음에는 막연히 '답이 있지 않을까?' 하고 갔었습니다. 그런데, 묘지 방문이 잦으면 잦을수록, 머릿속 자욱한 안개는 걷히어 나가고 의식이 점점 또렷해짐을 느끼는 것이었습니다.

아 - 확신이라는 것은 이런 것이구나.

어떠한 경우에도 바뀌지 않는 진리 같은 것.

묘지 가는 차에 시동을 걸고, 날씨가 좋길래 '오늘 몇 도인가?' 하면서 핸드폰을 보았더니, 온도와 같이 눈에 들어오는 것이 있습니다.   13일에 금요일.

'야 - 정말 묘지 가기 딱 좋은 날이네.'

동양권은 4자를 싫어하고, 서양권에서는 13자를 꺼리지요. 그래서 고층 건물에도 13층의 13 표시가 없는 곳이 많습니다.

하늘 찌르고 있는 빌딩에
분명 4층이 있고 13층이 있는데
승강기에 표기 안 한다고
그것이 없어질까

눈 가리고 까꿍
눈 가리고 아웅
ㅡ「첨단 문명의 민낯」

죽을 4자라며 4층이 없고, 3층에서 5층으로 건너뛰거나, 4층을 F (Four)로 표시하고 13층도 건너뛴 것을 보면, '프 - 훗' 하며 코웃음이 납니다.

인간의 나약함이 보이기 때문입니다. 4자를 기피해서 살고, 4자와 함께 하여 죽는다면, 인간 살아가는 것이 얼마나 쉽겠습니까?

> 묘지를 가면 보인다
> 묘지 위 한 손 나온 것이
> 마지막 무엇 쥐고 안 놓았는지
>
> 묘지가면 다 보인다
> 마지막 숨길 허걱대면서
> 무엇 제일 아쉬워하였는지도
> ─「그대 질문은 모두 묘지에 있다」

승강기는 미국의 엘리샤 오티스(Elisha Graves Otis)가 1857년에 뉴욕시의 5층짜리 건물에 설치한 것이 시초입니다. 한국은 1914년 조선호텔에 처음 설치되었고요. 엘리베이터는 손가락 하나로 '툭' 문이 열리고 닫힙니다. 높이 올라갈 수도 있고, 아래로 내려갈 수도 있습니다. 손가락 하나 그 동작 하나로.

단순 동작 하나로 삶의 문이 스르륵 열리고 고통의 문이 휘익 닫히고   추구하는 높은 데로 가고, 도를 닦는 낮은 데로 가는
그런 것이 없다고 합니다.
그렇지만 있습니다.

마음을 닦아 고수가 되면 단순 사고 하나로 기쁨과 행복 문이 스르르 열리고 아픔과 고뇌 문이 '샤아악' 닫히며 높은 이상의 곳으로 '슉' 올라가고   평온한 낮은 곳으로 '슉 - ' 내려갑니다.

171

↕ ↕ ↕ ↕ ↕ ↕ ↕ ↕ ↕ ↕ ↕ ↕ ↕ ↕ ↕ ↕ ↕
툭 -
문이 열린다
툭 -
문이 닫힌다

슝 -
올라갑니다
슝 -
내려갑니다
—「세상은 절대로 이렇지 않지만」

열려라 참깨 보다
그냥 툭 -

그렇게 행복 참깨
그냥 툭 -

승강기 버튼처럼
—「열려라 고소한 행복」

'열려라 참깨'는 거의 세계 모든 이들이 아는 주문입니다. 보물을 숨겨둔 동굴 문이 열리게 하는 주문이지요.

Open, sesame, Sésame, ouvre-toi, 開けゴマ(hirake, goma), (zhīma kāimén), افتح يا سمسم (iftaḥ yā simsim). 8세기 이후 이슬람 각지의 설화들을 묶어서 16세기경에 완성된 '천일야화

172

(One Thousand and One Nights)의 알리바바와 40인의 도적(Ali Baba and the Forty Thieves)에 나오는 주문입니다.

'알리바바와 40인의 도둑'은 진작, 아랍어 또는 페르시아어나 원본이 없습니다. 프랑스의 동양학자 앙투안 갈랑(Antoine Galland)이 천일야화를 구술로 들어서, 정리하고 이를, 처음 번역할 때 자기 자신이 써넣은 것이기 때문입니다.

세계적으로 유명한 미국의 '세서미 스트리트(Sesame Street)'의 이름은 'Open, sesame'에서 유래되었고요.

이런 간단한 주문 말 한마디로 돌문이 열리는 것은 없지만, 이에 못지않은 것이 있지요. 손가락 하나 동작으로 고층을 오갈 수 있는 엘리베이터입니다. 2만 개의 부품이 잘 움직여야 안전이 보장되는 엘리베이터는 한국 전국에 76만 대 정도가 설치되어 있습니다. 보유 규모가 세계 7위입니다. 매월 3천 대씩 새로 설치가 되고 있는데 이는 세계 3위 수준이고요. 상당한 수치이기 때문에 고국을 방문할 때는 어디를 가든 엘리베이터 이용하는 것이 익숙하기만 합니다. 그러나 미국에서 살면서는 엘리베이터를 탈 일이 드물기만 하지요. 여행지에서나 탈 정도입니다. 도심지 Downtown 고층빌딩에 갈 일이 별로 없기 때문입니다.

엘리베이터의 층수 표시는 지하는 B(Basement) 또는 -(Minus)로 표기하지요. 지하 1층은 B1, -1이 됩니다. P(Parking)는 주차장 전용이고요, 꼭대기는 PH(Penthouse)입니다. R(Roof)로 표기하기도 합니다. 고급 층이기 마련이고요. 이 PH 층이 많을 경우에는 PH1, PH2로 표시하지요. 출입구는 L(Lobby)입니다. 미국에서는 G(Ground)도 많이 사용합니다. LL(Lobby Lounge) 층은 로비 라운지를 말하고요. BM(Basement Mezzanine)은 지상 1층과 지하 1층 사이에 중간층이 있을 때의 표기이지요.M1, BM1으로도 표시합니다. 유럽 프랑스에서는 1층을 RC(Rez-de-chaussée), 영국권에서는 1층을 0층으로 표기하거나, M(Main)으로 하기도 하여 혼란을 주지요. 이 승강기 버튼을 누를 때마다 묵상하면 좋겠습니다.

승강기 버튼을 누르네
쿡 - 문 열리며 닫혔던 마음 열리고

다시 버튼 눌러 보네
쿡 - 문 닫히며 달려들던 잡념 닫히는

또 한 번 손가락 동작
승 - 높이 올라만 가려는 내 자신 보네

간단한 누름 동작하나
슈웅 낮은 곳에 내 찾는 것 모두 보니
ㅡ「승강기 명상」

간단한 손가락 동작 하나로 승강기의 육중한 철문이 자동으로 닫히고/열리고/올라가고/내려갑니다.
그보다도 더 간단하고 빠른 마음 신호 명령 하나로 나의 마음이 닫히고/열리고/올라가고/내려갑니다.
승강기 탈 때마다 버튼을 지긋하게 한 번 '꾸욱 -' 누르는 사람도 있고 그 잠시도 못 참아서 '타 다 다 닥' 계속 누르는 인간도 있습니다. 버튼 누름에 '지긋하게 집중하는 그 동작 하나'가 행복의 문이 됩니다. 이런 단순한 동작 하나도 잘못하는 습관이 몸에 배어 있는 인간에게는 묘지로 가는 길이 더욱 가깝답니다.

174

이렇게 협박해도 고치려는 시도를 안 하는 분도 계시겠네요.
'묘지 밖으로 버튼 누르던 손'이 '쑥-' 나와 있는 분요.

꼬인다 꼬여
살아갈수록

인간 중심이
꼬이고 꼬여
　—「죽을 때까지 꼬여 있는 DNA」

꼬인 것 피느라
용쓴다고
그게 펴질까

아주 조금이나마
필라치면
다시 꼬이고
—「꼬인　DNA 속 운명」

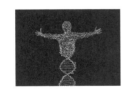

DNA는 무엇일까요.

DNA, 데옥시리보 핵산(核酸, Deoxyribonucleic acid)은 핵 안에 생물유전정보를 저장하는 핵산(核酸)의 일종입니다. 오랜 시간의 정보저장 역할을 하고 있지요.

사람들은 인간들에게 대대로 전해지는 유전 물질이 단백질이라고 생각하고 있었습니다. 하지만, 단백질은 유전 형질을 결정하기는 하나, 그 단백질 자체를 설계한 중심적 정보를 암호화하는 것은 DNA

라고 판명되었지요.

　DNA는 처음에 뉴클레인(Neclean)이라고 불리였었습니다. 발견된 곳이 세포의 핵 안이었기 때문입니다. 1953년에 이중으로 꼬인 나선 구조가 밝혀졌고요.

　이 꼬인 구조는 주로 오른쪽으로 꼬이는데, 왼쪽으로 꼬인 형태나 매우 촘촘히 꼬인 형태까지 있어 그 복잡함을 더하고 있습니다.

　이 DNA의 구조가 인간들의 중심에 있는 모습을 보면

　이 꼬인 구조를 보고 있노라면

　이 꼬인 것끼리 또 꼬이고 있는 것을 보면

여러분 그냥 꼬인 대로
비비꼬여 살아가시라
어제도 펴보려고 용쓰고
오늘도 열심히 했지만

그거 살짝은 펴지는 것 같다가
다시 더 배배 꼬이지 않습디까

여러분 그냥 꼬인 대로
너도 꼬이고 나도 꼬여
그러려니 하고 살다보면
오히려 슬쩍은 펴지기도
　─「DNA가 꼬여 있는 것을 어찌」

우리의 삶이 꼬이고 좀 풀릴라치면 또 꼬이고 하는 것이
우리 인간의 기본 구조가 아닌가.　　　하는 확신이 들게 됩니다.

176

그냥 꼬이면서 태어나고 꼬이다가 사라질 존재라고 포기하다가
보면   오히려 '오래전에 꼬여 있던 것들' '방금 꼬여진 것'도
슬그머니 풀리는 것을 느끼게 된답니다.

아침
신문을 본다

대낮
전화와 카톡

밤에
TV SNS 본다
　　—「몸에서 쓰레기 냄새 나는 이유」

쓰레기 음식, 환경 쓰레기, 우주 쓰레기, 인간쓰레기, e 쓰레기,
DNA 쓰레기.   얼마나 쓰레기가 넘치는 세상입니까.
어떤 명사든 명사 뒤에 '쓰레기'를 붙이면 수긍이 절로 되는 세상입
니다.
　　　쓰레기 국회의원, 쓰레기 이메일, 파일, 친구, 회사
　　　쓰레기 성직자, 쓰레기 남편, 아내, 친지, 자식
사전의 명사를 찾으면서 하나하나 붙여도
　　　　1도 어색하지 않은 새로운 단어가 생겨납니다.
그런 세상에 살고 있습니다. - 그대, 나, 우리
신문을 보십시오. TV를 보십시오. 컴퓨터를 보십시오.
쓰레기 신문, 쓰레기 TV, 쓰레기 SNS
이러니 - 내 몸에서 쓰레기 냄새가 안 날 수가 있습니까.

껍데기 벗고
한 번 더
발가벗고

한탄강 앞
서서 보면
한 방울
―「서러운 눈물 모여 내 몸에 흐르는 빨간 강이 되었다지」

나의 거짓을 벗고 - 그래도
또 한 겹 남았을지도 모르는 그것마저 벗겨내고
한탄하며 울다 보면 걸쭉한 눈물이 흐릅니다.
이 험한 세상을 헤쳐 나온 내 모습이 서러워 눈물이 흐릅니다.

강물 흐른다
몸 곳곳 깊숙이
서러울 때마다 터져 나온 빨간 물
―「빨간 한탄강」

십이만 킬로미터 길이의 강이 흐른다
내 작은 몸 안 곳곳 구석
나일 아마존 장강 미시시피강 길이의
다섯 배 정도나 되는 거리
무엇 그리도 그 강물 핏물 만들었나
재로 거르면 맑은 물 되려나
―「내 몸 속 빨간 한탄강」

혈관(blood vessel, 血管)의 주요한 역할은 동물이 살아가는 데 절대적으로 필요한 영양분과 산소를 몸의 모든 지역 끝까지 흘려 나르고, 조직이나 말초 세포가 배설하는 노폐물과 이산화탄소를 받아들이는 것입니다.

혈관은 동맥, 정맥 그리고 모세혈관으로 구분이 되지요. 동맥은 심장에서 영양과 산소를 온몸으로 골고루 모세혈관까지 보냅니다. 모세혈관에서는 조직끼리 물질교환이 되고요. 이 모세혈관을 지난 혈액은 정맥으로 다시 심장으로 돌아오게 됩니다.

내 몸에 강이 흐르고 있습니다. 세계 강, 길이 순위 1위, 나일 6,650km, 2위 아마존 6,400km, 3위 장강 6,300km, 4위 미시시피 – 미주리 6,270km을 합친 것의 약 4.7배나 되는 120,000km 길이의 강. 내 몸에 그 강이 흐르는데 색이 빨갛습니다. 피강.- 그 핏속을 들여다보면, 긴 탄식과 안타까움 – 한탄이 녹아져 있지요. 그래서 그 강물은 걸쭉하기만 합니다.

그대 그리고 내 몸에 흐르는

빨간 핏줄의 강 이름은 안탄강   입니다.

꽃 보고 있는데
꽃   그 자리에서
없어진다

눈 감아 본다   다시 꽃 향기

향기 취해 있는데
향기 금세 그곳에서
사라진다

눈 떠 본다   다시 꽃잎이
　　－「눈, 마음 문지기」

　가을에 피는 꽃, 가을에 남은 꽃 - 얼마나 소중합니까.
　낙엽이 지고 있는데, 철 못 읽고 낮 햇볕 잠시 뜨거웠다고, 빨간 장
미 한 송이가 피었습니다. 잎까지 아슬아슬 지려고 하고 있는데도 말
이지요.　　　　　　　　다들 내려놓고 있는데
　홀로 안간힘을 쓰고 있는 꽃에서 진하지 않은 향기가 납니다.

　　　　　시월에 홀로 핀 장미 보네
　　　　　철 못 읽어 빚어진
　　　　　가을 단풍 피는데 장미라
　　　　　이 향기는 무엇일까
　　　　　싸늘 섬뜩한 눈길 속에서
　　　　　안간힘으로 피어난
　　　　　　－「시월 장미 한 송이」

　그 꽃을 보고 미소를 짓고 있는데
　갑자기 그 꽃이 사라집니다. 통째로 순식간에 말이지요.
　　　다른 생각이 머릿속에 파고든 것입니다.
　　　눈을 감아 봅니다. 꽃향기가 다시 돌아옵니다.
　하지만 얼마 못 가서 향기 속에 또 다른 생각이 침범하고 그 향기
는 사라지고 맙니다. 다시 눈을 떠 봅니다. 향기와 함께 꽃잎이 온몸
을 휘감습니다. 눈을 뜨고 있는데 잡념이 들면 마음의 스위치 눈을
잠시 감아서 다시 돌아옵니다. 눈을 감고 있는데 망념이 들면 또 스
위치 눈을 떠서 원래의 나로 또 돌아옵니다.

이렇게 하면
가을에도 겨울에도 마음속에 꽃을 피우고 꽃향기 속에서 살게 되니
입가에 미소가 떠나지 않게 됩니다.

한 마리 지네발 보다 많은 사람들
두 마리 지네발 같은 많은 시간들
열 마리 지네발인 그 많은 생각들
　－「길고 긴 날숨 하나로 사라지다」

　동물 중에 다리가 많은 것을 생각하면 단연 지네를 들 수가 있습니다. 지네의 종류는 3,000종에 이를 정도로 다양한 모습을 하고 있지요. 다리가 177쌍이나 되고 길이가 50cm가 되는 지네도 있습니다. 지네는 수많은 다리 중에 앞다리 쌍을 진화시켜 날카롭게 하고, 이에 독을 품음으로써 사냥을 하며 살아가고 있습니다.

　많은 다리를 사용하여 걷는 것 같지만 사실은 다리 중에 오직 3개만 땅에 닿으며 걸어가고 있지요. 다리 중에 맨 뒤에 있는 다리로 균형을 잘 유지하며 걷습니다. 걸어가는 모습을 보면 모든 다리가 바쁘게 움직이기는 합니다.

　　　　생각은 마치 지네 다리들 같습니다.
　잠시도 쉬지 않고, 그 많은 다리들이 정신없이 움직입니다.

　열 마리 지네 발보다 많은 사람, 스무 마리 지네 발보다 많은 시간이 오가며 서른 마리 지네 발처럼 많은 생각들이 어지럽게 움직이니 머릿속이 잠시도 평화롭지 못합니다.

　아지만 – 길고 긴 날숨, 의식을 주입하며 내뿜는 길고 긴 날숨

　그것 하나로 – 지네 독에 물린 것처럼 몽롱한 하루하루 생활의 어지럼증은 한순간에 사라집니다.

왜 너를 볼 때만
네가 그리울까

왜 너를 볼 때만
기다리려 할까

왜
왜
　　─「별 볼 때만」

　　　　　왜 밤에만 보일까
　　　　　그대가
　　　　　왜 그때만 보일까
　　　　　반짝임
　　　　　　　─「별 같은 그대」

왜 고즈넉하고도 캄캄한 밤에
메스꺼운 매연에 가려진 별이 보였다 안 보였다 할 때만
이름 석 자만 확실한 그 조그만 아이가 생각나는지 모르겠습니다.
왜 어스름하고도 어둑한 밤에
꺼먼 구름에 가려져 조그만 별 보였다 안 보였다 할 때만

진정한 행복이 무엇인지 깊이 생각하게 되는지 모르겠습니다.
　그래도 감사해야지요. 하늘의 별을 쳐다보지도, 어렸을 때 동무들
도 그리워하지도, 진실한 행복에 대하여 묵상하지도 않는 그런 사람
은 아니라는 것이 말이지요.

너 보라고
하나
반짝

나 보라고
하나
반짝

우리들 보지 않으니
사라져 버린 그 많은
　　　ー「매연 미세먼지 속 우리들」

　반짝반짝 빛나던, 어렸을 때는 그렇게나 많던 그 별들이 다 어디
갔을까요? 누구는 매연으로 그렇다고도 하고, 누구는 온난화 현상
에 영향받는다고도 하고
　　　　하지만　　　　　　　　　　　- 사실은요.
　우리가 쳐다보아 주지 않기 때문에 - 빛을 잃고 하나둘 사라져 갔
기 때문이지요.　　　쳐다보아 주지 않기 때문에
　　　　사라지는 것들이 별뿐이겠습니까?
　　　　사람도　　사랑도　　기쁨도　　행복도
　　　　　　　　　　　　그렇답니다.

애매한 인간들
매캐한 공기 속 허덕이는 줄도 모르니
누가 그렇게 많이
상쾌하게 저리　　별 많이 뿌려 놓았는지

알 리가 있나
돈도 아닌데
　　－「돈에 가려진 별빛」

그래도요.
그대의 어렸을 때 기상처럼, 　깊기만 한 바닷가에 가 보면
그대의 순수했던 철학처럼, 　높기만 한 청년 같은 산으로 돌아가
보면 　　　　　　　　　　　그나마
아직도 '좌－악' 뿌려 놓은 별 잔치를 볼 수가 있는 것이 얼마나 다
행입니까. 　　　　　　　그래도
아직도 그 별을 보면서 자기를, 남을, 인류를 걱정하는 이가 있으
니 다행이지요. 　　　　'바 바 반 짝 짝 짝 －'

반짝
어두울 때만

반짝
멀리 작게만
　　－「해보다 별」

해보다 별이 좋은 까닭이 무엇일까요.

따끔한 태양을 보면 마음이 산란하고, 조그맣고 아득히 멀리 있기
만 한 별이 왜 좋기 만 할까요.
아마도 － 사람들의 마음처럼 어두울 때,
　　　　그때만 반짝여 주기 때문일 것입니다.

184

캄캄
갑갑한 밤

반짝
별 하나가

왜 살아가느냐
꿈이 있느냐고
　―「별 두 개가 반짝이기 전에」

왜 말을 시키는지 모르겠습니다.
　　별을 쳐다보면 꼭 별이 말을 걸어옵니다.

　　　　까만 밤 별 보면
　　　　별이 말 걸어온다
　　　　하얀 꿈 해 보면
　　　　아무런 답이 없고
　　　　―「해와 별」

　반짝 별 하나가 반짝이며 물어봅니다. 무슨 꿈이 있느냐고
　그 꿈이 진정 네가 원하는 것이냐고. 그 꿈은 남이 강요한 꿈인 것
은 아니냐고.

　　　　반짝 별 하나 묻는다
　　　　너 왜 살아가냐고
　　　　진정 원하는 것이냐고

반짝 별 하나 더 묻기 전
고개를 깊이 묻고는
힘 빠진 다리 돌려보니
 ―「새벽이 멀지 않구나」

그 옆별이 반짝이며 더 심각한 질문을 하기 전에, 대답하고 싶은데 답이 안 나옵니다. 갑갑하기만 한 밤입니다.

앞 안 보이게
벌건 벽돌 담

낯설지 않은
단단한 그 담

무엇과 무엇을
가로막고 있나
 ―「내 속에 담」

집과 집 사이에 건물과 건물 사이에 있는 것이 있습니다.
이 집 소유주와 저 집 소유주 사이를 명확히 하기 위해서입니다.
이 건물 주인과 저 건물 주인의 재산권을 구분하기 위해서고요.
그런데   겉으로 드러난 나와, 속에 있는 진정한 나 사이에도 무엇이 있습니다.   진정으로 무엇을 원하느냐?
지금 진실로 나를 위하는 일을, 나를 사랑하는 생각을 하고 있는거냐?   라고 '저 마음 깊은 동굴'에서 묻습니다.
껍데기 나와 진정한 나 진아(眞我) 사이를 가로막고 있는 담이 보이십니까? 그 담의 두께가 얼마나 되는지, 재질은 무엇인지를 캐려 하는 사람만이 그 담을 무너트릴 수 있습니다.

그 담을 무너트리면 - 허아(虛我)와 진아가 서로 부둥켜안고
　　　　한없이 기쁨의 눈물을 흘리는 것을 느끼게 된답니다.

그 대는 눈이 좋으신가요
코가 입이 더 좋으신가요

그 누구는요
굳은살 튀어나오고
여기저기 상처투성이
발바닥인데
　－「발바닥으로 살아가기」

몸 중에 어느 곳에 제일 정이 가시나요?

이상한 질문이지요? 마치 부모가 아이들한테 "아빠가 더 좋아?" "엄마가 더 좋아?"라고 묻는 매우 비교육적인 정도의 애매한 질문.

머리는 너무 복잡하게 나를 휘두르는 것 같아 정이 가질 않습니다.

온몸의 안전과 평안을 책임져야 하는 눈은 인간 감각의 70%이상을 차지하지만… 살아가면서 너무 많은 실수를 하여 내 삶에 큰 잘못을 한 것이 한두 번이 아니니, 신뢰가 가지 않고요. 더군다나 모든 탐욕의 선봉장임으로, 신뢰는커녕 원수 수준이지요.

코도 위험성 있는 곳, 상한 사람/일/장소를 구분해 주었으면 나의 인생이 그렇게 자주 맨홀뚜껑 열린 곳으로 곤두박질치진 않았을 터인데… 그래서 코는 눈의 공범자인 것 같으니 별로입니다.

입도 별로 다르지 않은 문제 덩어리입니다. 거짓말하고, 욕하고,

시끄럽게 큰 소리 내고 …

먹고 마시는 것은 또 얼마나 욕심을 냅니까?

이글거리는 욕심의 문이라고 해도 별로 억울하지 않을 입입니다.

몸속의 장기들 하나하나 모두 고맙습니다.

손은 얼마나 수고를 많이 했습니까? 몸을 살리려 모든 시중은 다 들었지요. 발은 이 모든 몸의 부분 부분을 움직여 주었습니다. 몸 중에서 제일 길고 단단한 발까지 지탱하여 주어 몸뚱이 전체를 그렇게나 긴 세월 동안 지탱하여 주었습니다.

발바닥. 몸 중에 제일 사랑이 가는 부분입니다. 양말에 묶이고, 신발에 갇히어 그저 이리 끌려다니고 저리 몰려다니며 온갖 고생을 제일 많이 하였지요.   발바닥.

'네 발바닥 내 발바닥' 하는 게임이 있지요. 모두 웃게 만드는 놀이. '발바닥' 하면 이 놀이 생각과 함께 나를 미소 짓게 만드는 이유는 따로 있습니다. 바로   **'발바닥으로 살아가기'**   입니다.

발바닥 되어 살아가시라
눈 입 코 귀 말고

발바닥으로 살아가시라
손 허리 다리 말고

나 먼저 발바닥 되면
남 따라 발바닥 되니
    ─「내 발바닥 네 발바닥
      (발바닥으로 살아가시라)

그 사람 앞에, 그 일 앞에, 발바닥이 되면 세상이 그렇게 편할 수가 없지요. **내가 발바닥으로 임하면 상대방도 발바닥이 되어 줍니다. 두 발바닥이 나란히 같이 걷게 되고요.**

까만 생각 주검 썩어가며 고인
깨끗할 수 없는 세상 진흙탕 물

어쩜 그런 물 먹고 꽃이 피다니

보는 사람에게 무슨 가르침 주려
그렇게 뿌리마저 구멍이 나 있나
   ─「꽃 중의 꽃 연(蓮)」

자기가 감당할 만큼만 이슬 모았다가, 자기 힘에 겨운 딱 그만큼의 빗방울을 모았다가, 그렇게 소중하게 모았다가
도르르르 ─ 도르르르   그렇게 소중하게 모았다가
도르르르 ─ 도르르르 내려놓는 모습 보면서, 옛사람들은
                 자기를 바라보았을 것입니다.
그렇게 탁한 물을 빨아들여 자기의 몸을 만든 꽃을 보고
        옛사람들은 고개를 떨어뜨렸을 것입니다.
까맣게 마음의 심지를 태우는 세상 같은, 그 답답한 진흙탕 속에서
저토록 찬란한 꽃잎을 피우는 것을 보고
        우리의 선조들은 큰 감명을 받았을 것이고요.
아마도, 물컹거리는 진흙에 뿌리를 확실히 내리지 못하고
바람결에 몸을 맡긴 물결에 수시로 이리저리 휘둘리는 가운데에
서도 꽃을 피우는 모습을 보고 깊은 묵상을 하는 옛 시인은 시를 남

기었겠지요. 그 시는 사람들의 불장난 전쟁에 타고 말아 지금은 전해지지 않고 있을 것이고요.　　　　그런데

　현대 인간들은 '연(蓮)'에 대하여 - 먹방에 나오는 연근의 요리에만 관심이 있지요. 그 떫은맛을 없애기 위해서는 껍질을 벗기자마자 식초 또는 소금을 넣은 물에 살짝 담가야 한다는 것 그리고 10월 말에서 11월 초에 수확한 것이 제일 맛있다는 것… 탄닌, 비타민 C, 아미노산, 철분 등 영양소가 많고, 탄닌 때문에 상처도 빨리 낫게 한다는 영양 분석 같은 데만 관심이 있고요.

　그래서 - 현대의 빤질거리는 인간들은　　　　　　　왜?

　그토록 옛사람들의 마음을 사로잡았던 연꽃을 피우는 뿌리가

　구멍을 숭숭 내어야만 했던지 - 왜? 맛이 떫은지 그 속을 들여다보지 못합니다.

　　　　　　　　그대의 눈동자 속
　　　　　　　　깊은 떫은 빛

　　　　　　　　내 두 눈동자 속
　　　　　　　　몹시 떫은 빛
　　　　　　　　　－「떫은 세상 떫게 살아가기」

　그래서 우리들 마음은 허하기만 하고, 서로 바라보는 눈동자는 떫기만 합니다.

　　열 번 갈면
　　쌀 몇 알에서 땅 냄새가 난다
　　스물이면
　　미역 한 줄기에서 바다 파도가

그렇게 오십 번 씹다가 보면
밥이 아니고
행복 알갱이
톡톡 솟아나
　―「식사 명상」

중고등학교 동창들을 몇십 년만에 만나서 이야기하다가 보면, 나에 대한 기억은 단 하나입니다.

공부를 썩 잘했다거나, 운동을 잘했다거나 특별히 글을 잘 썼다거나　　　　　　　　이런 기억이면 좋겠으나 아니고,

어떤 아이들처럼 화끈하게 잘 논다거나, 지각을 잘한다거나, 수업 시간에 잘 존다거나 땡땡이를 잘 친다거나…….

　　　　　　　　뭐, 그런 기억도 아닙니다.

도시락을 천천히 먹는 아이. 도시락을 절대로 정해진 점심시간 전에 안 먹은 아이. 한창 자라는 청소년 시절에 도시락 먹는 것을 어찌 참고 기다릴 수가 있겠습니까. 그래서 친구들은 제2교시 지나면서부터 시작해서 반 정도 헐어 먹고, 나머지는 점심시간에 먹는 부류가 제일 많았지요. 어떤 아이들은 다 먹어 치운 후 점심때는 먹을 것이 없어, 이리저리 돌아다니며, 친구들 도시락에 침을 흘리곤 했고요.

그런데, 저는 한 번도 그런 적이 없습니다.　　　　　깍쟁이.

그것도, 교복의 목에 있는 호크도 한 번도 풀어 헤치고 다니지 않고, 더군다나, 도시락 먹을 때도 호크를 풀지 않고 식사하였습니다.　　　　　　　　　　　　　　　　　　깍쟁이.

점심시간을 알리는 종소리가 공습을 알리는 사이렌 소리와 똑같이 들리면, 잽싸게 도시락을 꺼내 먹기 시작하였습니다. 그리고는 적기가 사라졌다는 공습해제 사이렌이 또 들리면, 그때서나 간신히

도시락 먹는 것을 끝낼 수 있었습니다. 다른 아이들은 모두 십 분이면, 다 먹고 나가서 노는데, 저는 혼자 아직도 먹고 있었으니, 아이들 눈에는 얼마나 깍쟁이로 보였겠습니까?

아버지께서 내 나이 열 살에 돌아가셨으니, 아버지에 대한 기억이 많이 없습니다. 그중 하나.

다른 아버지들은, 다른 어머님들은 아이들에게 "빨리 먹어라." "한눈 팔지 말고 빨리 먹어라"이었는데 나의 아버지는 달랐습니다. "꼭꼭 씹어 먹어라." 제가 아이들이랑 같이 놀 욕심으로 빨리 먹는 것을 눈치채시면, 영락없이 "꼭꼭 씹어 먹어라" 그것이 무엇을 뜻하는지 몰랐습니다. 환갑이 넘기까지는요.

그냥 습관이 되었으니, 그렇게 천천히 먹을 뿐이었습니다.

군대에 가서 훈련소에서 첫 식사를 하는데, 털이 마구 난 것 같은 쌀을 억지로 씹어가며 반 정도를 간신히 먹고 허기진 배를 조금이나마 달래고 있는데 "동작 그만". 옆을 살펴보니, 다른 훈련병들은 모두 먹어 치우고 기다리고 있었습니다. 눈앞에서 먹지도 못하고 사라지는 밥을 보면서 얼마나 후회했는지 모릅니다. 다음 배식은 물론 씹지 않고 그냥 목으로 꿀꺽꿀꺽 넘기어 훈련에 필요한 에너지를 집어넣었고요. 하지만, 제대하고 나서는 바로 '도루묵' 그 오랜 습관은 계속되었습니다. 친구들이 놀렸듯이 "되새김"하듯이.

밥 명상

쌀 하나하나를 씹어 가며 그 맛을 음미하다가 보면
부드러운 흙냄새가 납니다.
국 한 숟갈 집어넣고 곰곰이 씹다가 보면
힐링의 깊은 노랫소리가 들립니다.
한 시간 먹는 그 시간은 교회에 가서 지내는 시간보다 더 은혜로운 축복의 시간이고 한 시간 식사 시간은 절에서 불공드리는 시간보다

192

더 자비로운 행복 순간이 됩니다.

매일 매일 이렇게 하다가 보면

식사 시간 동안만큼은 생각을 끊게 됩니다.

명상을 따로 가부좌를 틀고 앉아서 하는 것도 좋지만

이렇게   생활에 밀접하게 응용된 명상이

삶에 깊숙이 스며들게 되면

바로 살아 있는 멸상/명상의 효과가 바로 나타나게 됩니다.

이것이 행선의 놀라운 효능입니다.

이제 우리 강물처럼 살자

만나는 모든 돌과 이야기하면서

굽이굽이 돌아가며 살자

이제라도 우리 강물로 살자

낮은 곳으로 낮은 곳으로 흐르며

꽃들과 나무 생명수 되게

—「강물처럼」

바다를 보면 누구나 가슴이 탁 트이는 기분이 듭니다.

이러한 기분은 바다에서 멀리하는 사람일수록 더하지요.

바다와 멀리 떨어져 사는 사람일수록 가슴이 답답하다는 뜻이 됩니다. 바다가 멀 수밖에 없는 사람들이라면 강이라도 가까이하며 살았으면 좋겠습니다. 강을 물끄러미 쳐다보면, 마음이 차분해집니다. 바다 볼 때의 느낌하고는 다르지요.

강물이 지나간 자리에는 강길이 있습니다. 구불구불한 강길.

그 강물들은 생명줄입니다. 나무를 살리고, 꽃을 피우고 사람을 살리고 사람에게서 향기가 나게 하는 생명줄이지요. 이 강물들은 못생긴 돌, 잘생긴 돌, 뾰족하게 모난 돌, 잘려 나간 돌, 모두에게 말을 건네면서, 그저 낮은 데로 낮은 데로 흘러갑니다.

이제부터라도 더 늦기 전에

　　　　　　강물처럼 살기로 한 사람들이 늘어났으면 좋겠습니다.
그래서　　　세상에 생기가 돌았으면 좋겠습니다. 책상 앞에
　컴퓨터 앞에 강줄기 모습 하나 걸어 두시지요. 이왕이면 석양이 깃
든.　　　　내가 강물처럼 됩니다.

누구의 오늘에서는
　꽃이 피고 나비가 날고

다른 누구 오늘은
　Past Future로 뿌옇고
　　ㅡ「하늘의 선물 Present」

어제는 Past이고, 오늘은 Present이며, 내일은 Future입니다.
　과거 Past의 라틴어 어원은 Patior 인데, '당한다.' '견딘다.' 라는 뜻에서 왔으며, 영어의 Pass '지나간다.' 라는 의미에서 왔습니다.
　　　　　　　　즉, 과거는 지나간 것일 뿐.
　현재, 오늘의 Present의 다른 뜻은 선물, Gift라는 의미가 있는 것은 잘 알려져 있습니다. Futurus라는 라틴어 어원을 가진, 미래/내일의 언어는 인류학에서도 잘 발달하지 않은 언어 형태입니다. 미래는 불확실할 뿐만 아니라 오로지 'If' 막연한 추측이라는 전제를 하여야 하기 때문이었습니다. 그만큼 불안한 개념이 미래이지요.
　하늘에서 우리에게 주어진 Gift인 오늘 하루는 24시간입니다.

194

예쁘게 반짝이는 포장에
주렁주렁 알록달록 리본
머리 맡 착착 배달되는

 설렌다 무엇이 들어있나
이번엔 또 어떤 게 있나
그렇게 매일 선물 푸는데
ㅡ「매일 선물 신이 안 날 수가」

그런데, 이 24시간을 하늘이 준 선물 Present로 감사한 마음으로 써야 한다는 것은 많은 사람이 알지만, 실제로 이를 삶의 직접적인 행동으로 하는 사람은 그리 많지 않습니다.

그래서 행복한 사람이 그리 많지 않습니다.

밤 12시 즉, 24시가 지나면, 어떻게 됩니까?

그 12시는 내일입니까? 아니면, 오늘입니까?

또 그다음의 시간은 누구의 것이며 어디로 흘러갑니까?

자정이 지나서 새로 시작되는 하루는 바로 또 지금이 됩니다. 또 선물이 됩니다. 이렇게 축복받은 것이 삶입니다. 매일 매일 선물을 받는 것이 삶입니다.

어렸을 때는 물론이고, 나이가 들어서도 선물을 받는다는 것은 얼마나 신나는 일입니까? 선물을 매일 매일 받는 삶이라는 것을 깨닫는 사람, 신나고 기쁘게 사는 사람들만이 행복한 사람이 됩니다.

과거는 이미 죽어 버린 꽃입니다. 미래는 언제 필지, 아니면 아예 피지 않을 줄도 모르는, 형태가 없는 꽃이고요.

오로지 지금, 오늘만이 나에게 피어준 향기로운 꽃의 시간입니다.

향기 나는 행복한 삶이기를 바라신다면 매일 매일 새벽마다 머리
맡에 어김없이 배달되어 주는 하루하루를 선물로 알고
　감사하게 기쁘게 살아가야 합니다.
　　- 행함이 따르지 않는 상식은 아무 소용없지요.
　　　　　　　버려진 쓰레기와 다르지 않습니다.

　　　　나의 최대 관심사
　　　　그대의 최고 화두
　　　　　-「그것도 스트레스」

나 그리고 그대 현대인 모두에게 친숙한 단어가 무엇일까요?
이 단어만 나오면 긴장되고 심각해지는 단어는 또 무엇이고요?
사랑, 평화, 용서 같은 단어이면 좋겠는데, 그렇지 않지요.
단연 스트레스입니다.

새벽부터 햇빛을 휘어 구부려 바래게 하는 것
아침으로 이어지며 어제 쓰러진 사람 깨우는 것
같은 메뉴 뉴스 보고 들으며 일 나갈 준비 하는 것
길거리를 개미같이 가득히 메우고 있는 사람들 인간들
뻔한 전화들을 받고 일하고 공허한 말을 하고 듣는 것
종일 눈 망막에 잡히는 영혼 증발 현상 혼란한 연속 장면
고개 돌릴 때마다 귀를 움찔거리게 하는 고주파 고문 소리
지금 무엇을 먹어야 하나 내일은 또 무엇 입고 다녀야 하나
돈을 아무튼 벌어야 하는데, 사기당하지 말아야 하는데
저 사람의 눈초리 입꼬리는 무엇들을 의미하는 것일까
하루 종일 이것저것 저 인간들과의 분탕 비교 질들

꾸겨진 모습으로 그나마 집 돌아오는 것도 혼돈
어제처럼 절인 채로 잠 억지로 청하는 것도
매일 산 같이 쌓여 가니 쿵 - 쓰러져 버려
　—「하루가 스트레스 그 자체」(글 모양마저 산 같다가 쓰러져)

라틴어 어원 stringer(비뚤어짐, 팽팽히 죄다)에서 온 스트레스라는 단어는 미국의 월터 브래드포드 캐넌(Walter Bradford Cannon) 생리학자가 처음 사용하였습니다. 생명체는 자기의 생존 수단으로, 스트레스를 받았을 때 그 스트레스 대상에 대하여 싸움(Fight)하든지 아니면 도피반응(Flight Response)을 자연스럽게 한다고 주장하였지요. 이때 자동으로 일어나는 생리적 균형(Homeostasis)까지 밝혔습니다.

그 이후에 한스 셀리에(Hans Selye)에 의하여 이론적 기초를 다지게 되었고요 한스 셀리에는 프라하에서 1929년에 의학 박사학위를 취득한 후, 2년 후 화학박사를 받고 또, 미국 존스 홉킨스 대학에서 박사학위를 받았습니다. 그는 내분비학 즉 호르몬 연구에 매진하던 중, 흥미로운 실험을 하게 됩니다.

실험용 쥐들에게

　　　　1. 동물의 난소에서 추출한 물질을 계속 주사하고,

　　　　2. 식염수를 계속 주사한 결과

이 쥐들은 주사한 내용물과는 상관없이, 얼마 지나지 않아

　　　　1. 신장 위의 분비샘인 부신이 커졌고

　　　　2. 면역조직은 줄어들었고

　　　　3. 위궤양이 생긴 것을 발견하고

이 결과는 쥐들을 꼭 붙잡아 주사하는 과정에서 쥐들이 분노와 불쾌감을 느껴서 일어났다는 가정을 하게 됩니다. 이를 다시 확인하기

위한 다른 실험을 하는데

쥐들을　　1. 높은 온도의 보일러실에 가두고

　　　　　2. 지붕 위에 올려놓아 두기도 하고

　　　　　3. 일부러 찔러 상처를 낸 후에 치료하여 보았습니다.

그의 추측대로, 이런 고달픔을 당한 쥐들은 모두 비슷한 증상을 나타냈지요.

이에 셀리에 교수는 이같은 증상을 GAS(General Adaptation Syndrome; 일반적응증후군)이라고 명명하고, 나중에 이를 스트레스 반응이라고 불렀습니다.

스트레스 반응은 세 단계로 구분을 할 수가 있는데

1. 불쾌한 자극을 받은 후 6-48시간 뒤에 표출되는 경보단계입니다. 이 단계에서는 흉선, 비장, 임파선이 수축하며 체온도 저하되면서 소화기계통이 상하게 됩니다.

2. 2일이 지난 후에는 부신이 커지고, 몸의 성장이 멈추며 생식선이 수축하는 저항 단계입니다. 이 단계에서는 수유 동물은 젖 분비가 정지되는데 이는 몸의 여러 물질이 스트레스를 저항하기 위하여 먼저 소비되기 때문입니다.

3. 좋지 않은 자극이 1개월~3개월 정도 지속되게 되면 소진 단계가 됩니다. 몸의 구석구석에 손상을 입히게 되는 것이지요. 심혈관계는 물론이고, 각종 궤양, 소화기가 피해를 입고 정신적으로도 우울증 같은 증상을 보이게 된다고 하였지요. 행복하고 건강하려면 쉴 사이 없이 변하는 환경변화에 성공적으로 적응하여야 하는데, 이것에 실패하면 질병과 함께 불행이 온다고 주장하였고요.

1980년대에 들면서, 그의 연구는 더 한층 진보하게 되는데,

처음 경보단계에서 나오는 '도망 또는 싸움' 반응으로 자율 신경 중 교감신경이 활성화되고 그 부산물로 부신에서 아드레날린 그리

고 신경 말단에서는 노르아드레날린이 분비되는 결과를 가져옵니다. 이런 호르몬들은 호흡량은 물론이고 심장 박동과 혈압을 동시에 올려 준다는 것이고요. 스트레스를 받은 몸은 뇌의 시상하부에서 CRH(부신피질자극호르몬방출호르몬)을 분비하는데, CRH는 15초 만에 시상하부 아래에 있는 뇌하수체로 이동해 ACTH(부신피질자극호르몬)의 분비를 촉진하고, ACTH는 혈관을 타고 몇 분 내에 부신에 도착해, 코티솔 호르몬 등을 분비하도록 촉진하며 이는 몸 전체로 전부 퍼져 다양한 스트레스 반응을 유발한다고 하였습니다.

한마디로 스트레스에 대한 반응은 위기에 처하여 살아남기 위한 인간의 선택이라는 것이지요.

여기서 문제가 되는 것은 지속적인 스트레스 입니다.

지속해서 끊임없이 변화무쌍하게 다가오는 스트레스는 현대에 일어난 현상입니다. 현대인의 머릿속은 하루도 한 시간도 조용할 시간이 없기에, 편안할 기회가 없는 것이지요. 생각 한 줄기만으로도 온몸이 떨리는, 강하고도 격렬한 감정을 수시로 느끼며 살아가야만 하는 것이, 현대 문명이 우리에게 안겨준 족쇄입니다.

여기에다가 우리의 뇌라는 것은 그리 명석하지 못하여서, 실제로 나에게 다가오는 위험의 정도와 뇌 속으로 하는 상상의 위험을 구분 못 하는 구조를 갖추고 있어서 '상황 판단 오류'가 수시로 발생하게 되고, 이를 경험한 뇌는 더욱더 위기의 본질을 파악하지 못하기 때문에 불안하여 스트레스는 가중되게 되는 것입니다.

스트레스의 정체와 메커니즘을 정확히 파악해야 합니다.

1. 내가 Stress의 Stage에 있는지를 인지.

2. Stress 자체를 해부하여 내부를 자세히 들여다볼 수 있는 냉철함. 과학을 바탕으로 스트레스를 해부하여야 하는 것이지요.

Stress 해결 방안은

스트레스를

1. Controllable Factor – 제어 가능한 요소
2. Uncontrollable Factor – 제어 불가능한 요소로

각각 나누어 놓습니다. 이렇게 되면, Stress의 Size가 줄어들어 내가 스스로 Manage하기가 수월하게 됩니다.

그 다음에는 이를, 다양한 방법을 동원하여 Stress 조각들을 잠재워야 합니다.

영국 서섹스대학교(University of Sussex) 심리학과 데이비드 루이스(David Lewis) 교수 팀은 각종 스트레스 해소 방법들을 나열하고, 이 방법들이 수치적으로 스트레스를 얼마나 줄여주는지를 측정, 결과를 발표하였습니다.

1위 : 독서 – 68%, 6분 정도 책을 읽으면 스트레스가 68% 감소했고, 심박수가 낮아지며 근육 긴장이 풀어진다고 합니다.

2위 : 음악 감상 – 61%, 3위 : 커피 54%, 4위 : 산책 42%, 5위 : 게임 21%

게임의 경우에는 스트레스를 21% 줄이기는 하지만, 심장의 심박수는 오히려 상승시켜 스트레스를 나중에 더 받을 수 있다는 의견을 내어놓았습니다. 여기 5위 안에, 멸상/명상/묵상이 빠진 것이 아쉬운 연구입니다. 제일 효과적인 방법이 빠진 연구이지요.

미국 건강정보 사이트 헬스 닷컴은 15분 만에 스트레스를 해소하는 방법 10가지를 소개했는데, 이를 바탕으로 좀 더 첨가하여 보겠습니다.

1. 심호흡

마음을 가라앉히는 데 심호흡이 효과가 있다는 것은 거의 모든 분이 알 것입니다. 심호흡은 대개 들숨과 날숨을 길게 쉬는 것으로 알고 있는데, 실제로 해보면 그렇지 않습니다. 초보 단계에서 심호흡

하면서, 들숨과 날숨을 모두 신경 쓰면 심호흡을 오래 하기가 힘이 들게 됩니다. 그래서

　　결론은　'날숨'(내쉬는 숨)만을 길게 의식　하면 됩니다.

들숨과 날숨을 적어도 1:2

정도로 하여야 하는데 들숨은 의식을 하지 말아야 합니다. 그래야 오래 심호흡 또는 복식호흡을 할 수가 있습니다. 사람은 살기 위하여 자동으로 숨을 들이마시는 들숨을 하게 되어 있습니다. 따라서 오로지 날숨만 가능한 '길게-' 하면 스트레스를 해소하는 효과가 있는 부교감 신경계가 활성화하며 심장의 심박수도 내려가게 되지요.

　　꿀팁 – 날숨을 할 때 스타워즈의 다스 베이더(Darth Vader) 가 내 쉬는 소리를 내면 수련 초기 단계에서 도움이 됩니다.

'쉬 – 이 – 익 -'

　2. 손 따뜻하게 하기

　인간은 불안을 느끼게 되면 위험으로부터 몸을 지키기 위하여 자동으로 더 큰 근육으로 혈액을 공급하게 됩니다. 그렇게 되면 심장에서 먼 손가락이나 발가락의 혈액 순환이 나빠져 손과 발이 차가워지지요. 반대로 손과 발을 따뜻하게 하면 뇌에서는 '불안 요소가 사라졌다'라고 판단하게 되어 스트레스를 낮추게 되며, 실제로 과장되기 마련인 스트레스의 크기를 줄여 주게 됩니다. 손과 발을 따스하게 하는 방법에는 두꺼운 양말이나 장갑 그리고 두꺼운 옷을 입는 것도 도움이 안 되는 것은 아니나, 이보다는 멸상/명상이 효과가 있습니다. 잡다한 생각을 끊게 되면, 바로 즉시 손과 발이 따스해지는 경험을 하게 됩니다.

　3. 껌 씹기

　껌을 씹으면 스트레스 호르몬의 일종인 코르티솔의 분비가 감소해 부정적인 감정이 누그러지는 것으로 알려져 있다고 하지요. 뇌

의 시상하부를 자극해 도파민 분비를 촉진하기 때문에 10~15분 이상 지속하면 쾌감이 생기고, 기억력과 다이어트에도 도움이 된다고는 하지만, 당 함량이 높은 껌을 씹으면, 충치, 입 냄새를 유발하고 10~15분 이상을 한쪽으로 씹게 되면 턱관절에 문제가 올 수도 있다고 합니다.

4. 감사했던 기억을 하기

아무리 강조해도 지나치지 않는 방법이기도 하고, 효과적인 방법이기도 합니다. 스트레스를 받고 있다고 내가 먼저 알아차리는 것이 중요합니다. 일단 내가 스트레스 상태에 사로잡혔다고 느끼게 되면, 바로 스트레스 해결의 방법이 생기게 됩니다. 만약, 그 기능을 못 느끼게 되면, 스트레스는 고착화, 장기화하고 몸에 대한 유해함도 증가하게 되지요.

스트레스도 마음속에 하나로 담기게 됩니다.

마음은 절대로 하나 이상을 동시에 담지 못합니다.

따라서

스트레스를 담은 마음을 밀어내는 방법은

* **다른 마음을 집어넣어서 쫓아내는 방법** 인데

실제적인 방법은 두 가지입니다.

(1) 다른 마음 중에 제일 효과가 있는 것이 Appreciation

감사입니다.

지금 내가 당장 감사할 일이 없어 괴로운 경우에는 과거에 즐겁고 **감사했던 경험을 떠올려 마음속에 밀어 넣는 것이지요.**

(2) 감사한 마음이 오래 지속되지 않아, 마음속에 스트레스의 감정이 다시 들어오는 것이 느껴지면, 자신이 보거나 느꼈던

아름다운 꽃, 나무, 산, 강, 바다 등을 떠올려 보는 것 입니다.

이 Image가 선명하지 않으면, 사진을 꺼내어 보거나 자연의 영상

을 보는 것도 당연히 도움이 됩니다. 그리고는 **5감을 총동원애서 3D 총천연색으로 연실와** 시킵니다.

스트레스를 강하게 느낄 때는 어떤 생각에 온전히 사로잡혀 있기 마련입니다. 이럴 때는 감사했던 기억과 함께 기분 좋은 기억을 하면서, 시냇물 소리나 파도 소리 바람 소리, 비가 오는 소리 등의 자연 소리가 나는 명상음악을 듣는 것도 좋습니다.

현대인들은 회색의 일정한 주파수에만 노출되어 있습니다. 자동차 소리, TV 소리, 핸드폰 소리같이 항상하는 일정한 주파수는 사람들에게 스트레스를 지속해서 들려주게 됩니다. 이 역시 자연의 다양한 안정적인 주파수의 소리로 몰아내 주어야 스트레스가 없어지게 됩니다.

매일 매일 운동을 밥 먹듯이 하듯,

매일 좋은 자연의 소리를 들어 주는 것

은 스트레스 해소에 당연히 도움이 됩니다.

6. 웃기는 영상 보기

요사이 유튜브가 있어서 웃기는 영상을 찾기는 참으로 쉽습니다. 오래된 코미디 프로를 다시 틀어 보는 것도 도움이 되겠습니다. 이렇게 인위적으로 웃음을 찾는 습관이야말로 적극적으로 스트레스를 없애는 방법이 되겠습니다. 사람이 웃을 때 엔도르핀 행복 호르몬이 분비되면 스트레스 호르몬 분비가 억제되기 때문입니다.

7. 손을 사용하기

스트레스는 머릿속에서 여러 가지 생각이 엉킬 때 일어납니다. 이런 상태에 내가 끌려다니지 않으려면 머릿속에 있는 생각을 다른 곳으로 이동시켜야 합니다. 손을 쓰는 뜨개질, 운동, 자기에게 맞는 취미생활을 하게 되면 생각이 한 곳으로 집중되면서 스트레스의 정도가 낮아지게 됩니다.

8. 자연을 가까이하기

인간도 자연이기 때문에, 당연히 자연에 가까이하는 만큼 마음이 편안할 수가 있습니다. 뒤뜰 앞뜰에 자주 나가는 것도 좋고요. 자연과 가까이할 형편이 안 된다면, 화분을 집 안 구석구석 특히 책상이나 식탁 위에 놓아두는 것도 좋겠습니다.

9. 기분이 좋아졌던 것들을 다시 하기

사람마다 기분이 좋아지는 것이 다를 것입니다. 음악, 미술, 여행, 서예, 도자기, 차 마시기, 글쓰기 등 여러 가지가 있겠지요. 이것을 직접 하면 더 좋겠지만, 상상하는 것만으로도 스트레스 완화에 도움이 됩니다.

10. 향기를 가까이하기

꽃향기를 맡으면, 금세 마음이 안정됩니다. 과일 향도 그렇고요. 마트에 장 보러 가면 일부러 과일 향을 느껴 보시고, 꽃 가게 가서 화분도 사시고 가게의 많은 향기를 맡고 돌아오시는 습관을 하시는 것도 도움이 되겠습니다.

스트레스 관리는 행복의 주춧돌　　입니다.
스트레스 관리는 국가의 책임　　입니다.

이 Stress를 제어하는 방법들은 어린이들부터 노인들까지 교육해야 합니다. 이 교육이 국가적 차원에서 제대로 되지 않으면, Stress를 이기지 못한 국민은 마음과 몸에 화를 안고 살아가게 됩니다.

사람 몸에 "화"가 있으면 사람이 사람을 믿지 못하게 됩니다.

사람이 사람을 사랑하지 않게 되고요.

인간이 사람이 아니게 됩니다.

세계 자살률 1위를 몇 년간 내어 주지 않는 대한민국 국민은 안타깝게도 마음이 항상 부글부글 끓고 있습니다. 보는 것도 스트레스요. 듣는 것도 스트레스고 먹는 것도 스트레스이고, 만나는 사람도

스트레스입니다.   현대인 특히

대한민국 국민에게 〈Stress Management〉는 생명과 직접 연관된 화두입니다. 행복 지수, 출산율에도 직결된 문제이고요. 국가가 최우선 정책으로 연구하고, 교육자 그리고 과학자, 종교 지도자들도 합심하여 국민 스트레스 타개 방안에 참여하여야 합니다.

징 -
멈추고
징 -
걷고

징 -
못 듣고 계속 달리고
징 -
무시하고 더 속도 내
　- 「걷기 명상(징한 인간들)」

경상도 지방에 가면 자주 들을 수 있는 말 중의 하나가 '저 마한노무자슥!'이고요. 전라도 지방에 가면 익숙히 들리는 말 중에 '저 징한 놈의 자슥'이라는 말이 있습니다. 상대방을 욕할 때 쓰는 말이지요. '저 망할 놈의 자식' '저 진한 놈의 자식' 정도의 욕인데, 핏대를 내어 가며 성질머리를 내지 않는 한, 그리 악의가 진하게 들어가지 않은, 어쩌면 정이 스며든 욕이라 할 수 있겠습니다.

이 중에 '징한 놈'은 징글징글하다는 뜻도 가미되어 있습니다. 이 '징한'이라는 말을 생각하다가 같은 발음의 '징'을 묵상해 보았습니다. 이런저런 모임에 앞에 있었을 때, 걷기 명상을 하여 주었는데

종을 몇 번 쓰다가 나중에는 '징'을 썼었습니다.

징(鉦)은 한국 고유의 타악기입니다. 놋쇠의 큰 그릇 모양이지요. 끈에 달고, 나무로 된 손잡이 끝에 헝겊을 감아서 치면 깊고 숙성된 소리가 납니다. 사물(四物)놀이의 타악기(꽹과리, 징, 장구, 북) 중의 하나인데, 네 악기 중에 제일 저음(bass)을 갖고 있어서 사물놀이에서 빠지면 안 되는 악기이지요.

행선은 좌선과 함께 수행의 두 날개

라고 볼 수 있습니다. 한쪽 날개로는 새가 날아 갈 수가 없듯이, 수행을 제대로 하려면 좌선과 행선을 번갈아 가면서 해야 하지요. 좌선은 초기의 수행에, 행선은 진행된 수행에 더 효과가 있기는 합니다.

걷기 명상을 경행 또는 행선, 양쪽으로 보는데, 이것은 잘못된 견해라고 봅니다. 행선은 걷기 명상을 포함한 일상생활의 움직임 모두를 포함합니다. 먹는 것, 일하는 것, 설거지, 청소, 운동, 독서, 취미 생활 등 삶을 전부 포함하여야 하지요. 걷기 명상은 그냥 경행으로 보는 것이 좋겠습니다.

경행의 준비는 두 눈을 반쯤 뜨는 것(반개)으로 시작합니다. 시선은 앞 자기 키 정도 거리 아래쪽에 둡니다. 그 다음에는 호흡을 집중하여서 관찰합니다. 코끝을 응시하라고 그러는데, 그 보다는 숨이 들어가고 나가는 콧구멍에 직접 집중하는 것이 좋고요. 호흡 관찰 다음에는, 몸을 머리부터 발바닥까지 천천히 관찰합니다.

경행은 깊은 산이나, 바다, 강, 들에서 하는 것이 좋으나, 수행이 어느 정도 쾌도에 오르면 일상생활에서 '생활 수행걸음'으로 진행할 수가 있지요. 한 발을 옮기며 한 발바닥

또 한발 옮기면 한 발바닥   에 집중을 합니다.

발바닥에 집중하되, 종아리, 넓적다리의 움직임이 관찰되면 거기에 잠시 집중해도 됩니다. 걷는 자세의 모습은 마치 슬슬 걸어가는

곰(웅보;熊步)이나 호랑이(호보;虎步)의 모습입니다. 태극권의 동작을 연상하시면 도움이 되는데, 여기에 얽매이지 말고 자기에게 맞도록 조금 빠르게 조금 느리게 하시면 됩니다.

한 발바닥 다른 발바닥

한 발의 무게감 다른 발의 무게감

한 발바닥을 들고 내리고

천천히 걸으면서 '지금''여기' 발걸음 하나 하나에 집중합니다. 미래와 과거를 향하는 생각이 들어오면, 그냥 그것을 '아 – 다른 생각이 들어오네.'하면서 알아차리면 됩니다. 이렇게 되면 자연히 '지금, 여기' 아닌 것은 차단됩니다. 발걸음의 속도는 너무 느리게 하면 좋지 않습니다. 손은 '차수(叉手: 손을 교차하여 잡음)'가 좋으나, 그것이 불편하다면, 뒷짐을 짓거나 손을 가볍게 휘둘러도 괜찮습니다. 중요한 것은   자연스러워야 합니다.

억지의 불편한 몸동작을 하게 되면 그 불편한 감정이 수행을 방해합니다.   무위자연(無爲自然) 수행하면서, 수행이 자연스럽지 않으면 안 되지요.

조용하고 은은한 징소리를 들으면 발걸음을 멈춥니다.

멈추면 보입니다.

멈추면 들립니다.

멈추면 느낍니다.

주변에 평상시에 못 느끼고 보던 것을 알아차리게 됩니다. 눈에 보이는 나무들, 싸늘하게 이마를 스치는 바람, 그 바람이 몸 피부에 느껴지는 감촉, 새 소리, 나뭇잎이 서로 부딪히는 소리. 이 자연의 모든 것이 새롭고 사랑스럽기만 합니다.

가벼운 한숨

나의 마음과 몸이 스트레스에 절여져 있다가 풀리는 한숨

징 - 다시 출발합니다.

콧구멍으로 들어오는 차가운 공기, 길게 나가는 더운 공기.

징 - 다시 일단 멈춤입니다.

세상의 모든 문제는 멈추지 않는데서 발생합니다.

당연하다고 생각한다는 것을 당연하지 않다고 느끼는 계기가 됩니다. 걸음이 빨라지지는 않았는지 아니면 인위적으로 너무 느려지지 않았는지를 살펴봅니다. 온몸의 감각이 살아나며, 현대 문명에 찌들어서 무뎌진 감각이 다시 움직입니다. 그러고는 '지금 살아 있음에 감사'하게 됩니다. 나의 주위에 있는 것들이 모두 감사하게 느껴지고요. 징 - 다시 출발합니다.

자연스럽게 천천히 걷습니다. 좌선은 내가 어려운 동작으로 모든 욕망을 참아 내었다는 뿌듯함이 있습니다. 그렇지만 행선은 내가 일상생활을 하면서도 자연스럽게 할 수 있다는 자신감을 선사합니다. 멸상/명상/묵상의 일상 생활화 　　징 - 다시 멈춤입니다.

사람도 자연 그 자체입니다. 그러므로 자연스러워야 하지요. 봄, 여름, 가을, 겨울이 왔다가 갑니다. 이 절기에 따라 자연은 왔다가 갑니다. 변합니다. 자연 따라왔다가 그저 갈 뿐인데 안 가려고 합니다. 자연스러우면 아무것에도 얽매일 것이 없게 됩니다. 내가 사라질 유한 존재라는 것을 깨달으면 '내가 있다'라는 착각에서 벗어나게 되지요.

그동안 우리는 얼마나 변하는 것을 잡으려 하여 왔는지요.
춥고 덥듯이 성공과 패배, 건강과 병은 수시로 오갑니다.
밤과 낮처럼 사람들 마음도 변하는데 변하지 않게 하려 합니다.
칼바람 불고 벼락 천둥이 치는데도 매일 기분이 좋기를 바랍니다.
자연은 자연스러움이며, 자연의 모든 동, 식물은 그 자연을 그대로

받아들이는데 인간 이 동물은 유독 분별합니다. 인간의 생각이 개입하면서 내가 자연을 부자연스럽게 만들어 버리려고 최선을 다하면서, 자연스럽게 평온하기를 바랍니다.

자연스럽지 않은 수행을 하면서 자연 상태 편안을 원합니다.

나답게 수행하며 사는 것이 가장 나에게 자연스러운 것입니다. 너무 힘들게 수행하면 그것은 오래 가지를 못합니다.

명상이 너무 상품화되어 있습니다.   상업화되면서 복잡하고 어렵게 변종되었기에 장기적 효과도 없습니다. 변화도 없고 효과가 없는 것은 진정한 수행이 되지를 못합니다.

명상 프로그램하고 나서, 단기적으로는 효과가 있는데, 중장기적으로는 효과가 없는지요?

내 몸에 자연스럽지 않기 때문입니다.

즐거운 수행 (행선과 좌선)이 바로 key입니다.

Relax안 행선과 좌선의 '공동 작업(collaboration)'

징 - 다시 즐겁게 자연스럽게 출발합니다.

이렇게 수행이 즐겁게 되어야 나의 일상화가 될 수 있지요. 이러려면 명상은 한 쪽에 치우치지 않는 중도여야 합니다. 중도가 자연입니다. 수행/멸상/명상/묵상을

내가 수행한다는 생각 없이 자연스럽게.

억지로 수행하게 되면, 실패하는 이유가 자연이지 않기 때문입니다. 그러면 부작용도 따르게 되지요. 그 부작용의 대표적인 것은 '답답해진다.' '조바심 난다.' 입니다.

효과가 없기 때문이고요. 결국 실패를 하게 되는 것입니다.

자연스러운 수행을 하다가 보면 어느 순간

보려고 애쓰지 않아도 저절로 보이고

알려고 노력을 안 해도 알게 되며

더 집중하여야지　　　- 이렇게 안 해도 집중되고

깨달아야지　　　　　- 하지 않아도 깨달아지며

평온해야지 -　　　하며 노력을 안 해도 평화롭게 됩니다.

탐욕과 집착에서 벗어난 삼매(三昧)의 경지.

드디어　　　변화와 치유가 되는 경지

　　　ㅈ ㅣ 이 잉 -

■

아침 눈을 뜨면 제일 먼저, 어젯밤에 하다가 만 걱정이 '탁' 떠오릅니까? 그 헝클어진 걱정의 끄나풀을 풀기도 전에 그 꼬리를 물고 또 늘어지는 다른 고민.

하루 시작을 이렇게 한다면 그날 하루의 결과인 밤에 가서도 결과는 뻔한 것이고 그 험한 상황은 꿈에까지 연결되지요.

그야말로 　　악몽의 밤 　　가 됩니다.

오늘도 그랬으니 내일도 같은 Pattern이 계속될 것이고요.

아침에 숨 쉬는 것을 느끼자마자, 밥을 먹으며, 낮에 잠시라도 걸으며, 운전하면서도 그렇고 밤하늘을 찬란하게 장식하여 주는 별들을 보게 되면, 옛 정취를 떠올리며 "네 별" "내 별" 하며 세면서도 문득문득 떠오르는 생각이 있으면 바로 그 생각을 잘라 내고 물어야 합니다. **나는 행복안가?**

　　　이제
　　　아침 눈 뜨면 제일 먼저
　　　행복하냐고 물어라

이제는
길 걸으며 들꽃 만나
행복하냐 또 묻고

정말 이제부터는
밤하늘 보며 별 세며
행복하냐 다시 또

그렇게 그렇게 하루를
참으로 이제부터라도
  ―「이제부터라도 행복」

대답은   "Yes"   이어야 하고요.

            얼마나 자주 자기 자신에게 이 질문을 하는가?
      또   얼마나 자신이 있게 "Yes" "Yes" "Yes"
  하는가가   바로 행복 지수 측정 방법이 됩니다.

졸졸졸
시냇물 소리

졸졸졸
치유의 소리

졸졸졸
뾰족한 돌들 서로 끌어안고
둥글게 둥글게 되게 만들어
  ―「왜 제일 듣기 좋은 소리인가」

고국에 가서 지하철이나 버스를 타면, 많은 젊은이의 귀에 이어폰이 끼어있는 것을 쉽게 목격하게 됩니다. 이해는 당연히 갑니다.

음악을 들으며 자기 충전의 시간

온갖 스트레스에서 도피의 시간

오로지 자기에 몰입하는 명상시간

남을 배려하여 소음 차단하는 시간

하지만, 앞으로 살아갈 날이 모래알처럼 많은 젊은이가 청력을 손실하는 것이 안타깝기만 합니다. 이어폰을 들으려면 이어폰 볼륨을 100㏈ 정도는 유지하여야 합니다. 왜냐하면 지하철 객차 내 소음이 평균 80㏈이기 때문에 이보다는 소리가 커야 잘 들리게 되는 것이지요. 그러나 이렇게 90㏈이 넘는 소음에 하루 8시간 정도, 그리고 105㏈에 1시간 이상 지속해서 청력이 노출되면 소음성 난청이 생길 가능성이 크게 됩니다.

청각 세포는 한번 잃게 되면 다시 회복되지 않습니다.

청력감소는 귀 안에 내이(달팽이관) 손상으로 이어지기 때문에, 몸의 밸런스, 균형감각을 잃을 수 있습니다. 어지럼증과 낙상을 불러올 수가 있고요. 무엇보다도 다시는 음악과 '우리에게 교훈과 위안을 주는 자연의 소리를 잘 들을 수 없을지도 모르게 됩니다.

몸의 귀중한 기관을 잃어보아야 그 소중함을 이해하니 이 얼마나 안타까운 일입니까.

녹음된 기상나팔 소리에 깨어나

군화 끈부터 질끈 동여 맨다

M16에 착검하고 뛰어 나간다

가슴에 수류탄 한 개를 달고

몸을 은폐하고 총 조준하여 쏜다

수류탄 핀 뽑아 휙 던져가며

오늘도 그 몰려오는 지긋지긋한
그 적들의 항복을 받아내려고
　　－「마음 항복을 받아내려」

　군 생활은 침투하는 가상의 적에 대항하기 위한 훈련의 연속이지
요. 당장 침공이 있지는 않지만, 있을 수도 있는 적과의 싸움 연습입
니다. 그런데, 이런 연습이 아니고 매일 실전이 벌어지는 것이 있습
니다. 　　　　**내 마음과의 치열한 싸움/전쟁**
　이 전쟁. 이 매일 전투에서 지면, 그 상처가 몸은 물론, 마음에 균
열을 주기 때문에 지지 않겠다는 각오를 단단히 하고 하루를 시작합
니다. 젊었을 때는 말이지요. 나를 나약하게 하는 여러 유혹에 항복
을 받아내기 위해서 치르는 매일 전쟁.
　　　　　그런데 나이가 들면, 그냥 싸우기도 전에 항복해 버립니다.
그 항복이 마음의 산꼭대기에 나의 승전 깃발 꽂는다는 것
　　　　　　　　　을 여러 전투에서 깨달았기 때문입니다.
　그 여러 전투는 산전, 수전, 공중전, 수중전, 대 태러전, 시가전, 상
륙작전 등입니다. 지금 살아 있는 것이 너무도 + 상당히 + 몹시도 신
기하기만 한 전투 경험들.

며칠이나 계속되던
번갯불 스칠 때도
폭풍우 흔들 때도　　　　　버리고 또 버리던
　　　　　　　　　　　　샛노란 꽃봉오리
　　　　　　　　　　　　그만 지고 말았네
트럭 경적 소리에
　－「도시 길가에서 내가 지고 말았네」

운전을 허무한 눈동자로 오래 하다가 빨간불이 켜져서 브레이크에 무거운 다리를 얹어 놓고 점시 고개를 잠시 오른쪽으로 돌려 보니 그저 딱딱해 보이는 시멘트 블록 사이로 노란 들꽃이 피었습니다.

한 송이 - 샛노란 한 송이

어디에서 씨앗이 날아왔을까? 다른 형제자매 씨앗들도 같이 날아왔겠지? 그들은 지금쯤 어떻게 되었을까? 어떻게 시멘트 사이를 비집고 나왔을까? 시멘트 사이에 흙이 얼마나 있을까? 그 오염된 흙에도 양분이 있다는 것이구나. 며칠 폭풍우로 번갯불이 심했었는데……. 천둥소리가 뒤흔들었었는데…….

그것을 참아 내고 안간힘, 기를 쓰고 허걱대면서 꽃을 피웠겠구나.

이제 빗방울 기운도 사라지고 아무도 물을 주지 않을 저렇게 척박한 곳에서 며칠이나 버티고 피어 있을 수 있을까? 저렇게 힘들게 생명을 유지하였건만 금세 꽃이 지면 잎도 지겠지. 허무하게 먼지로 사라질 것을 알면서도 꽃씨는 멀리 바람을 타고 날아왔을까? 그 빨강 신호등이 들어왔던, 그 짧은 시간에 이렇게 나 많은 생각을 하는데

빵 …:   빠빠빵 …:

가슴 전체를 덜커덩 내려앉히는 소리에 백미러로 소리 나는 뒤를 돌아보니, 큰 트럭이 뒤에 버티고 경적을 마구 신경질적으로 눌러 대는 것이었습니다.

그 소리에 그만 어렵게 핀 노란 꽃봉오리가

'투둑' 떨어지는 것을 보았습니다.

물론 저도 그만 시멘트 사이 생명 질긴 들꽃 같았던 잠시의 나도

'투둑' 지고 말았고요.

조각인 남자가

새빨간 장미 가슴 안고

214

악당들을 초능력으로 쓸어낸다

불이 켜졌다
어색하겠지

조각난 가슴에
새하얀 밤을 걷노라면
곁 있는 여자도 쓸려나가는데
　—「아무튼 영화 관람」

　중년이 되어서 부부들이 영화를 가면 이런 장면이 연출된다고 하
지요. 여자들은 멋진 톰 크루즈가 여인에게 빨간 장미를 안겨주면 자
기가 그 장미 향기를 직접 맡는 듯한 착각을 한다고 합니다.
　오십 중후반의 나이이지만 그 눈가의 잔주름살까지도 예술인 그
조각 그 자체가 그렇게나 많은 젊고도 싱싱한 악당들을 한 치의 오
차도 없이 해치우는 것을 보면 그 멋진 모습에 온몸이 저려 온다고
하고요.
　두 시간이라는 긴지 안 긴지, 잘 알고 싶지도 않은 시간이 지나고
너무도 많은 제작진의 이름들이 아래서부터 위로 올라가기 시작하
다가 어느 순간 컴컴하기만 한 영화관의 불이 켜지면
　옆에는 삼십 년이나 산 남자가 낯선 남자로 보이고요. 사십 년이나
같은 침대서 자던 남자가 영 딴 인간으로 보인다고 하지요.
　팔짱을 끼고 나와도 영 기분이 아니라고 하고요.
　　　그런데 말이지요. 남자도 마찬가지입니다.
　영화 한 편애 톰 크루즈가 상대하는 여자가 어디 하나둘입니까?
　그것도 하나 같이 대리석 조각보다 멋진 모습을 한 여배우들.

그렇게 서로가 조각같이 안 보여서 낯설어도
나이가 들면 부부가 같이, 가족이 같이. 친구와 같이
  영화를 보면 삶이 영화 자체가 됩니다.   영화같이 사는 사람들
            삶이 대리석 조각같이 되고요.
아무튼 주말이 되면, 어쨌거나 누구를 만나서 삶을 영화같이 만드
시기를 바랍니다. 큰돈 들이지 않아도, 이렇게 소소/시시/수수한 일
에 목숨을 걸어야 목숨이 따스하고 질기게 됩니다.

  절친이 거짓말해요
  하늘이 파랗다고

  선생님도 거짓말 뿐
  바다가 푸르다고

  어느 누구 하나도
  제 정신 아니니
   ─「세상 모두 분명 잿빛인데」

하늘이 누렇다. 누래. 이렇게 이야기하였던 적이 있나요?
 하늘이 캄캄하다 캄캄해. 대낮인데도 이런 경험을 해 본 적이 있고
요?   과학적으로
 사람이 슬픈 감정에 빠지면, 그렇지 않은 사람에 비교해서, 노란색
과 파란색을 감지하는 능력이 떨어진다고 합니다. 실제로 우울한 기
분에 젖어 있는 사람들은 녹색이나 빨간색은 제대로 인지하는데, 유
난히 파란색이나 노란색은 못 알아본다는 것이지요.
 신경전달 물질 기능에 장애가 온다고 하니…

216

우울하고, 꿀꿀하고, 찜찜하며, 심통 날 때 세상은 정말 잿빛으로 보이기 마련입니다. 지금 세상이 어떤 색으로 보이시나요?

슬슬 오르나
오르는 게 보이니

가라 앉는가
그걸 느끼니 깊게
　—「Think vs. Sink」

한국 사람들이 영어 발음에 애를 먹는 것 중의 하나가 "th"가 들어간 단어 발음입니다. Think를 한국식으로 김치 먹듯이 발음하면 Sink가 되어 버리고 말지요.
Think - 생각을 하면
Sink - 가라앉습니다.　　　Think - 생각을 안 하면
이것 하나만 안 하면 겨드랑 밑에서 날개가 돋아나는 것 느끼고 됩니다.　　간질간질하게 말이지요.
자꾸 자꾸 자주 자주 - 생각을 끊어 보세요.
자꾸 자꾸 많이 많이 - 날개가 돋아납니다.
　　　날개가 있어야 자유롭게 날아다니지요.

여기에서는
비가 오면 편지를 쓴다
뜨거운 9월 하늘 가리고 매연 사라지면
그 누구에게
새 소리도

신기루 속으로 사라진

아득 몽당연필 가슴으로 안개 되어 쓴다

그 누구에게

I - 「LA에서는 비만 오면」

　　　　　　　9월 중순에 비가 - 더구나 폭우가 온다는 것

그리고 새소리마저도 사라진 빗소리만 이 지구에 있고

목소리 높은 그 사람들도, 눈에 핏줄이 선 그 사람들도 모두 사라져 버린 이 장엄축복의 날에 컴퓨터도 꺼놓고, 몽당연필을 꺼내어 편지를 써 봅니다. 왜 아날로그로 편지를 서툴게 써 내려가면 눈물이 흐르는지 모르겠습니다. 40여년 넘게 사막 신기루 속으로 사라져 버린　　　　맑고 순수한 모든 것들.

　그렇다고 - 그렇게 LA에서 산다는 것만으로 모든 사람들이 그런 것은 아니지만요.

　사막에서는

　비가 오면 편지를 쓴다

　모래먼지 속 묻힌 머리 위 물세례

　슬픈 나에게

　나 괴롭힌

　바람 소리마저 사라진

　폭우 속 나 빗줄기 되어 써내려 간다

　목긴 나에게

　II - 「사막 9월 중순 비가 되다」

　글씨체를 이렇게 뉘어놓고 보니 바람에 밀려오는 빗줄기 모양입니다.

218

하하

나팔 불다 떨어졌구나

멘델스존 교향곡 2번 연주하다가

하하

어쩌다 그친 바람 불어

다 끝나지 못하였지만 하하 웃으며

　─「그렇게 하루 사이 떨어진 나팔꽃 그리고 노인」

　9월의 햇볕이 이상하게 따갑습니다. 이상한 것이 한둘이 아닌 세상이지만, 아직도 이상하게 느끼는 것은 현란한 세상 적응에 둔감하기 때문이겠지요.

　멘델스존의 교향곡 2번 '찬양의 노래'는, 교향곡에 합창 사용 선구자인 베토벤의 교향곡 9번과 비교가 되지요.

　베토벤의 교향곡 9번은 교향곡의 틀 안에, 기악장 3개 그리고 합창이 들어간 마지막 악장으로 구성되어 있고, 멘델스존의 '찬양의 노래'는 신포니아(sinfonia) 1부의 세 개 순수기악 파트 그리고 여러 개 부분 구성의 종교 텍스트를 노래하는 칸타타(cantata) 2부로 구성되어 있습니다.

　나팔꽃이 정부의 물 절약 조치로 여기저기 누렇게 된 잔디 위에 떨어져 있습니다. 저 나팔꽃이 아마도 '찬양의 노래' 첫 부분 구절인 "Alles, was Odem hat, lobe den Herrn"(숨을 쉬는 만물은 주를 찬양하라) 트롬본을 불다가 떨어진 것은 아닌가 하는 생각이 들었습니다. 어제저녁까지 저녁놀에 비치며, 나무 꼭대기에 매달려 멋진 모습으로 트롬본을 불어 대었는데, 밤새 그쳤던 바람이 새벽에 무슨 짓을 하였기에　　　　　　　　찬양하다가 도중에 그만두고 공중에 빙빙 돌며 바람에 몸을 던졌는가…
　　사람의 삶도　　이렇듯 한여름 밤의 찬가를 부르다가
어느 순간에 지게 되는가…

근심의 속살
바람에 그저 스치는 것이지
행복 그것도
그저 스쳐 가는 단어일 뿐

그냥 가진 것에만 감사하고 살아갈 것인가
아니면
가지지 못한 것만 사랑하며 불행히 살것인가
　　―「이 세상엔 그것만 문제라네」

행복하여라
가까이 있는 것을 사랑하는 사람들
그들은 만족하며 살아가리니

불행하여라
가지지 못한 것을 사랑하는 사람들
그들은 가진 것마저 뺏기리니
　　―「행복과 불행」

행복은 가까이 있는 것일수록 그 순도가 높습니다.
　멀리 있는 것은 행복이 아닐 확률이 높기만 하고요.
　행복한 사람들은 가진 것을 감사하며 사랑하고, 불행한 사람들은

자기가 가지지 못한 것, 가지지 못할 것들을 평생 사랑하다가 그나마
자기가 가진 것 모두를 잃어가면서 삶을 마감하여 갑니다.
　행복과 불행, 기쁨과 근심의 모든
　　　　　　　　　　속살은 스쳐 가는 단어이고, 바람일 뿐
임을 깨달은 사람은 해탈에 이른 현자입니다.

고소공포증
　　　　　　　높은 곳에 사는 것을 어지러워하는
　　　　　　　칭찬으로 높아지는 것을 두려워하는
　　　　　　　오래 배워 높아진다며 숨 가빠 하는

고소공포증이 있는 이
그 사람이 나라면

보고 있어도 보지 못하는 눈
듣고 있어도 듣지 못하는 귀
의미 없이 움직여 주는 심장

빛바랜 상여(喪輿) 곡소리에
찢어진 하루살이 한쪽날개에
매달아도

여한이 없으련만

또 하늘 높은 가을이네
　ー「어머나 또 하늘 높은 가을이네」

디즈니랜드 바로 앞에 마주 보고, 디즈니 리조트 산하의 테마파크로 디즈니 캘리포니아 어드벤처 파크가 있지요. 2001년에 개장하였습니다. 이곳에, 지금은 가디언스 오브 갤럭시 주제로 운영(2016년까지는 타워 오브 테러로 운영)되는 놀이기구가 있습니다. 사람들을 태우고 엘리베이터가 급속도로 하강과 상승을 반복하지요.

올라가는 동안에는 '고소공포증'이 찾아옵니다. 롤러코스터는 외부를 볼 수가 있지만 이 기구는 실내에서 폐쇄된 상태에서 컴컴하게 운영되고 있어서 색다른 고소 공포 체험을 하게 됩니다.

이 고소공포증이 모든 사람에게 항상 있었으면 좋겠습니다. 그저 높은 곳으로만 오르려고 하는 현대사회가 시끄러운 것은 바로 이 공포증을 모르는 사람만 있기 때문입니다.   - 떨어질 때 아무리 '아 - 악' 소리를 질러도 아무도 관심을 안 가져 주는.

한 포기
두 포기
가을 김장배추 세는 소리 아냐
세 포기
네 포기
이번 가을에 행복을 세는 소리

한 가지 포기 두 가지 포기
이것도 포기 저 것도 포기

그렇게 기술이 늘어가는 소리야
노련하고 놀라운 삶 기술 말이지
　ㅡ「한 포기 두 포기」

한 포기
두 포기
포기한 것들만
가지런히 누웠다

세 포기
네 포기
하얗게 더부룩
왕소금 뒤집어써
　─「맛깔난 포기」

나는 숙성된 김치를 먹는 사람이랍니다
　그대도 숙성을 먹어 성숙한 사람이고요
　몸도 마음도 모두 성숙한 대한민국 국민
─「숙성되어 성숙한 대한국민」

파들도 풀이 죽어 누워 있고
배추도 성질 꺾여 누워 있고
총각무도 다소곳이 누워 있고

이렇게 모두 하늘 보고
나란히 누워있는 계절
　─「가을 너는 무엇이길래」

뿌리 잘라 버렸다
반으로 툭 자르고

성질 죽으라 왕소금 확 뿌리고
그래도 잘 안 죽는다 깜깜한데
―「배추김치 인간 성질」

칼로 뿌리 쳐내고
반쪽 내어 버리고
왕소금 뿌려 대고
고춧가루 뿌리고
비린 젓갈 무치고

그래서 맛난단다
―「김장이여 내 삶이여」

쌀쌀하구나
거기다 바람까지

슬슬 해 보나
겨울 날 준비를

웬만한 것 자르고
왕소금 뿌려대고
좋은 것 버무리며
나쁜 공기 차단해
땅속 묻어 버리면
―「겨울 삶만큼은 김치처럼 맛깔나겠지」

국민 음식 '김치'의 어원은 한자 '침채(沈菜)'입니다. 담근 채소이지요. 이용할 수 있는 여러 채소를 소금에 절이고, 항아리에 담아 땅에 묻습니다. 이 침채가 서울 사람들의 구개음화 현상으로 19세기경에 '김치'가 되었습니다. 김치의 역사 기록이 제일 오래된 것은 고구려 시대입니다. 삼국사기에도 있고요. 물론 그 이전부터 염장 음식은 있었지요.

추수로 많은   쌀쌀을 준비한

쌀쌀한 계절에 겨울날 채비를 하여야 합니다.

장롱에 깊숙이 집어넣었던 두꺼운 옷도 꺼내어 먼지도 털어가며 준비하여야 하고요. 먹거리도 준비하여야 합니다. 밥쌀은 준비했으니, 반찬을 마련하여야 했지요. 김치 발명의 원천발상 필요성입니다. 그런데 발명하고 보니

맛이 있습니다. 여러 재료를 넣어 숙성시켰으니

영양가도 있는 데다가 발효 유산균까지 풍부합니다.

게다가   김장은 가까운 사람들이 모여서 하는 '정다운 민족 연례 행사'입니다.   설날, 추석 정도의 반열에 올려도 손색이 없지요.

거기다가 먹을 때마다 숙성된 묵상 자료가 되지요. 숙성된 것을 매일 먹으면 당연히 사람은 성숙하게 됩니다. 단, 김치가 만들어지는 과정을 항상 묵상할 때.

이상도 하지

이 사람도 똑똑해
저 사람 눈빛도 또릿하고
안 똑똑한 사람이 없어   그런데 이상도 하지
세상이 제대로 돌아가질 않아

225

앞집 아이도 영리해
뒷집 아이 눈초리 더하고
어리숙한 아이가 없어　　　　그런데 이상도 하지
　　　　　　　　　　　　　　제대로 아는 아이 거의 없지

저기 할아버지도 노련해
여기 할머니도 노련하고
어수룩한 노인들이 없어　　　그런데 이상도 하지
　　　　　　　　　　　　　　제대로 매듭 푸는 노인 없어

　　　―「이상한 세상 증거」

　　　　　　　　　　착착 순서를 기다리며

강박도 있고 집착도 있다.
탐욕도 있고 질투, 시기도 있다.
미움, 모함, 분노, 불안, 죄책감, 수치심…

이 조그마한 마음 안에 날 세우고
빈틈없이 빽빽이 들어앉아 있다가
번갈아 서로 나와서 목을 조르고는
다시 들어가 않는다
　　　　　　　　　　곧 오는 다음 순서를
　　　　　　　　　　기다리며

수치심, 죄책감, 불안, 분노, 모함, 미움
시기, 질투, 탐욕
집착, 강박…
　　　―「다음 분 들어오세요」

라벤더 꽃잎이 이슬 속 묵상하더니
새벽 일 가는 나의 길
밤중 돌아오는 내 길
머리 깊은 곳에 향기로 적셔주고 있었다

도둑고양이 꽃밭에 똥을 뿌리더니만
새벽 일 가는 아내 길
밤중 돌아오는 아내 길
심장 깊은 곳 꽃 냄새를 몰아내고 말았다

라벤더는 마르면 더 향기가 난다
고양이 똥은 말라도 냄새 고약하고

사람들에게서도
영혼 냄새 나는데
말라도 나는데
　　　　ㅡ「라벤더(Lavender) 인간」

예전과 다름없이 내 혓바닥 전체에
표독한 가시가 돋아나기 시작하는가

나를 남을 엮고 엮어 피를 보아야만
가라앉는 성난 가시들
　　　　　　　　　　새벽 네 시 되어서나
　　　　　　　　　　까만 피를 머금고 날을 거두는
　　ㅡ「혀 가시」

227

보인다
앉아 보면   땅바닥에 털썩 앉아보면
                              보인다

보이고 그렇게 편안한데
사람들은 서 있다   발돋움하며

물어 보면   땅속에 깊게 물어 보면
                              보인다

벗어 던지고 엎드리면
빛이 스며드는데   죽으면 살고
　　─「그러면 보인다」

                              왜 그럴까
창공도 물들지 않지
바람도 물들지 않지

                              왜 나는 이런 색에
                                 저런 색에
                              아침저녁으로 물들지

연꽃은 물들지 않지
이파리 매달린 달도

왜 나는 빨간 색에
　　　파란 색에
노란색 물을 들이지
　　─「물들고 물들이는」

어쩌란 말이냐
그렇게 낙엽 하나 내 곁에 떨어지면
철 이르다 말할 수도 없지 않더냐

어쩌란 말이냐
나 아직 생각 접지 못하고 있건만
익은 지 오래 된 감 한 톨 떨어지면
　　 ―「어쩌란 말이냐」

우리는 살며 운다
울기 때문에 사람일 것이다
울지 않으려 까치발 하여 보지만
너와 나는 지금도 울고 있다

우리는 떨고 있다
불안에 떨어야 하는 사람이다
당당하려 어금니 힘주어 보지만
창가 건너보며 무엇인가 거기

우리는 외로움이다
외로우려고 태어난 사람이다
매듭 지어가며 기웃거려 보지만
혼자 아닌 것이 어디 있는가
울지 않으려 눈동자 힘도 주고

외롭지 않은 척 웃어도 보지만

미소 진 이 사이사이에 어느새
깊은 그늘이 언저리 휘감고
미소 금세 사라진 입가에 대신
까만 서리가 날을 세운다
    ―「우리는 그렇다」

이가 힘들다며 하나 둘 빠져주고 마는 그날까지 그다지 휘
둘렀는가 언어가 못 미치는 바닥까지 고뇌가 핥고 가 어깨
주저앉고 눈빛이 텅 비어 어디를 가는지 누런 침묵으로 사그
라지고 얼마 전까지도 쥐려고 했는지 입 다물지 못하고

공간을 가르는 긴 한숨
예까지 가슴에 맴돈다

저 노인이 살아온 길
내가 같이하게 될 길
    ―「공원 노인」

불씨 하나가 떨어져 온 산을 불사르고 있다
세상 냄새가 이렇듯 숨 막히게 한다고
움켜쥔 것들 공중 재 한 줌이 된다며
불씨 하나가 떨어져 온 산을 불사르고 있다

불씨 하나에 모든 것이 비워지고 훨훨 타듯이

내 시어 하나 떨어져 그대 영혼을 불살랐으면

가뭄에 소낙비가 생명 간질여 건져 올리듯
지는 들꽃보다 못한 내 삶이 처절해
질서 없이 갈라지고 마는 네 삶에게

물 한 방울, 고통의 톱 막아서듯이
내 시어 하나 그대 갈라진 마음 이음새 되었으면

그랬으면
그랬으면
—「시어 하나」

<환한 것이란>

I
어디 한 군데도 성한 곳 없는 늙은이가 아침에 급히 나오며
간신히 꾸겨 넣은 반쯤 흰 코털이
존재 확인차 튀어나온 것
그 흐리멍덩하게 주저앉은 동공(瞳孔)으로 세상일이 안 보
일만 한데도
여기저기 나서며 잘 아는 척하는 것

II
포기할 만도 한 나이
빨갛다 못해 시뻘건 중금속 립스틱이

갈라진 입술에 같이 말라
서로 부둥켜안고 파열된 것
깊은 기미 감추려
몇 겹인지 덕지덕지 바른 파운데이션이
장마 후 계곡처럼
높낮이 없이 자유롭게 녹아내린 것

III
아주 우아한 모습으로 고매한 말만 억지로 골라 하며
돈만 밝히는 성직자 이빨 사이에 낀
반파 고춧가루

무늬만 수도자 거룩한 단어 쓸 때마다 그 이에 끼어
오분지 일쯤 찢어져 나부끼는 농약 절은
부추 쪼가리

IV
유난히 겨울 햇빛에 가득히 노출되어
내가 이걸 매일 들이마시고도
몇 년 더 살 수 있을까 의심 가게 하는
방안 가득한 먼지들

노란 것도 아니고 누런 것도 아닌 매캐한 심상치 않은 색이
더 살겠다고 헉헉거리며 뛰어 보는
새벽 조깅 길 하늘을 휘감고 있는 것

V
심한 균열이 얼굴 구석구석 공평하게 자리 잡아 가는 것
　인간 가죽 위에 곰팡이 문신이 눈물겹도록 화려한 장식을
해 가는 것
　　　　　　　　　　　　　　그래
이런 시시한 것들이 잘 보이게 하는 것
환한 것이란 그런 것
　　　　　　　　　　　　　　　그런데
그것들을 향해 서도록 하게 하는
환한 것이란 그런 것
　　　─「환한 것이란 그런 것」

가을에는 마음 비워보시지요
노란 단풍이 보고 있잖아요

가을에는 무작정 떠나보시지요
빨간 낙엽 그러라 하잖아요

가을 내내 홀로 있어라
바람도 한 줄기이건만
　　　─「홀로 충만하냐」

굴속　　　막장까지 더듬더듬
터널　　　견디다 보면 빛이
　　　─「어디쯤인지 모르는 딱한 그대」

달린다 전속력으로
굴속에서
그러니 막장에서 나오는 길도 안 보이고

달리기는 한다 억지로
터널에서
그래도 언젠가는 탈출의 빛이 다가오는
―「굴 속인지 터널 속인지 모르는 엄중함」

마냥
좋은 사람이 있다
그가 어때 서도 아니고
그가 무엇을 갖고 있어서도 아니다

그냥
마냥
가을 감나무 되련다
다 털어내고도 빛나는
익을 데로 익은 주황색 한 그루 되어
　―「나도 그냥 마냥이 되고 싶다」

　가을 고국 여행을 할 때마다 마음을 사로잡는 것이 하나 둘이 아니
지만, 특히 감나무를 대할 때마다 저절로 멸상이 됩니다.
　　　　　나의 마음과 몸을 모두 둥근 주황색으로
　　　　　　　　　　오묘안 감 양으로
　감나무를 보는 순간, 머릿속의 모든 사각들은 말끔히 '사각사

각' 지워집니다. 산을 올라갈 때는 보이지 않습니다. 그런데 산행을 힘들게 하고 내려오다가 보면 산어귀의 마을 곳곳에 감을 주렁주렁 달고 있는 감나무들이 보입니다. - 행복 찾는 모습과 같지요. 그저 헉헉거리고 높은 곳을 향하여 오르기만 할 때는 항상 가까이에 있는 행복을 못 알아봅니다. 그러나 삶을 내려올 때는 '안 보이던 행복이 보이지요.' 그러면 그 행복이   - 그 감나무가

어찌도 그리도 예쁜지요.

어쩌면 저리 찬란한지요.

그 모습이 가슴 깊이 박혀 다음 해 가을까지 버팁니다.

산에 오르다가 못 본 감나무
산 내려와 내 마을에 보이니
-「행복 그리고 감나무」

가을 감나무에 거의 홀린 모습을 보며, 사람들은 묻습니다.

왜? 그리 감나무가 좋냐고.

그냥 좋습니다.

마냥 좋습니다.

어떤 사람과 만나면 그냥 좋듯이

그 사람 나 보고 마냥 좋아하듯이

그냥 좋고 마냥 좋은 것이 또 있습니다.

달랑 배낭여행.

여행을 왜 그리도 좋아하는가라고 질문을 많이 받습니다. 그러면,

그냥 좋습니다.

마냥 좋습니다. 라고 대답합니다. 솔직한 마음이지요.

그런데, 이런 대답에 눈빛이 안 좋으신 분들이 있습니다.

그러면 설명하여야 합니다.

여행은, '수도(修道)'하러 떠납니다. '세상과의 단절'을 하러 떠납니다. 라고 대답합니다. 이런 대답에도 입이 약간 삐죽하게 나오는 분들도 있습니다.　　　　　**그러면 다시 말을 더해야 합니다.**

누가 그러는데 '역마살이 끼어서 그렇다. 라고 하던데요.' 합니다.

　　　　여행은 사람이기 위한

　　선택이 아닌 필수 필요충분조건입니다.

사람을 만나서,

어느 대학 나왔냐? 어느 동네에 사느냐? 아버님 모 하시노? 무슨 일 하시는지?　어디 부동산 있느냐? 어디 주식 갖고 있느냐? 골프장 어디 가냐?　아이 어디 대학 다니고 무슨 직장이냐?

이런 것 묻지 마시고

　　　어디 다녀오셨어요? 어디 잔치국수 집 좋던가요?

　　　이런 것 물어보시는 분이 많아졌으면 좋겠습니다.

여행은 당연히 자연으로 돌아가는 것입니다. 임시적이라도, 세상과 철저히 단절하여 자연적이어야 여행의 목적과 효과를 얻을 수 있습니다. 물론, 가끔은 역사 공부하러 떠나기도 합니다.

여행하면, 해독이 됩니다. 현대 문명병에 몸과 마음이 너덜너덜 된 것에서 힐링이 되는 것이지요.

　　　　이 세상에서 유일하게 소중한 나를 위해 떠나는

　　　여행은 나만을 위한 '나 홀로 여행'이 좋습니다.

내 곁에 한 사람이 있으면, 나는 그에게 적어도 50%는 나를 내어주어야 합니다. 3명이 있으면 25%를 각각 나누어 주어야 하고요.

사람뿐인가요? 모든 디지털 기기에서 벗어나야 합니다. 노트북과 태블릿 PC 는 물론이고 핸드폰도 비상 연락이 필요하지 않을 때는 숙소에 놓아두고 다녀야 합니다.

그리고 가능한 한 어떤 Plan도 잡지 말고, 그냥 생각나는 대로 무일정으로 　　　　　**아무거나 아무튼 하기**

　　　　　　　　　어쨌거나 아무것도 안 하기　　를 하시면 됩니다.

　　여행지에서는 자기가 어렸을 때, 좋은 일 있었을 때를 상상하며 '글쓰기' '그림 그리기'를 무심코 해도 좋습니다.

　　자연 속에 있다가 보면, 자연이 이끌어 주는 대로 따라가면 되지요. 이런 시간을 얼마나 많이 가지고 사는가가 바로

　　　　　　　'삶의 질' 을 **결정**하게 됩니다.

　　잘 익은 대추

　　한입 물었더니

　　나 대추 되었네

　　　─「사람이 익는다는 것은」

　　뒷마당에 10년 넘게 열매를 맺지 못하던 대추나무가 5년 전부터 열매를 맺기 시작하였습니다. 익으면 먹어보리라 마음먹고 조금 커졌나 하고 나가보면, 큰 열매는 하나 둘씩 사라져 간 지 5년이 지났습니다. 다람쥐도 먹고, 새들도 쪼아 먹고 ─ 쪼아 먹힌 대추들은 땅에 떨어져 그냥 썩어 나가는 모습을 안타깝게 보고만 있다가

　　올해는 큰마음 먹고 제일 잘 익을 것 같은 파란 대추 열매 4개를 골라 가지에 망을 쳐 놓았습니다. 4개를 제외한 것들은 다람쥐와 새가 먹어야 하니까요.　어렵게 익어 가는 대추를 기다리다가 탐스럽게 된 대추를 첫 수확하는 기쁨이 ─

　　'농사라는 것은 이런 깔끔한 맛에 하는구나' 하는 생각을 또 해 보게 됩니다.

대추 한 알 키우기 위해
바람은 그다지도 울었다
대추 두 알 키우기 위해
햇빛 자기 불살라야 했고
두 알 세 알 네 알
그물망도 쳐야 했다

대추 한 알 얻기 위해
이렇게 찬란했는데
ㅡ「그대 마음속 대추 한 알은」

갈색으로 잘 익은 대추를 아삭하게 한 입을 무니
그만 내가 대추가 되고 말았습니다. 까맣고 단단한 대추씨와 나의
늙은 이빨이 서로 단단하기를 겨룰 때가 되고서야 대추가 된 나에게
서 벗어날 수가 있었지요.
대추를 먹을 때는 내가 대추가 되고
물을 마실 때는 나 물 한 잔 되는 걸 보니
올가을에는 내가 익긴 익은 것 같아 절로 미소가 떠오르게 됩니다.

빨강과 파랑 섞어 보라인 우리 만들어 보자
파랑과 노랑 섞어 초록인 자연 만들어 보고
빨강과 노랑 섞어 주황 오렌지 농사지어 보자
그렇게
너를 살리고 나를 살리고 우리같이 살아보자
ㅡ「반 색깔론」

기본 바탕색이 있습니다. 이 기본색은 다른 색을 Mix하여 만들 수 없는 그야말로 기본의 색입니다. 이런 고집불통 기본색깔도 섞어 주면 다른 색이 됩니다. 그런데 이런 다른 색이 되려는 것을 절대로 거부하고 썩고 망해가는 색을 고수하는 인류.

인류를 쓰레기 정신 혼돈 속에서 빠져나오지 못하게 하는 패러다임이 있습니다. 좌우 아우 스펙트럼 (left-right spectrum).

프랑스 혁명(French Revolution - May 5, 1789 - Nov 9, 1799) 때 의장석의 오른쪽에 입헌군주제를 지지하는 지롱드당이 앉고, 왼쪽에는 급진개혁파 몽테뉴당이 앉은 것에서 유래되었습니다.

이 첫 단추의 유래가 잘못되기 시작하여, 지긋지긋한 색깔론이 인류 전체에 독버섯으로 사회 전반에 걸쳐 퍼져 있습니다. 크게 잘못된 것이지요. 중도를 지향하는 마레당이 중간에 앉았는데, 이를 지칭하는 말이 없었던 것도 잘못된 것이고요.

이때부터 중도가 부각돼야 했습니다. 원칙과 실용 그리고 타협을 추구하는 중도가 역사적으로 전통적으로 자리를 잡아 왔다면 지금처럼 지구/인류 전체가 모래 수렁에서 허우적거리는 일은 없었을 것입니다.   아직도

인간들은 핏대를 내며 절대로 한발 아니 반 발짝도 섞지를 못하고 있고요. 그것도 대를 물림해 가며 그 미끈거린 역사를 끈질기고 질기게, 굵게 써 내려가고 있지요.

까만 너의 입김 하얀 나의 눈길
잘 버무려서
모두가 좋아하는 따스한 회색 미소 만들어 보자
빨간 머리 생각 파란 가슴 마음
걸쭉히 섞어

아무도 싫어하지 않을 보라 웃음 피워 날리면서
　―「희망의 새로운 인류 종 만들어 보자」

수렁이라는 것이 있다
수렁인 줄 모르게 하는

항상 내 발밑에 있어
바둥거릴수록 빨리는
　―「수렁인 줄도 모르는 그대」

　　　　보잘것없는 버러지 하나
　　　　수렁에 깊게 빠져 바둥거린다
　　　　하잘것없는 벌레 또 하나
　　　　구하려다 같이 빨려 들어가고
　　　　―「벌레나 인간이나」

　너도나도 빨려 들어가는 수렁은 언제나 우리 주위에 있습니다. 쉽게 목격이 되는데 실제로 빠진 인간이나, 그 곁에서 같이 허우적대는 인간은 자기가 수렁에 빠졌는지 모르지요.

　인간은 이 수렁을 다양하게 선호하는 경향까지 있습니다.

　　　　수렁이 수렁으로 보이면 그게 수렁일까
　　　　빨리면서도 빨리는 줄 모르는
　　　　같이 허우적거리니 안 보이고
　　　　―「모두가 빠진 수렁」

모래 수렁(Quicksand) 이라는 것이 있지요. 수렁으로 안 보이고요. 그런데 발을 디디면 모래가 '푸- 욱' 꺼집니다. 이런 것은 주위 도움으로 빠져나올 수가 있습니다.

문제는 만연해 있는 보이지 않는 모래 수렁 IQ(Invisible Quicksand)입니다.

IQ가 높아 동물의 영장이라고 불리는 인간이
이 IQ가 무엇인지도 모르고,

안다고 하여도 인지하지 못합니다. 게다가 그 많은 사람이 IQ에 빠져 허우적거리고 있는데도 빠진 사람을 구하려 하지도 않고 빠진 사람도 빠져 나오려는 필사의 노력을 하지 않고 있습니다.

진보와 보수
하양과 검정
서쪽과 동쪽
북쪽과 남쪽

다른 것 섞어 절대로
만들어질 수가 없다는
　　　　　　ㅡ「참담한 기본색」

옹고집 기본색 멀리하자
빨강 파랑 노랑
섞이지 않는 것 피해보자
파랑 노랑 빨강
　　　　ㅡ「다시 시작이다」

241

나는 진보요 너는 보수라

네 흰 조상 내 검정 선조

내 고향 서 네 동네 동쪽

너 북쪽 살고 나는 남향에

반 발짝 양보 죽음이라며

　　ㅡ「만물 영장 역사 만세」

　변하지 않는 옹고집/섞이지 않는 것들 모두

　　　　　　　　배척하자! 말살하자! 척결하자!

　이렇게들 머리에 또 빨간 머리띠, 파랑 가슴 띠, 노랑 긴 깃발을 휘
두르며 징 울리고, 고성능 사다리 스피커 소리 높이고 악을 쓰며 구
호를 외칩니다.

　그럼, 이것도 또한 옹고집/섞이지 않는 것이 되고 맙니다. 그저 멀
리하고, 피하고, 무시하다가 보면 이 기본색깔들이 퇴색되고

　　　　무시하시라

　　　　멀리하시라　　　　　기본색깔들

　　　　　절대 섞여 만들어지지 않는

　　　　　　기본색깔들

　　　　피해보시라

　　　　경시하시라

　　　　　　　기본색깔들

　　　시간 지나 퇴색될 때까지

　　　　　　기본색깔들

　　　　ㅡ「기본색깔 탈색될 때까지」

242

퇴색되어 무슨 색깔인지 모를 때까지 우리 야생초, 민초들은 기본 색깔들을 무시해야 합니다. 외면하여 관심을 주지 않는 것이지요.

> 보수 진보
> 피부 색깔
> 출신 지역
> 학교 연고
> 빈부 차이
> 젠더 갈등
> 세대 차이
> 갈라치기하는 인류 공통의 적들이
> 퇴색될 때까지 멀리멀리 하여 보시라
> ─「그렇게 하여 보시라」

미국도 한국도 그리고 세계의 거의 모든 나라들에서 잘못된 것이 있습니다.   그것도 크게 잘못된 것.   이것으로 인하여 모든 민초들은 고통을 당하고 있습니다. 더 큰 문제는 이 잘못과 고통이 개선될 기미조차 없다는 것.   그것은 갈라치기   해결 기미가 안 보이는 '갈라치기' 민주주의입니다.   순수한 민주주의에서 변종된

'MD(Mutant Democracy) 이지요.

이것이 마치 전통 민주주의처럼 자리를 잡아서 모든 국민들을 호도하고 현혹하고 있습니다. 이 변종 민주주의의 특징은 '굳건한 양당제도'입니다. 좌익과 우익 말고는 없습니다. 이 갈라치기의 주체 세력은 그야말로 '인류 공통의 적들'이지요. 적들이기에 싸워야 하는데, 싸워서 이길 전쟁이 아닙니다.

사월

첫 주에는 너도 나도
회색 옷 입고 다니자
둘째 주는 너도 나도
보라색 넥타이 리본
셋째 주는 너도 나도
초록색 머리핀 양말
넷째 주는 너도 나도
주황색 귀 거리 모자

인류 살리는 중도 색
—「너도 나도」

우익이 집권하면, 우익의 이익만을 고려하는 정치를 하게 됩니다. 좌익은 당연히 분을 삼키면서 4년을 기다립니다. 오래 기다리며 이를 갈아 왔으니, 당연히 응집력이 생기고 집권에 성공합니다. 집권한 좌익은 그동안 억울한 감정을 푼다며 자기네에 유리한 정책만을 펴게 됩니다. 그것도 똘똘 뭉쳐서, 과거 정권이 해 놓은 업적을 모두 뒤집어 버리고 반대의 정책을 펴서 자기 당을 부각시키고 차별화하려고 하지요. 과거 정권 세력에 대한 보복이라는 양념까지 섞어서 국민 마음에 불을 질러 댑니다.

이렇게 되면, 우익은 더 화가 납니다. 그래서 이들도 강하게 뭉쳐서 4년을 기다립니다. 그리고는 몰표로 집권합니다. 우익과 좌익의 골수분자들이 골몰하며 하는 일이지요.

이 골수들의 숫자와 비율은 반반씩입니다.

이들은 시간이 흐를수록 응집하고 고착하여 모난 돌멩이처럼 됩니다.

244

동양 싫어하는 사자 사월
서양 피하는 십삼일에는
　　　너도 나도 회색 옷 입고 다니자

　　　보라색 넥타이 리본
　　　초록색 머리핀 양말
　　　주황색 귀거리 모자하고

　　　우리들이 지성인임을
　　　지구 살리는 정신을

　　　동양에도 널리널리
　　　서양에도 깊게깊게
　　　　－「오 - 사월 십삼일」

모난 돌 단체이니 상대방에게 수시로 던지는 돌들은 상대방에게 깊은 상처를 주게 됩니다. 아직 상처가 아물 기미도 안 보이는데도 그 상처가 더 깊어지라고 또 더 뾰족한 돌 던지기를 합니다. 온갖 수단을 다해서 상대방에게 던지는 돌 던지기 싸움박질 전투장의 모습을 도돌이표로 보여 줍니다. 자기네 편의 반이라도 응집시키기 위하여, 돌을 온 힘을 다하여 던지니 바람이 일어납니다. 강한 바람.

　　강한 바람과 강한 바람이 부딪히면 회오리바람이 되지요.

　　선량한 민초들은 그 회오리바람에 휘말려 배배 꼬이는 삶을 힘들게 살아가고요.

　　색깔을 부추기고　종교를 들먹이며　지역을 갈라치고　이념을 들춰 냅니다. 이런 분위기가 고조되다가 보니, 이런 사회 분위기가 고착되어 변종까지 나왔습니다.

변종, 세대 간 갈등까지 나오다가 심지어는 제일 가까워야 할 젠더 간 갈등 변종까지 나오고 말았습니다.   기가 딱 - 찹니다.

이런 갈라치기 행태는 그야말로 미신 수준입니다. 비지성적인 유치한 행태이지요. 그런데 대다수의 국민은 이 미신에 당하는 줄도 모르고 속고 있습니다. 왜냐하면 이들의 선동은 미신처럼 교묘하기 때문입니다.

갈라치기는 정치나 종교에 만연한 독버섯, 인류 척결 과제 1순위 입니다. 이 갈라치기는 정치는 물론이지만, 종교에서도 오랜 시간 사용하여온, 무서운 '악의 도구'입니다. 기독교에서는 이 '악' 때문에 역사적으로 많은 희생과 분쟁이 따랐지요. 불교도 마찬가지입니다. 부처님이 멀쩡히 살아 있을 때인데도, 불교 교단은 심각한 분열 위기를 두 번이나 겪게 되었습니다. 데바닷다가 음모를 꾸며 교단을 장악하려고 시도 했던 것과 주먹 폭력과 거짓말로 난무한 코삼비 비구들의 분쟁이었지요.

법구경의 '不可怨以怨 終以得休息 行忍得息怨 此名如來法'(미움으로써 미움을 갚으려 하지 말라 / 미움을 끝내려면 미움을 버려야 한다 / 인내와 용서만이 평화를 얻게 해준다 / 이것은 변치 않는 참다운 진리다)의 내용은 다름 아닌, 부처님이 코삼비 비구들을 꾸짖는 내용이었습니다. 그러나

가관인 것은 이런 종주의 나무람에도 제자들은 '우리 일은 우리가 알아서 한다. 관여치 말라.'하며 계속 싸움을 계속하였습니다. 부처님은 너무 실망하여서 그 자리를 홀로 떠나고 말았고요. 부처님도 결국 해결을 못 보고 떠난 것이었습니다.

이것만 보아도 인간이 얼마나 '갈라치기에서 벗어나기'가 힘든지

를 여실히 보여 주고 있습니다. 그 오랜 정치 역사와 종교 역사가 '맑게 선명한 거울'처럼 보여 주고 있지요. 가히 악마의 전형적인 '끈질기게 달라붙어서 교묘하게 괴롭히는 기술'입니다. 그 기술은 절대로 기술로 보이지 않습니다. 그러니 '교활한 기술'이지요.

갈라치기 악마의 우익은 '미움'의 날개이고요.

좌익은 '분노'의 날개입니다.

이 두 날개를 이용하여서 종교와 정치의 지도자 위를 날아다니며 선동합니다.

갈라쳐라 갈라쳐
너희의 힘
갈라쳐라 갈라쳐
너희 주문
갈라쳐야 너희들
날개 돋고
갈라쳐야 너희가
번성하니
―「종교 정치 주문 갈라쳐라 갈라쳐」

종교 지도자들은 자기가 믿지 않는 불상이나, 십자가, 성모상 앞에서 상대방 신자가 기도하는 것을 보면 '미움'이 솟아나도록, 선량한 신자들 DNA 속에 '미움의 씨앗'을 깊숙하게 주입합니다. 뾰족하고 길쭉한 주삿바늘이 빨간 '갈라치기 액'을 '쑤욱' 집어 넣는 것이지요. 신자들은 당연히 약발을 '파바박 ―

받아서, 상대방 종교인들에게 미움을 항상 갖게 됩니다.

이 미움이 부글부글 항상 끓어대고 있는데, 상대방은 자기들 나름대로 별 탈 없는 듯 잘 모이고 잘 지냅니다. 자기의 기준으로 보면,

상대방 이단/미신은 '되는 것이 없어야 하고, 쇠퇴하고 폭삭 망하여
야' 하는데 전혀 그런 기미가 보이지 않으니, 약이 오릅니다. 그래서
분한 마음이 불같이 타오르게 되고요. 이런 증상은 자기 종교에 심
취하는 정도 즉, 열심히 할수록 더 하지요.

 이 '분노'(憤怒 : Anger, Rage, Fury, Wrath / Ira)는 전염병
 입니다.

 제1급 감염병부터 제3급 감염병까지의 감염병 외에, 유행 여부를
조사하기 위해 표본감시 활동이 필요한 감염병 제4급 감염병처럼 심
각해 보이지는 않습니다.

 하지만 실제의 감염분포로 보면, 제1급 수준의 감염병이지요. 걸
리지 않은 사람이 거의 없을 정도이니까요.

                이렇게 되게 하려고 촛불 앞 무릎 꿇고
                저렇게 안 되게 하려고 바늘방석에 앉아

                비비는 두 손 사이에서 불꽃 일고
                조아리는 머리 그대로 굳어졌어도

                이렇게는 안 되고
                저렇게 돼 버리니
                   ─「너도 나도 부글부글」

                이렇게 되기를 바라는데 저렇게 돼버리고
                저렇게 되지는 않길 원하는데 그렇게 되고
                   ─「기막힌 인생 이치」

248

인간에게는 여러 욕구가 있습니다.

욕구에 대하여 제일 많이 인용되는 것은 매슬로의 욕구단계설 (Maslow's hierarchy of needs)입니다. 사람에 따라 차이가 나겠지만, 중요도별로 단계가 있다는 동기 이론입니다. 하층의 강력한 욕구가 충족되어야만 다음 단계의 욕구가 생긴다는 것이지요.

 피라미드 모양으로 형성된 최하위층의 욕구는 생리적 욕구(physiological)입니다. 의, 식, 주 그리고 성욕이 되겠습니다. 다음은 안전의 욕구 (safety)이고요. 그 위는 사랑/소속 욕구(love/belonging), 존중의 욕구(esteem), 맨 위에는 자아실현 욕구(self-actualization)라고 하였지요. 자기의 모든 욕구 위에는 타인과 세계에 이바지하려는 욕구가 있다고 부언하였습니다. 그런데 이 주장이 다 맞지는 않습니다. 하위 욕구인 Existence Need가 충족되어야지 최상층의 욕구들을 추구하지는 않지요. 생리적 욕구나 안전 욕구가 만족되지 않아도, 타인과 세계의 평화와 복지를 위하여 헌신하는 사람은 참으로 많습니다. 인간은 모든 자기의 가치와 자기 존재 이유를 다른 이와 진리를 위해 전념할 수가 있는 것은 누구나 아는 Fact입니다. 따라서 학계 정설로 알려진

매슬로의 욕구 단계설은 맞지 않습니다.

어찌하였든, 인간의 욕구는 다양하기만 한 것이 사실입니다. 이 다양한 욕구들이 자기가 진정 원하는 것일 경우, 그리고 그 소중한 욕구가 충족되지 않으면 인간에게는 불만이 생깁니다. 이 불만의 소리는 '부글부글'입니다.

소리들이 들려온다
부글부글
따끔하게 끓어댄다

부글부글
-「네 속의 소리 내 속의 소리 분노」

　현대인들은 이 분노를 끓여가며 살고 있습니다. 그것도 '기본적으
로'　　　　　　　　　　　　　　　　게다가 '누구나'
　마음들은 모두 냄비근성이니 얼마나 빠르게 잘 끓는지요.
　　　　　　　　　　　　그것도 '양은 냄비'
　　　　　　　　　　　게다가 '얄팍한'
　이 분노(화, 성, 스트레스, 짜증, 왕짜증, 어그로/aggro)는 자기가
원하지 않은 것이 이루어지지 않을 경우도 생기고, 내가 원하지 않
는 것(손해 강요, 위협상황 포함)이 나에게 일어날 때도 발생합니다.
　세상 사람 삶이라는 것이 내가 원하는 것이 이루어지는 것보다 안
이루어지는 것이 더 많고요. 나에게 일어나지 않았으면 하는 일이 더
많이 일어나는 것이 사실이지요.
　이러다 보니 사람들은 항상 긴장합니다. 마트에 가면 잘 보이는
'+1'이 여기에도 적용이 됩니다. 오감 + 1 = 육감을 총동원하여야
조금 더 감지될 것이라고 믿고 고양이가 털을 세우고 '야 아 옹' 할
태세로 온통 육감을 긴장하여 보지만 역시 또
　　　내가 원하는 것은 안 이루어지고요. 나에게 일어나지
　　　않았으면 하는 일은 일어납니다. - '꾸 - 준하고 질기게.'
　이쯤 되니, 전 세계 사람들이 공통으로 들끓습니다. '빠글 바글'.
　세계 기온이 올라가는 것의 주된 이유 중의 하나가, 바로 이 '인간
들이 열받아서 대기의 온도를 올리는 것이다.'라는 생각이 들기까지
합니다. 과학적 근거가 되리라는 확신까지 들면서 말이지요.
　이런 상황이 전개되고 있는데, 즉 인간들은 가만히 놓아두어도 항
상 부글부글 + 빠글바글거리는 '어삶환(어쩔 수 없는 삶의 환경)'에

살고 있는데

그 뜨거운 열기에 '싸구려 기름을 열심히 부어대는 악마'들이 있지요. 바로 정치이고 종교입니다. 언론도 꼽사리 껴서요. 그 기름의 상표는 'Galrachigi Oil'이고요. 이 '갈라치기 기름'은 자연 발화 특징이 있을 정도로 위험합니다. 인화점과 자연 발화점이 낮지를 않아서, 불을 꺼도 다시 불이 붙을 가능성이 크지요. 끓기 시작하는 온도가 연소 시작 온도보다 높아서, 눈으로 보아서 '아 – 위험하다.'라고 느끼기 전에 불이 '확 – ' 붙어 버리기 쉽습니다. 이런 특징을 아는 정치/종교 한 몸 두 머리 지도자들은 교묘한 혀를 날름날름하며 '선한 얼굴'로 갈라치기 〈썩은 갈라치기 기름〉을 선량한 사람들에게 '쫙 – 쫙 –' 퍼붓습니다.   왈왈 타고 있는데도 못 느끼는 민초

분노가 증오의 감정으로 간다고 하는데, 이는 맞지 않습니다. 미움이 분노로 가기도 하고, 분노가 미움/증오로 번지기도 하지요. 미움과 분노의 농도 차이로 인하여 선과 후가 다를 수는 있고요, 무엇이 먼저 인지는 그리 중요한 문제가 아닙니다.

분노/미움이 심해지면, 이것이 화산처럼 폭발한다는 데 문제의 심각성이 있지요. 화산폭발 피해의 성격은 상대방도 불태워 버리고 나도 불태워진다는 것입니다.

폼페이(Pompeii)는 이탈리아 나폴리에 위치하여 있지요. 서기 79년 8월 24일 베수비오 화산(Monte Vesuvio)의 폭발로, 단 18시간 만에 완전히 잿더미로 소멸한 도시입니다. 1592년에 발굴되기 전까지는 3m의 재로 덮여서 존재조차 알 수가 없었지요.

기다린다 기다려 그 긴 시간
부글부글 속 끓여가며

참고 또 참고 맘 태워가면서
　　어쩔 수 없을 그때까지

　　그러다가 정말 그러다 끝내
　　못 참아내 뿜어내는 불덩이
　　─「내 마음 속 폼페이」

　폼페이 시가지는 물고기 모양을 하고 있습니다. 원형경기장이 물고기 눈 모습을 하고 있고요. 도시 입구와 출구는 물고기 입으로 들어와서 꼬리지느러미 쪽으로 나가게 설계가 되었습니다. 당시 번창한 도시였고, 수많은 유적이 발굴되어서 그 규모와 아름다움을 짐작할 수가 있지요.

　이 도시가 화산으로 없어질 당시 희생된 사망자 수는 대략 2천 명으로 추산하고 있습니다. 이 중 일부가 관광객에게 불탄 상태 석고상의 모습으로 공개가 되고 있지요. 당시의 처참한 상황이 눈앞에 전개되기에 충분한 모습입니다.

　화산이 폭발하며 큰 피해를 주는 것은 '화산쇄설류 또는 화쇄류;(火山碎屑流, Pyroclastic flow)입니다. 화산폭발로 인한 화산 가스, 화산재, 돌, 연기가 섞인 구름이 1~5km 정도로 올라가다가 한순간에 무너지면서 산을 시속 130~180km로 타고 내려오면서 화산 주위를 모두 덮쳐 버리는 무시무시한 현상이지요. 이뿐인가요.

　화산폭발은 용암에 의한 피해, 산사태와 홍수, 지형변화, 태양 차단으로 인한 저온현상, 땅윗물 산성화 오염 피해, 항공 운항 불가를 동반하고요. 여기다가 쓰나미까지 겹치게 되면, 피해는 더욱 것 잡을 수 없게 커지게 됩니다.

그런데 이 화산폭발 시기를 아직도 정확히 알 수가 없습니다. 지진이 언제 일어나는지 확실히 파악하지 못하는 것처럼 말이지요. 화산은 마그마 축적 그리고 분출 전 상황을 보고 어느 정도 예측은 하고 있기는 합니다.

인간이 자기의 분노를 표출하는 모습은 화산을 방불하게 합니다. 주먹, 발을 이용한 벽치기, 손에 잡히는 것 모두 집어 던지기. 집기 파손, 자해, 고함, 언어폭력, 방화, 타인 공격, 살인, 난폭운전, 보복 등 다양하기만 하지요. 인간이 '저급한 동물'로서 할 수 있는 것은 다 하게 됩니다.

> 마그마가 쌓인다
> 돌덩이를 녹여 버려 흐르게 한
> 미움 화 쌓인다
> 쇳덩이 희망 녹여 흘러가게 한
> 곧 터지려나 보다
> 너를 태우고 나를 재로 만드는
>
> 벗어나야 하는가
> 지금 당장 아니라면 모든 것이
> ―「미움/분노 그리고 마그마」

이러한 자기/타인 공격/파괴행위는 당연히 신체의 고통으로 이어집니다. 당연히, 몸과 마음을 해치는 심각한 병에 걸리게 되고요. **남에게 퍼붓는 화력에 내가 타서 재가 되는 고통.**
종교나 정치의 교활한 획책 때문에 일어났던, 주위의 환경에 당하여 일어났던, 아니면 내 마음 스스로 일으켰던, 이 화산폭발만큼 목숨을 위협하는, 분노와 미움을 어떻게 해야 할까요?

☞ 가능한 해결방안은

1. 분노와 미움을 분석하기(Analysis)

　미움과 분노의 정도 파악 및 원인분석

　　　　　　　　　(왜 이러한 일이 일어났는가?)

2. 구체적으로 인지적 재평가(cognitive reappraisal)

　지금 전반적인 상황에 대한 평가

3. 승화(sublimation)

　취미나 운동으로 분노/미움 표출 방향 전환

4. 잊으려는 강박에서 벗어나기

　　　　　　(역설적 과정이론; Ironic process theory,)

　어떤 욕구나 생각을 잊으려고 노력할수록 역효과가 난다는 이론

　'흰곰을 잊으려 할수록 더 생각이 났다.'라는 연구 결과에 따라
'흰곰 효과' 또는 '반동효과'라고도 함.

5. 내면의, 자기 자신과의 진실한 대화

　어떠한 가식이나 주위의 눈치를 살피게 되면,

　1) 자신

　2) 자신의 환경

　　파악이 되질 않습니다.

　즉, 현황 파악이 되질 않는 것입니다. 파악이 되질 않으면

　1) 문제가 무엇인지

　2) 문제 해결 방안

　　을 알 수가 없습니다.

　　모든 가식과 어설픈 주위 환경의 껍질을 훌훌 벗고 벌거숭이
가 되어 보면

　　1) 자기가 적나라하게 보입니다.

2) 보이면, 문제가 이미 해결되어 있기 쉽습니다.

3) 안 보이면, 더 벗을 그것이 있는 것입니다.

4) 하나하나 벗어 나가면서 해결책이 하나하나 떠오르게 되어 있습니다.　이렇게 드러난, 나 속의 나에게 내가 묻기 시작합니다. **나와 나의 진솔한 대화.**

이것이 되면 웬만안 정신적 문제는 어느 정도 해결되게 됩니다.

이런 방법은 어떤 면에서, 지그문트 프로이트(Sigmund Freud)의 정신분석학(精神分析學, Psychoanalysis)이나 현대 심리학, 철학적 접근보다 더, 현실적 문제 해결에 도움이 됩니다.

6. 상황 피하기

욱하게 화나게 하는 상황, 대상, 인물에게서 멀리하기 또는 관계 단절하기

7. 갈라치기 기름을 붓는 '정치와 종교'에 대한 명확한 인식 성립.

1) 정치와 종교에 관심 끄기

2) 민간주도 사회개혁에 적극적 동참하기

국민이 갈라치기 세력 정치와 종교에 관심을 멀리하면, 그들은 당연히 세력이 약화하겠지요. 또한, 그들이 하는 갈라치기가 어떤 폐단과 사회악을 가져다주었는지를 역사적 증거들로 홍보하면, 그들의 악행은 줄어들 것입니다.

그리 멀지 않은 얼마 전까지도 이들은 언론을 장악하였지요. 그래서 언론은 그저 이들의 시종 역할을 하며, 가끔은 '언론인 것 같은 일들'을 하면서 명맥을 이어왔고요.

그러나 시대가 바뀌었습니다. SNS의 발달로 지금은 대 놓고 갈라치기를 하기가 그리 쉽지 않습니다. 너무 표나게 하면 들통 밑이 보이기 때문이지요. 그래서 이들이 **새로운 방법을 찾아낸 것이 바로 '티안갈치'** 입니다.

이렇게 푸른 바다에서 은색을 뽐내며 예쁘게 반짝거리는 갈치라거나 지역 이름인 태안 갈치라거나 하면, 태안 분들도 화내고 갈치도 매우 기분 나빠 하겠지요. **티안 갈치는 '티 안 나게 갈라치기'**입니다.

티를 내게 갈라치게 하는 시대는

지났습니다. 그래서 티가 안 나게

갈라치기를 합니다. 겉으로는 드러나지 않지만, 갈라치기 없이는 이 종교/정치는 존립하기가 어렵다는 아집에서, 정치/종교 지도자들은 벗어나지를 못하는 생태를 가지고 있습니다.

종주의 거룩한 가르침 그리고 국민을 위한 정치하고는 너무 괴리가 크기만 합니다. ☞ **갈라치기 선동의 주역, 정치에 대안 혁명**

지금의 민주주의는 실패했습니다.

새로운 대안/혁명이 절실합니다.

신민주주의(Neo Democracy)가 출범되어야 합니다.

실패한 지 오래된 마오쩌둥의 신민주주의나 안재홍 또는 서양의 진보 민주주의 정도를 말하는 것은 아니고요. 참으로 국민을 위한 혁명적인 Neo - Democracy를 말하는 것입니다.

Neo - Democracy는 세 가지 방법으로 혁명되어야 합니다.

1. 중간/중도 성향 정치 보장

미국이나 한국이나 정치는 반쪽으로 '좌 -악' 쪼개지었습니다. 지금 상황으로 보면

1) 이 반쪽의 한쪽이 기울어질 기미는 전혀 안 보이고요.

2) 반쪽들이 개혁하여서, 서로 합치할 생태도 결코 아닙니다.

과거에는, 이렇게까지 심하지는 않았지요. 그런데 시간이 흐를수록, 이 쪼개진 반쪽들은 절대로 양보나 타협은 하지 않고요. 중간도 없이 '딱 - 반쪽'으로 갈라져 있습니다. 이러한 상태라면, 미래도 당

연히 마찬가지일 것입니다. 오히려 더욱더 견고하게 반쪽을 고수할 가능성이 크기만 하지요.-오랜 선동의 결과 - 어떻게 해야 합니까?

1) 중간/중도 성향 정치 당들이 연구기관 성격당이 되도록 함. '난제로 내려오는 여러 문제에 대하여 합리적인 정책대안을 제시' 하면 검증을 거쳐서 결과/성과를 확인한 뒤에 각각 5%씩(최대 15% 내에서) 정치력을 갖도록 보장. - 중도를 벗어나면 국민 직접 견제 방안 수립.

2) 보수나 진보가 49% 이상 의석을 갖지 못하도록 상한선 책정하여서 중도/중간이 타협과 협치, 대안이 될 수 있도록 하여야 합니다.

2. 정치권력 힘 빼기

진보나 보수가 집권하면, 너무 많은 권력을 갖습니다. 미국의 경우 최종 대법관 결정자가 종신이다 보니 이 인간이 죽을 때 까지- 누가 보아도 황당한 결정을 해 나갑니다. 권력을 잡은 세력들이 물갈이한 다며, 기존 행정 세력을 '싹 -' 몰아내는 분위기도 종식되어야 하고 요. 즉, 권력이 바뀐다고 하여서, 모든 정책이 급회전하면서 롤러코스터 타는 사회 분위기를 만들면 안 된다는 것입니다.

3. 간접 민주주의에서 수시 SNS 직접민주주의로의 점진적 변화

예전에는 국민이 직접 자신의 의견을 전달하기가 어려우니, 자기 의견을 대변할 사람을 뽑아서 대표로 보내는 것이 간접 민주주의 발상이었습니다. 그런데 지금이 어떤 시대입니까? 5G 시대이고요. 머지않아 6G 시대도 도래할 것입니다.

왜? 5G 시대에 봉홧불 올리고 있습니까?

둥둥둥둥 북을 두드려라
활활활활 불을 올리거라

이산 꼭대기서 저 산에

매캐한 검은 연기 피워

갈라치기 스트레스 올려

서로 반쪽 원수 되도록

―「5G 시대 봉홧불 횃불 피우기」

선거 때마다 '전 국민이 준비/시행/사후'까지 몇 달을 '부글부글' 합니다. 그런 엄청난 부작용이 있는데도 계속 '봉홧불 올리기 고수'를 합니다. 왜? 국회의원/지방선거 때 한꺼번에 전원 교체해야 하나요?   1) 일정 교체 비율로 인터넷 선도/강국답게 간단한 절차로 온라인선거

     2) 웬만한 주요 정책은 국민이 직접 SNS로 참여 결정.

할 수 있도록 하면, 이런저런 각종 이기주의 권력 힘 빼기는 물론이고, 선거 피로도에 따른 부작용들도 막아낼 수가 있습니다. 이것이 성공하면   **K - politics**

전 세계 정치는 한국 정치를 따르게 될 것입니다.

☞ 갈라치기 선동의 주역, 종교에 대한 혁명

지금의 종교는 실패했습니다.

새로운 대안/혁명이 절실합니다.

신종교주의(Neo - religion)가 출범되어야 합니다.

종주의 진정한 가르침이 실천되는 종교.

종교가 지금 어떻게 혁명이 되겠습니까? '밥그릇 절대 사수를 종교 강령 제1조'로 채택하고 있는 종교를 대상으로 혁명을 주장하는 것은 그냥 '허공에 그냥 허탈하게 외쳐 보는 구호'일 뿐일 것입니다.

258

그러나 어쩌지요?

종교 개혁을 하여야지 서서히 멸망하여 가고 있는
종교가 다시 살아나는데요.

그래서 종교 개혁/혁명은 종교 스스로가 하여야 합니다. 3가지 혁명 주장을 진지하게 하여야 합니다. 그 주장은 양심을 갖고 보면 쉽게 수긍이 될 것입니다.

1. 종교 기관에 대한 과세(규모에 차등을 두되, 일반 국민 과세 형평성에 맞춤)

2. 종교 기관 재정명세 상시 공개 - 분기별 수입/지출 현황 포함

3. 종교 기관 세후 수입의 반은 소외된 이웃에 기증 의무화

이것만 해도 종교의 종주 가르침은 다시 살아납니다. 사회에 희망이 생기고요. 물론 덤으로 성직자 들에 대한 진정한 존경심이 돌아오게 됩니다.

이러한 제안에 1. 거부반응
2. 무관심

하는 것은 그대가
1. 종주에 가르침에 대하여 무관심, 거부반응이 있고
2. 탐욕에 휩싸여 있다는 증거가 됩니다.

부글부글하는 이들이여!

◎ 원한을 원한으로 앙갚음하여 분이 풀린다면 얼마나 좋으랴.

증오가 남에게 다가 가기 전에 내 마음부터 까맣게 살라 버리고 나 먼저 재가 되니 - 참고 또 참고 조금만 더 참아 보면서 화내는 내 모습을 곁에서 스스로 지켜보고, 그 증오를 활화산처럼 표출하게 되면 그 결과가 어떻게 될지.

삶이라는 그것이 얼마나 부스럭거리는 지푸라기같이 허망한지 묵
상하여 보시라.

저 벌판 추수 뒤 아무렇게나 나뒹구는
너의 얼굴이 사라지고 만 지푸라기 보라

파랗게 묘목으로 아름답게 잘 자라면서
알곡이 맺어지니 고개 저절로 숙여지다
결국은 알곡을 다른 것들이 다 가져가고
잘리어 논바닥 밭바닥에 나뒹구는데

불 가까이하지 말라 너희는 지푸라기라
금세 불 올라 까만 재로 공중 사라지니
　　　　　　－「지푸라기 영성」

분노는 이성을 무너트리고 무모함 속에 타오르다 결국은 후
회의 까만 재로 남음을 알면서도 일단 화부터 내고 보는
어리석음. 이 분노 속에 어떠한 일도 꾀하지 마시라. 결국 큰 실패와
후회가 되고 말 것이니. 화가 끓는 사람을 가까이하지 마시라. 그가
하는 말과 행동은 거의 거짓이고 주위의 모든 것을 결국은 잿더미로
만들어 버리는 사람이니.

오늘도 저 넓은 강가 사이 서성인다

하고 싶은 것과 어쩌지 못해 하는 것
가지고 싶은 것과 가질 수 없는 것들

내려놓는 것과 내려놓지 못하는 것들
떠내려 보내는 것과 끌어안고 있는 것

내가 살고 싶은 세상은 저 넘실거리는
강물 속에 언제 쓸려 버리고 만 것일까
　　　　　―「오늘도 강가 사이 서성이며」

오늘도 어제와 같이 강섶에 섰다
어제같이 오늘도 건너야만 하는

가라앉지 않기 위해서는 무엇들을
내려놓고 벗어버려야만 할 것인가

넘실대는 저 깊은 물 삼켜지기 전
그래도 살아서 돌아올 수 있으려면
　　　　　―「오늘도 생환하려면」

사람에게는 하루하루 살아가는 것이, 깊은 강을 오고 가는 것이지
요.　　　　빠지면 죽습니다.
　　　　　죽는 것이 무섭다고 강을 건너지 않을 수도 있지만
　　　　　그런 경우는 갑들에게나 허락되는 슈퍼 사치이지요.
　　　　　선량한 서민들은
　　　　　강을 건너서 저쪽으로 갔다가 다시 돌아와야만
　　　　　내 손에 따스한 빵 한 조각이 쥐어집니다.
　　　　　강을 건너긴 건너야 하는데 잠깐 실수로, 빠지면 죽
　　　　　기 때문에

또한 나를 기다리는 사람들이 있어서, 강섶에서 서성이며
돌아올 희망안고 강을 건널 준비를 단단히 합니다.   - 매일.
우선, 내려놓아야 할 것들이 있지요.
자존심, 욕심, 하고 싶은 것, 가지고 싶은 것 등을
먼저 내려놓고 이것들을 센 물살에 떠내려 보냅니다. - 매일.
그리고는 강을 한숨을 쉬면서 건너고는 종일
어쩌지 못해 하는 것, 가질 수 없는 것과 지냅니다.   - 매일
 그렇게 기진맥진할 때까지 그 긴 시간을 보내고
 집으로 돌아오는 하루하루는 그야말로 기적입니다.   - 매일.
참으로 기저귀 같은 세상을 살아간다는 것은 기적   - 매일.

              하나가 절실하여 올려놓은 돌
               그 위 더 긴박함이 올려진다

              그렇게 하나둘 올려지다 보니
              하늘이 가까워지기나 했으려나

              그래서 눈물 늦게나마 닦이고
              한숨일지라도 마음 놓여지는가
                 ─「돌탑」

    고국 여행을 하게 되면, 흔하게 눈에 띄는 것이 돌탑입니다. 산사
에 그렇고 바다에도 그렇습니다. 이 돌탑은 그냥 높게 탑이 쌓여 진
것이 아니지요. 한 사람이 자기의 간절한 소망을 갖고 돌을 올려놓
습니다. 그러면 그 사람 다음에 온 사람이 또 같은 지극정성의 마음
을 갖고 돌을 올리지요. 서로 모르는 사람들이지만, '간절한 기도'의

마음에서는 서로 연결되기에, 그 돌들은 무너지지 않고 서로를 머리에 이고 그렇게 서 있습니다.
　　　다음 사람, 다음 소망을 기다리면서.

　돌 올려놓는다

　줄을 서서 돌 위에
　아무 응답이 없는데도

　돌을 하나둘
　내려놓을 때인데
　아직도 줄 길어지기만
　　　―「돌탑은 왜 쌓이는지」

　　　　　쌓인 것들은 모두 무너진다
　　　　　바람이 밀어내거나
　　　　　누가 걸어차 버리거나

　　　　　무너진 바로 그곳에 또다시
　　　　　누가 하나 올려놓고
　　　　　또 누군가가 더 올리고
　　　　　　―「영원한 돌탑」

　　　　그러면 그 소망들이 이루어질까요?
　　　간절한 바람을 보아서라도
　일부라도 이루어졌으면 좋겠습니다.

구멍 숭숭 난 돌이
더 큰 구멍 난 돌을
머리에 이고 있다

깨어져 나간 돌이
모난 돌 들고 있어
무엇 될까 하지만

바람도 비켜 가고
소원도 들어주고
　　　―「제주 돌탑」

　제주도에 있는 돌탑들은 다른 곳과 조금 다른 모습을 하고 있습니다. 우선 돌 자체가 구멍이 숭숭 나 있습니다. 돌에 구멍이 숭숭 나 있다니

제주 돌 보며
마음에 구멍 안 나는 사람은
불행하다

그 단단한 돌
불길 속 비명 지르다 한숨이
빠진 자리
　　　―「제주 돌 마음 돌」

　제주도는 90% 정도가 현무암지대로 되어 있다고 하지요. 제주는 화산이 폭발되면서 생긴 섬이기 때문입니다. 긴 세월 동안 화산에서

흘러나온 용암은 차가운 물이나 공기를 만나 식어가며 현무암이 됩니다. 현무암(玄武巖, Basalt)은 회색 그리고 흑색을 띤 분출 화산암이지요. 뜨거움과 차가움의 사이에서 돌이 액체로 흐르고 구멍이 나게 되어, 구멍 난 돌이 되게 됩니다. 이 구멍 난 현무암은 지구에서만 발견되는 것이 아닙니다. 지구와 가까운 달은 물론이고요, 금성, 화성, 그리고 파키스탄 크기의 소행성 베스타(Vesta)에서도 발견이 되었지요. 우주 생성 비밀의 한구석을 볼 수 있는 셈입니다.

마음속 숭숭 바람이 들어온다
그 오랜 세월 뜨거움과 차가움 사이에
담금질 얼마나 견디어 내었던가

구멍들이 그리도 서로 많기에
머리에 이고 탑도 담도 쌓아 올려진다
모진 바닷바람도 어쩌지 못할
— 「마음속 제주 돌」

제주에 가면, 돌도 많지만 바람도 엄청 많고 그 세기도 다른 곳하고는 사뭇 다르지요. 한라산 등정하다가 저같이 날려 나간 경험이 있는 분들은 모두 공감하실 것입니다.

다른 곳에서의 경험이 없으니, '설마, 내가 날려 가겠어?' 하고 산행을 감행하지만, 바람은 그런 오만함 앞에 거침없이 인간을 날려 보냅니다. '휘릭' 한꺼번에 '헉!' 날려져 버립니다. 그렇게 무시무시한 세력의 바람이 제주도의 그 많은 돌담과 돌탑을 무너트리지 못합니다.　　　　　　돌 자체가 구멍이 숭숭 난 데다가
　　　담도 구멍 난 여백을 두고 쌓아 올렸기 때문입니다.

번번이 바람 불 때마다
무너질 때
구멍 숭숭 난 제주돌 담
맘에 세우라

조금도 여백 없는 네 맘
깊은 속에다
―「네 맘에 제주 돌담을」

그대는 태초 불덩이
이제는 구멍까지 숭숭
얼마나 서러우신가

그대 원래 바윗덩이
이제는 쪼개져 조각 돼
담벼락으로 갇혀버려
―「제주 담벼락」

구멍 난 당신이 좋습니다
앞에서 보아도 그렇고
뒤에서 보아도 그렇고

욕심 내려놓아 생긴 구멍
여백들이 곳곳에 있는
빈 공간에 여유 스며든
―「제주 돌 같은 당신」

266

뜨거운 불에 녹다가 구멍 난 돌
쪼개지다가 모가 나고
굴려지다가 금도 가고

눈발에 떨다가 빗물에 얻어맞으며
그렇게 똑같이 늙어가다
끌어안고 머리 이어 가니
　　　　　─「그래서 제주 돌탑」

왜 안 무너질까
와르르
금세라도 허물어질 것 같은데
앞 돌 놓은 이
눈물이
너무 위태롭게 진하기만 했나

그 위에 내 맘
살짝이
처연하게 올려도 그대로일까
　　─「제주 돌탑은 절대 무너지지 않는다」

저 빼곡히 쌓인 소원들
나 하나 더 얹는다고 어찌 되려나
고개 숙여 덜덜 떨면서
올린 위 나의 욕심 하나 더 한다면
　　　─「와르르 무너지는 제주 돌탑」

고개를 깊이 숙이고 두 손 모으고 간절히 빈 다음에,
덜덜 떨며 돌 하나 올렸을 한 사람. 그리고 또 한 사람.
그리고 또. 또.
내가 올리고 싶은 돌 하나는   절실함인가
아니면 욕심인가?

1+1   2+1   3+1
나는 초콜릿이 아니고
당신은 과자가 아니며
우리는 라면이 아니다

그렇게 행사상품처럼
통계도 65+로 싸잡아
  ―「노인 싸잡히다」

신문에서도 찍 써내려가고
방송에서도 틱 떠벌려대는
각종 통계를 보면 슬프다

65+
이 이상은 그냥 싸잡아도
다 그냥 주름 덩어리이고
다 거기서 거기라는 것이
  ―「지인짜 이러기야」

각종 통계를 보면, 십 대, 이십 대, 삼십 대, 사십 대, 오십 대까지

268

는 나옵니다. 그 다음은 60대로 하던가, 아니면 65+까지 하다가 거기서 '샥 - ' 없어집니다.

슬프지요. 노련하고 싸늘한 통찰력을 그리 싸잡다니.

섭섭하죠. 아직도 직관력이 시퍼렇기만 한데 말이죠.

딱딱한 작대기 통계건
예쁘게 동그란 통계건
10대
20대
30대
40대
50대
60 +
그리고는 없다
―「빨리 사라지라는 이야기」

국가 연령 균형 발전 또는 복지 차원에서도 그러면 안 됩니다. 칠십 대, 팔십 대. 구십 대. 백세 이렇게 나누어져야 합니다. 그래야 세계선도 국가의 체면이 섭니다. 이렇게 모든 분야에서 세계의 모범이 되는 것이 국가 브랜드를 올리는 방법이 됩니다.

가을비에 젖어가는 이들은 아프다
가을비는 옆으로 오기에
가을비 젖지 않은 맘 어디 있으랴
눈물마저 쓸려가는 여기
―「가을비는 꼭 옆으로 온다」

가을비에 맞으면 찢긴다

가냘프고 나달거리는 희망
포기하려는 그 마음조차도
　　ー「옆으로 오는 가을비는 잔인하다」

아프다
매우 아프다
옆이 시린 사람에게는

옆으로 닥치는 비

쓰리다
몹시 쓰리다
아무도 막아주지 않아
옆으로 닥치는 비

신발도 바지도 다
젖어서
흠뻑 젖어서
마른 것 하나도 없는
　　ー「옆으로 치고 들어오는 그대 그리고 비」

오로지 믿었던 그이가 배신 때려
옆구리 한편 반파되었다
쓸려 나간 자리 시리다
몹시 시리다

뻘겋기도 하고 고름 흐르는 자리
오지게 비가 들이친다

우산 뒤집어진 지 오래
진짜 독하다
    ㅡ「옆으로 닥치는 비는 독하다」

가을비에서는 비린내가 난다
씻어도 씻어도 더욱
몸에 배어 가며

가을비에서는 노린내가 난다
말려도 말려도 더욱
맘에 깊숙하여
    ㅡ「단풍에서는 향기 나는데」

성에 낀 겨울 저기 이길래 그런가
가을비에 맞으면 파인다

그 바쁘던 다리에도 구멍
그 어질했던 머리도 구멍

성한 것 하나 남아나지 못하게 하는
가을비에 맞으면 파인다
    ㅡ「가을비에 맞으면 파인다」

봄비는 금세 말려지건만
가을비는 왜 깊숙이 스며드는가

봄비는 위에서 내려오고
가을비는 옆으로 들이닥치기에
  ―「정말 그것뿐일까」

부서진 우산 버리지 마시라
쓰레기통에

너 그날 그렇게 막아주다가
살 부러진
  ―「부서진 우산」

너 막아주다가 뒤집힌 우산

버리지 마시라
쓰레기통에

너 언제 누구 막아주다 그렇게
된 적 있는가

쓰레기 인간
  ―「우산과 인간 그리고 쓰레기」

가을비 옆으로 치고 들어올 때
그렇게 소중했던

우산 1은
어느 구석에 처박혀 잊히고
우산 2는
누구에게 빌려주어 없어져지고
우산 3은
살이 서너 개 부러져 쓰레기통에
　　―「우산과 인심」

　　　　　살 하나만 부러졌는데
　　　　　그것도 고치면 되는데

　　　　　남은 여덟 개 멀쩡히
　　　　　그래도 버려 버리는데
　　　　　　―「우산과 인간 퇴출」

내가 우선이기나 했나
너를 막아주었던
그리 오랫동안

어찌 그리 쉽게 버리나
살 하나만 나간
우산 버리듯이
―「나를 쓰레기통에」

아직도 알록달록한 우산보네

누구 앞에 모진 바람 막아내다
뒤집히고 살이란 살은 다 부러진

그래도 색깔은 선명한 나 보네

그 누구 막아주려 그리 했던가
지금은 거꾸로 쓰레기통 처박혀
 ―「버려진 우산 보네 나를 보네」

그대를 막아주다 부러진 우산 살 하나
그거 하나가 그리도 보기 싫으셨나요

그대 쓸모없다 던지다 여기저기 부러져
결국 쓰레기통 거꾸로 처박혀지네요
 ―「비 퍼부을 때 그리 소중해하더니」

처음 살 때는 노란 우산
옆으로 오는 비 막아주며 살 하나 부러졌더니

이리저리 굴러 처박아
여기저기 부러지고 퇴색되다 쓰레기통 거꾸로
 ―「누구나 처음엔 노란 우산」

274

신발 양말 다 젖었다
바지도 충분히
방금 우산 뒤집혀
머리까지 젖고

거기다 옆으로 오는 비
어쩌란 말이냐

갈아입을 옷 하나 없고
어쩌란 말이냐
　　－「나보고 더 어쩌란 말이냐」

　가을 빗소리 듣고 있으면
　예쁜 여자아이 머리 빗는 소리가

　산발하고 살아 온 삶 앞
　가지런히 빗어가는 단아한 소리가
　　－「빗어가는 빗소리」

　가을비 하늘 무너지듯이 쏟아진다
　다 쓸어가려는가 보다

　그것도 우산이라고를 던져 버린다
　같이 떠내려가고 싶어
　　－「그것도 우산이라고 는 무엇일까」

가을비에 누구는 옷이 젖고
누구는 마음이 아프게 젖는다
옷은 햇빛에 말려 다시 입지만
마음은 그냥 누런 곰팡이가
　　－「마음은 젖으면 곰팡이가」

J
그대는 나 같군요

J
누가 젖을까 봐 누가 날려 갈까 봐
온 힘 다하여 날개 피고 막아내다가
J
어깨 부러지고 날개 찢어져 나가면
그 누구에게 쓰레기통 처박혀지는
　　－「우산 J 그리고 나」

J - 긴 우산 같이 생긴 글자.
　　우산(雨傘 : umbrella)은 비를 막기 위해 만들어졌습니다. 같은 모양이지만 다른 재질로 태양의 따가운 빛을 막아주기 위해서 만들어진 건 양산(陽傘; parasol)이고요.
　　원래 순우리말은 '슈룹'이었습니다. 역사적 기록을 '계림유사(鷄林類事;1103) 그리고 훈민정음 해례본(1443)》에서 볼 수가 있습니다.
　　영어 'umbrella'의 어원은 라틴어 umbra(그림자)에서 유래되었습니다. 이 어원을 유추해 보면, 먼저 햇빛을 막기 위해서 고안된 것이 아닐까 하는 생각도 들고요.

처음 우산은 휘어지는 대나무를 칼로 쪼개어 살을 먼저 만든 다음 물이 스며들지 않도록 누런 기름을 먹인 종이를 덮어서 만들었습니다.

농경이 생업의 전부였던 우리 조상들은 비를 매우 귀하게 여기는 풍습이 있었습니다. 비를 피하는 문화나 분위기가 아니었던 것이지요. 그래서 우산은 그저 특권 계급이나 쓰지, 일반 서민들은 '기름먹인 삿갓' '도롱이'를 사용하였고요. 조선 말기 정도에서 종이우산이 제법 사용되다가 청색 비닐로 만들어진 '비닐우산'이 나오면서 사라지기 시작하였고 지금은 '공예품 도는 예술품'에서나 찾을 수 있게 되었습니다. 청색 비닐우산은 '일회용'이었습니다. 얇은 비닐은 찢어지기 일 수 였고, 우산 살도 몇 번 피고 접다가 보면 어디 한, 두 군데는 부러져서 우산을 펴면 한쪽이 찌그러져 있었지요. 그러면, 사람들은 차가운 비를, 매서운 바람을

　　　　　　내 양말 신발 바지를 흠뻑 적시게

　　　　　　위가 아니고 옆으로 치고 들어오는 그 비를

　　　　　　온몸이 부러지게, 온 마음이 찢어지게 나를 보호하여 주었던 그 우산을　내동댕이쳤습니다. 아무런 미련 없이 - 언제 내가 저를 필요로나 했었더냐　　너 다시 볼 일 없으니 - 아이 - 귀찮아

　그것도 쓰레기통 - 모든 오물 폐기물이 범벅된 쓰레기 통속에

　　　　　　게다가 거꾸로 처박아 버렸지요.

**　　　　서민들은　　을과 병들은**

이렇게 갑에게 '일회용 우산' 처럼

당하면서 일생을 살아갑니다.

처음에는 어떤 것이나 예쁘고 반짝거리던 노란 우산입니다. 현대 우산들도 말이지요. 내구성이 강하여 옛날보다는 제법 오래 쓸 수가 있습니다. 용수철이 장착되어 있어서 버튼만 누르면 우산이 '샤악 -' 멋있게 펴집니다. 그러나,

결국은 시간문제일 따름입니다.

조금 쓰다가 우산살이 휜다든지 퇴색한다든지, 녹이 슨다든지 아니면 패션이 지나고 싫증이 나면

역시 비닐우산 신세가 되긴 마찬가지입니다.

현대인 모두는 '노란 우산'이지요.   언젠가는 뒤집혀 지고 결국은 쓰레기통에 거꾸로 박혀 폐기되고 마는.

내 시계에서 누가 내 시간을
뽑아갔을까
그 누가 매일 빼어서 써 버려
이리 쫓길까

내가 잘못 쓴 시간은
뾰족 화살로 돌아오고
　―「나는 왜 이리 시간이 없을까」

왜 너는 시간이 없을까
왜 나는 시간 쪼들리며
매일 매일 헉헉대면서
누렇게 비틀어져 가는가
　―「자기가 그렇게 만들면서」

현대인들은 피곤 + 고단 + 노곤합니다.

1. 누구나　2. 언제나

자기가 차고 있는 시계가 녹아 주르르 흘러가기 때문인가요?

손목시계가 녹아내린다
초침 분침 시침 순으로
시계 아래부터 흐르더니
손목 손 팔이 떨어지며
몸 구석구석 무너지는데
　　　　－「시간은 내 목숨 조각」

짹깍 짹각
시침 떨 때마다
활 화화활
소각되는 목숨
　　－「시간이란」

시간은 내 목숨입니다. '책 칵 책 칵'이 될 때마다 내 목숨의 한구석이 '툭툭' 떨어져 나가는 것이지요. 분 단위, 시 단위가 자기 삶의 한 부분이라고 느끼는 사람이 얼마나 될까요? 이 소중한 시간/삶의 조각들이 떨어져 나가는 것을 자각하지 못하는 현대인들. 당연히　　　1. 피곤합니다.
　　　　　2. 시간을 빼앗기니까 - 삶을 강탈당하는 것.
　　　3. 시간이 모자랍니다.　　　- 시간에 쫓깁니다.
　　　　　　　　　　　　　　　- 삶에 쫓기고

　자기가 자기 하는 일의 의미도 모르고, 남이 나의 한구석을 부수고 있는 것도 모릅니다
똑딱 똑딱 사람 목숨 시간내 자각은커녕 감각이 없어 생명 재촉하는 일 골라 합니다.

279

1. 안 보이는 누가 내 시간을 앗아 갑니다.
   - SNS, 온라인 게임, TV, 유튜브
2. 나 스스로 나의 시간/삶을 빼앗아 갑니다.
   - 내가 있지 말아야 할 곳/일/사람과 같이하면서.

저리도 모지고 굵은 빗방울 쳐대도
유리창은 깨지지 않네요
마음은 이미 산산조각인데

저리 아무것도 보이지 않는 유리창
언제 깨끗하기나 했나요
원래 뿌옇기만 하여 왔을
　－「유리창 그대」

가을비가 45도 각도로 유리창을 내리칩니다. 우박? 지금까지 그런 것은 없었는데 - '따다 닥 닥' 소리를 내어 가면서 내리는 비에 유리창이 깨질 것 같습니다.　　　　　그래도 깨지진 않네요.

해무(海霧)까지 올라와서, 유리창 밖은 잘 보이지도 않습니다. '아 – 시원하다' '아 – 멋있다.'라는 생각은 처음뿐이었고, 시간이 지날수록, 불안한 기분이 듭니다. 보이지 않기 때문입니다.

마음이 원래 불안하기 때문이지. 지금 오는 빗소리나 뿌연 유리창 때문은 아니지요.

　　무엇이 불안하지? 하며 마음속을 가만히 들여다봅니다.

　　그러면, 반드시 누가 쪼그리고 앉아 있습니다.

　　그 곁에 또 누가 있기 마련이고요.

그것을, 보아야 합니다. 그래야 비도 그치고 안개도 걷힙니다.

아 - 지인짜!
아 - 지인짜!
　　이렇게 앞에다 붙인다
　　진짜로 고통스러울 때

아 - 지인짜!
아 - 지인짜!
　　참다 참다 견디지 못해
　　이 물고 부르르 떨면서
　─「아 - 　지인짜!」

　아 진짜 - 욕지거리.　　　아 진짜 -

　우라질/제기랄/보자보자 하니깐/내 - 더 이상/저걸 그냥 확/해
도 해도 너무하네/이러기야?/다했어?/너무 하는 거 아냐?/이럴 수
가 있어?/

　너무 기가 막힐 때의 반응들입니다. 그냥 보통의 말로는 표현이 불
가능 할 때이지요. 진짜에 너무 힘을 주다 보면, '지- 인 - 짜'합니
다. '지인 짜 - 이럴 거야!'

　귀를 예민하게 하고, 눈을 가만히 감아 보세요. 이 '지인 짜 - ' 소
리가 참 많이 들립니다. 그만큼 살기가 '지인 짜 - 퍽퍽하다'라는 것
이지요. '지인 - 짜'
　　　　　　꽃 목을 또각 자르면
　　　　　　꽃 허리를 툭 자르면
　　　　자른 네 주름 진 손에
　　　　향기 가득히 묻어나니
　　　　　─「그래서 꽃」

꽃이 어찌하다가 꽃이 되었을까
모두 그 앞에 허리 굽혀
얼굴 가까이하고 웃어지는

꽃은 꺾고 자르는 그 손 위에도
꽃가루를 뿌려 준다는 것
향기까지 듬뿍 얹어주면서
　　　―「꽃이 되지 못하는 누구」

시들시들 시들어 가는 꽃
가까이 향 맡는 이는 행복하다
하늘나라가 너희 것이다

투두둑 부러져 버려진 꽃
그 앞 눈물짓는 이 행복하다
하늘나라를 볼 것이다

모진 바람 떨어지는 꽃잎
두 손으로 받는 사람 행복하다
오늘 하늘에 들 것이다
　　　―「예수 꽃」

예수님의 꽃은 화려하고 싱싱한 꽃일까요? 그래서 제단 앞
에 항상 그렇게 싱싱한 꽃들로만 장식하고, 조금만이라도
시든 꽃은 그냥 거두어서 '걍 -' 쓰레기통에 '파-박-'내동댕이쳐 버
려도 될까요?

미사해설을 40년을 넘게 하였습니다. 당연히, 제대 꽃장식을 제일 가까이 보는 사람 중의 하나이지요. 미사 전에 정신 집중하면 향기까지 느끼게 됩니다.

제대 꽃장식은 미사 전례의 뜻에 맞게 하지요. 당연히 정성이 담기게 됩니다. 하나의 작품입니다. 그런데 이렇게 정성스럽게 한 꽃은 일주일을 못 견딥니다. 시들기 때문입니다. 온도에 따라 견디는 날이 다르게 되지요. 여름에는 일주일을 못 가서 금요일, 토요일은 꽃 없이 미사를 하는 때도 있고요. 겨울에는 일주일 넘게 가기도 하지만, 어쨌든 매주 바꾸어 버립니다.

가톨릭에서는 제대 꽃꽂이라고 표현하고 개신교에서는 성전 꽃꽂이라고 하는데, 꽃장식을 하면서 그냥 - '꽃은 그냥 결국 버려지는 존재'라고 생각할 수도 있겠지요. 그러니 그렇게 그냥 일주일마다 그 많은 교회에서, 꽃들이 쓰레기통으로 거꾸로 박혀 버립니다.

목 쳐서 꽂아놓고
허리 잘라 그 옆에
그리고는 노래하고
온갖 거룩한 말들

그래 놓고는 결국은
우리를 쓰레기통에
ㅡ「꽃뿐이길」

그러나 '예수님의 뜻을 조금 더 깊이 묵상하여 본다.'라면
　　'그분이 어떤 분이셨나'
　　'그분이 하신 일이 어떤 것이었나'

꽃잎이 시드는 것
그 시들어 가는 향기도 사랑하는 것
꺾이고 부러진 것
그마저도 두 손으로 받쳐 주려는
　　―「예수 꽃 영성」

　　　　꽃은 그냥 허리 머리 잘라서
　　　　예쁘다 향기롭다 그러다가는
　　　　약간만이라도 시들어가면
　　　　쓰레기통에 처넣어버리는 것
　　　　　　―「이것이 꽃의 정의일까」

시들어가는 꽃으로 장식하자
부러진 꽃들로 치장하여 보자
예수 영성 불꽃 사라지고 말아
젊은이들 등 돌린 지 오래된
　　―「제대 장식 꽃은」

　　　　교회 제대 앞 꽃
　　　　조금 시들어 간다고
　　　　며칠 되었다고
　　　　향기가 나지 않는다고
　　　　약간 부러졌다고
　　　　함부로 버리지 마시라
　　　　그대 섬기는 예수
　　　　많이 시든 사람과

부러진 사람들과
평생을 지냈으니
　　　　　―「제대 꽃 」

　시들어 가는 꽃도 가엾게 보고, 꼿꼿이하다가 꺾인 꽃도 안쓰러워
하고, 잘려 나가는 가지들도 안타깝게 보아 주는
마음이 바로 '예수 마음 영성' 입니다. 이에 대한 이해는 '예수님의
일생을 묵상'하여 보면 공감하실 것입니다.

　　　　어흥 ― 너 잡아먹는다
　　　　떡 하나 안 주면
　　　　으르렁 ― 너 죽을 거야
　　　　빨간 부적 없으면
　　겁 잔뜩 주어서
　　얇은 지갑 탈탈 털리게
　　거꾸로 매달아
　　머리 허리 손 조아리게
　　　　　　　―「그대 직업은 전문직」

　　전문직이 무엇일까요.
　　　　전문직(專門職)은 교육 가방끈이 긴 사람들 직업입니다.
전문성이 있어야 한다는 직업군이지요. 교원, 장인, 그리고 법조인,
의료인, 성직자, 대학교수들입니다.
　　병원에 갔습니다. '너무 아프기 때문입니다.' 조바심이 납니다.
　　그런데 의사는 잔뜩 겁을 주면서 달려듭니다. ― 큰 수술을 권유합
니다.　　　　결과는 ☞ 장기만 잘리고, 후유증으로 더 고생합니다.

285

또 다른 수술을 준비해야 합니다.

변호사 사무실에 갔습니다. '진짜 억울해서입니다.' 해결 안 되면 경칩니다. 그런데 변호사는 '소송하면 이길 수 있을 것이다.' 하며 희망을 줍니다.

결과는 ☞ 소송비만 주고 소송은 지고 마음고생만 오래 했습니다. 덤도 얻었지요. 마음고생이 큰 병으로 되고 말았습니다.

성직자에게 갔습니다. '답답한 일에 현명한 조언을 받기 위해서'입니다. 그런데, 이 성직자는 '신이 이렇게 하지 않으면 벌 준다.'를 강조합니다. 결과는 ☞ 시간과 돈이 종교 기관으로 흘러 점점 들어가는데 　　　　　　　　나의 문제는 해결되지 않습니다.

학생이 교수한테 갑니다. '미래가 불안하기 때문입니다.' 그런데, 교수는 '구름 잡는 이야기만 합니다.' '말을 복잡하게만 합니다.'

결과는 ☞ 미래가 더 불안합니다. 가슴만 더 답답해졌습니다.

이런 모습 많이 당하셨거나, 주위에 많이 보셨으리라 봅니다.

은안 일이니까요. 전문 직업군은 다른 직업군에 비하여 수입이 많습니다. 상대적으로 적은 노력으로 많은 수입이 따르고요. 여기에 명예까지 따르게 됩니다. 그러니, 이들은 당연히 오만합니다.

전문직에 묻습니다.

그대가 얼마나 쓸데없이 겁주어 사람들을 나약하게 만들어
　　　　그대의 욕심만을 채우고 있는지
　　　　그대가 얼마나, 건방지고 쓸데없는 권위 의식으로
　　　　선량한 사람들을 비참하게 하는지
　　　　그대가 얼마나 사람들을 교묘하게 꼬드겨서
　　　　그렇지 않아도 괴로운 사람들을 더 큰 나락으로 떨어트렸는지, 그대가 얼마나 무당이 부적을 사야만 액운을 막을 수 있다는 식으로 종주를 팔아서 그대의 사익만을 챙기고 있는지 또 묻습니다.

286

이러한, 질문에 양심에 조금이라도 가책이 있기나 한지

아무 거리낌이 없다면, 그대는 이미 전문직이 아니고요.

그냥, 짐승/야수입니다. 정도가 심하면, 벌레.

　전문직이 윤리적/도덕적으로 살아야 나라가 살고, 인류에게 희망이 됩니다. 　　　　구체적인 방안은 전문직

　1. 일 년 분기별로 SNS를 통한 정기 윤리/도덕 교육 의무화

　2. 전문직의 잘못으로 인한 소송 방지를 위한 의뢰인 갑질 서약서 개정 표준화.

　3. 전문직 비리사실이 SNS에 항시 게시가 되어야 합니다.

내 안에 그렇게 물이 많은 줄 몰랐어요

눈물

울고 또 울고 그래도 나오고 또 나오는

눈물

참아도 억지로 참아도 저절로 솟구치는

눈물

　ー「사막에서 어찌」

가을에 떨어지는 눈물은 무겁다

봄에 운 눈물

여름 흘린 눈물 그냥 짜기만 했었는데

가을 겨울에도 흘려야 하는 눈물들은

칼날 같겠지

그 길고도 질긴 추위에서도 얼지 않고

　ー「겨울까지 울어야 하는 눈물」

사람은 울게 되어 있습니다. 을과 병에게 빨대를 꽂아서 빨아대는 슈퍼 갑들은 이해를 못 하겠지만요.

우리는 웁니다 울고 또 웁니다
어제도 울었고 조금 전에도 울고

울 때마다 눈물 펑펑 솟구치는데
눈물샘은 얼굴에도 몸에도 아니고
　　ㅡ「눈물의 샘은 땅에서 몸을 통해」

처음 울어야 할 때는 손등으로, 손바닥으로 닦아냅니다. 그러다가 눈물이 많이 흐르게 되면, 팔등으로 닦아 내야 하고요. 그래도 다 닦아지지 않는 눈물들은 뺨을 타고, 턱을 내려오다가 땅에 떨어집니다. 그 많은 눈물이 어찌 그 작은 눈물샘에서 나올까요. 아마도 머리 전체에 눈물샘이 퍼져 있고, 그것도 모자라 몸의 90% 정도가 눈물샘이던가. 아니면 땅에 떨어진 눈물이 발을 통하여 다시 순환되어 다시 눈물이 나는 것은 아닐까.

그렇지 않고서야. 어찌 눈물은 그리 마르지 않고

쏟아지고 또 쏟아지며 그리고 내일도 쏟아야 할

모래 한 알이 옆 한 알들에게
거품을 물고 숨 가쁘게 소리친다
몰려온다 또 모올ㄹ ㅡ

조금 전 몰려왔던 파도 거품
가냘픈 목소리마저 삼켜버려
그저 다시 끌려다니니
　　ㅡ「모래알 그리고 우리」

아프지 않게 보이는 파란 결
저리 끝은 하얗게 달려드는 것은
너를 뒤집히고 질질 끌려고

끌려다니다가 잠시 쉬었다고
한숨이라도 놓는 자는 불행하다
그 순간 또다시 덮쳐대는
　　　　─「파도 속내」

파도는 춤을 춘다
멋있는 푸른 옷 걸치고
하얀 손 펼쳐가며

그 장단에 얼마나
많은 생명 참수되었나
잠시도 쉬지 않는
　　　　─「파도는 망나니」

파도 하얀 손 채찍에 속아
그 아름다운 춤사위에 속아
얼마나 많은 생명이 마지막 숨을 내어 주었을까
채찍질 쳐 내려질 때
희망도 꿈도 찢겨 나가고
그 많은 원망을 먹고 파도는 아직도 저리 길길이
　　─「파도 불사(不死)」

바다가 어찌도 저리 푸른가
하얀 채찍 맞아가면서도 묻는다

그 매섭고 쉬지 않는 채찍질
푸른 멍 안 든 자 어디 있던가
　ㅡ「파도는 푸른 멍을 먹고 살아간다」

파도
너는 무엇을 말하려 그리 급히 달려드는가

파도
너는 조금 전 달려들어 아무 말 안 해 놓고

파도
지금 누굴 또 뒤집어 놓고 아무렇지도 않게
　ㅡ「파도 네가 그래 놓고는」

파도의 언어는 하나다
나를 철석같이 믿으라

그러나 파도 행동하나
믿은 이 철썩 때려대는
　ㅡ「파도의 언어는 종교다」

저이도 철썩
이이도 철썩
때리고 또 때려 놓고는

저이하고 춤추자고
이이하고 어깨춤을
　　─「파도는 미친 춤 추자며 그리 쉬지 않고 달려드는가」

　　　　　이이 뒤집어 놓고
　　　　　저이 빠트려 놓고

　　　　　무슨 할 말 많다고
　　　　　하얀 거품들 물고
　　─「파도는 그래도 변명할 것이 많다 누구처럼」

단 하루도 거르지 않으며
수없이 덮쳐대는 파도가
역시 잠시도 쉬지 않으며
더 높게 덮치는 파도를

으르렁대며 포효하며
서로 하얀 살점 저미며
그 사이에 있다 보면
　　　　　　　　멍투성이 내가 보이고
　　　　　　　　사라진 너도 보이는데
　─「 Restless Sea」

파도
너는 왜 그리도 보채는가
파도
또 어디로 데려가겠다고
　ㅡ「파도 어찌 너는 잠시도」

미국 캘리포니아 서해안 몬터레이 반도(Monterey Peninsula)는 태평양 해안가의 절경을 볼 수 있는 17-Mile Drive가 있습니다. 자동차 드라이브 코스이지요. 퍼시픽 그로브(Pacific Grove)와 페블비치(Pebble Beach)에 걸쳐 있는 이 길, 4번째 전망코스에 '쉬지 않는 바다(Restless Sea)'가 있습니다.

세계적으로 1, 2위 하는 그리고 1년 전쯤에나 선 예약을 하여야 하는, 이름이 높은 페블비치의 골프 코스 앞에 있습니다.

파도가 파도와 싸우는 소리를 들어 보셨는지요? 파도가 돌에 부딪히며 '철석, 처 얼 썩' 하는 소리는 파도의 세기에 따라 들을 수 있는데, 이곳에서는 파도가 서로 '으르렁'거리는 모습을 보게 됩니다.

파도가 파도를 물어뜯어서 파도의 하얀 살점이 뜯겨 나갑니다. 그렇게 잠시도 쉬지 않고 싸운 파도가 하얗게, 저렇게 하얗게 넓게 퍼져서 해안가로'쉬려고 몰려드는 리듬'으로 다가옵니다. 바람 소리, 파도 소리.

한쪽으로 몰려드는 파도와 반대편에서 몰려드는 파도가 서로 격돌하는 장소이지요. 하나의 파도도 견디기 벅찬데, 거기다 다른 파도까지 덮쳐댑니다. 그것도 잠시도 쉬지 않고 말이지요. 그사이에 항상 끼어있었던 이민 초기가 하얗게 떠오릅니다. 거의 잊혔는가 했는데.

　　　　　　파도와 파도가 서로 물어뜯는다
　　　　　　파도 하얀 살점 뜯기어 나가고
저 사이에서 살아남는다는 것
그래서 저것을 볼 수 있다는 것
　　　　－「그게 바로 그대(Restless Sea II)」

　　　　깊은 파란색 평화로워 보이기는 하지만
　　　　하얀 장갑 손 정결해 보이기도 하지만

　　　　저 파란 것은 멍 자국
　　　　철썩철썩 누구나 때린
　　　　저 하얀 것은 채찍 줄
　　　　희망 살점 떼어 내버린
　　　　기대 가득 실은 마음
　　　　목 빼고 기다리는 맘
　　　　닥치는 대로 뒤집어 버리고

　　　　잠시 잠잠하다는 것
　　　　금세 더 덮친다는 것
　　　　바위도 모래로 만들어 버리는

　　　　그 앞에 등을 보이지 마라
　　　　그 속에 바람 더 높아지니
　　　　저 앞 눈물 보이지 마시라
　　　　그 잔인함 더 깊어지리니
　　　　　　－「파도를 해부하다」

어렸을 때는 하늘을 자주 쳐다보았습니다. 별로 볼 것이 없던 시대이었기 때문이지만 그래도 그때가 좋았습니다. 낮에는 하늘의 바람과 구름을 보고, 밤에는 하늘을 빼곡하게 메운 반짝이는 별들을 보며 '사람이 죽으면 별이 된다.'라는 말을 믿고 마음을 착하고 따스하게 다짐했지요.

하늘을 얼마나 자주 보는가 에 비례하여 사람은 선해집니다.

요즘 어린이들은 하늘을 별로 보지 않지요. 세상에 볼 것이 엄청 많은데 '밋밋한 모습 하늘'을 볼 이유가 없을 것입니다.

옛날 꼬마 소년이 하늘을 자주 보는 것은 구름 때문이었습니다. 구름이 하늘을 도화지 삼아 여러 그림을 그리기 때문이었지요.

그렇게 아이들은 하늘 보며 자랐습니다.

그 습관이 아직도 이어지는지, 아니면 하늘로 다시 돌아갈 수 있다고 습관적으로 들어와서 그런지 잘 모르겠지만, 그냥 길이 들여져서 하늘을 자주 쳐다봅니다.

가을이라 하늘이 높기만 합니다. 하늘 한구석에서 푸른 물이 뚝뚝 떨어질 정도로 진한 파란 색 하늘입니다.

아 - 가을이구나.

하며 심호흡인지, 긴 한숨인지가 저절로 가슴을 부풀리고 꺼지게 하고 있는데 갑자기

하늘에 야수 발톱 자국 네개가 '주욱 - ' 긁어집니다.

아 - 하늘이 찢기는구나

높은 하늘
푸른 하늘 할퀸다
그 존엄한 하늘을

누구일까
얼마나 화났으면
야수의 네 흰 줄

참담한 마음을 말하는가
지워지지 않는 비행기운
　　　　—「내 마음 속 비행기운(飛行機雲)」

　하늘이 얼마나 야속했으면, 하늘에 대하여 얼마나 원한 맺힌 사연
이 있길래 하늘을 저리도 선명하게 찢어 버린단 말인가.
　　　　　　아 – 얼마나 서러웠으면.
　그 야수의 하얀 발톱 자국은 한동안 없어지지 않았습니다. 서서히
희미해질 때까지 하늘을 쳐다보고 있었지요.
　　　　　　아 – 참으로 오래도 가는구나.
　야수의 발톱자국은 비행기운(飛行機雲; Jet contrails, Vapor
Trail, Condensation Trail)이지요. 지금도 신기하지만, 어렸을 때
는 이 비행기 꼬리구름이 그리도 신기하기만 하였습니다.
　비행기운은 에어쇼에서 비행기들이 여러 가지 색을 내기 위하여
쓰는 기름이나 연막탄으로 만들어지지는 않지요. 비행기에서 나오
는 매연으로도 말이지요.
　대개 비행기 고도 8,000피트 이상 그리고 대기 온도가 영하 38도
이하일 경우에 이 비행기운이 생깁니다. 그러다가 이러한 기류에 변
화가 생기게 되면 비행기운은 생기지 않게 되고요. 그래서 하늘에 하
얀 줄이 생겼다가 안 생겼다가 하는 것이지요. 높이 뜨는 군용 정찰
기 이거나 1만 피트 이상을 나는 국제 여객기의 경우에 목격됩니다.
낮게 떠다니는 국내선에서는 이러한 현상이 없게 되는 것이고요. 비
행기 엔진이 두 개면 두 개의 줄이, 네 개면 네 개의 줄이 생깁니다.

그래서 파란 하늘에 네 줄이 생기다가 기류 변화로 바로 끊기게 되니, 그 모습이 시간이 약간 지나면서 짐승의 발톱 모양을 했던 것입니다. 하늘을 '콰 – 악' 생채기 내어 버린 모습.

상하게 하니 하늘을
원망아는 사람들 참 - 많습니다.

하늘에다가 원통함을 통쾌하게 이야기하는 것 같아서
잠시라도 미소가 지어졌었습니다.

잠시 - 정말 잠시라도, 이런 모습이 가끔은 보였으면 좋겠습니다.

구름 같은 새벽 마음
하늘 쳐다보네　　　　급히 누가 쫓아오는가
　　　　　　　　　　좌편 도망가는

　　　　　　　　　잠시 나무 보는 사이
　　　　　　　　　구름 거기서고
　　　　　　　　　누가 저들을 세우는가
　　　　　　　　　저 많은 구름을
생각 잘라 쳐다보니
구름 우편으로
반대로 쫓겨 도망가네
그 짧은 시간에
　　　　　－「구름 움직이는 자 그대」

마음이 구름 같길래 구름을 쳐다보았습니다. 새벽이지요.

마음이 쏠리듯이, 구름이 서쪽에서 동쪽으로 빠르게 이동하고 있었습니다. 　　　　　급하게 도망가는 모습이었지요.

296

구름은 무엇이고 구름을 쫓는 그것은 무엇인가?　　그런데

그 도망가던 그 많은 구름이 갑자기 정지합니다. 조금 전까지만 해도 그렇게 빠르게 움직이던 구름이 말이지요. 그러더니 갑자기 동쪽에서 서쪽으로 이동 경로를 바꾸어 도망가기 시작하였습니다.

　　　　　우왕좌왕 허겁지겁 도망다니는 구름은 무엇인가?

바람의 방향은 저렇듯 순식간에 바뀝니다. 전혀 생각하지 않는 방향으로 세상 만물들을 몰고 다닙니다. 그 중심에 사람들의 마음도 꽁꽁 묶어서 몰고 다니고요. 이쪽으로 가려고 하던 사람들의 마음이 갑자기 반대 방향으로 쏠립니다.

바람이 무섭습니다. 쏠리는 사람 마음도요.　　그러나 사실은
바람도 내 마음이 일으키고 사람 마음도 내 마음이 몰고 다닙니다.

허겁지겁　도망가고　있는데
숨　멈추도록　도망가고　있는데
그냥　그　자리에서　땅까지　꺼진다

살려　주세요　살려　주세요
저　곧　죽을　것　같아　살려　줘요
소리　질러도　말이　나오지　않아요

꿈속에서라도
도망갈　수　있으면
꿈속에서라도
악쓸　수　있다면
　　　ー「꿈속에서라도」

악몽(惡夢; Nightmare)의 종류는 사람마다 다양합니다.

자기가 처했던 환경, 지금의 상태에 따라 다르지요. 이렇게 개개인의 상황에 근거하기 때문에, 악몽의 장르가 한정되어 있어서 자꾸 비슷하거나 같은 악몽을 꾸게 됩니다.

잠이 들기 전 긴장된 정신 상태가 악몽으로 연결되는 확률이 높습니다. 공포영화를 보았다든지, 누구와 싸움해도 그런 결과가 나오지요. 잠을 자도 뇌의 활동은 계속 활발하니 ' 기분 나쁜 상태가 꿈에서도 연결'되는 것이고요.

악몽은 현실감을 초월할 정도로 절박합니다. 극심하고 급박한 꿈에서 깨어나면, 아직도 꿈속에서의 충격으로 심장 박동이 빠르게 뛰고 있고, 식은땀과 구역질도 동반하게 되니 다시 잠들기가 쉽지 않습니다. 문제는, 이런 악몽이 반복되는 것과 악몽을 너무 과대 해석하는 것입니다. 악몽은 자기가 겪고 있는 불안감, 공포에 따르는 스트레스를 기억으로 변환시켜서 그 스트레스에서 벗어나고자 하는 뇌의 기능에 불과합니다. 즉 자기를 보호하려는 기특한 두뇌의 자기 보호 기능이지요.

그래서 종교에서 악몽을 '악마가 사람을 망치려고 시험 들게 한다.'하는 식의 해석들은 '미신' 정도의 수준으로 보아야 합니다.

악몽을 절대로 '심각하게 취급'하면 안 됩니다. 악몽에 대하여 의미를 부여하고, 더군다나 종교에서 강조하는 것처럼 미래 해석으로 본다든지 하게 되면, 악몽은 반복되게 되고 심각한 정신적 문제로 발전할 수도 있어서 악몽을 꾸게 되면, 그냥 '꿈이다' '그냥 꿈' 하시면 됩니다. 그리고 자기 전 약 30분 정도부터는 '명상수련'을 하시면 좋습니다. 이렇게 꾸준히 수련하다가 보면 악몽을 꾸다가도 그 꿈속에서도

'하하 – 이건 꿈이지' 하는 날이 옵니다.

꿈속에서 심각하지 않으면, 그건 악몽이 아니게 되지요.

사람 사는 것 그리 심각하지 않고요.

악몽 그것도 절대로 심각하지 않지요.

숫돌에 달 갈아본다
보름달 보름동안 갈아서 그이가 볼 반쪽 만들고

도마에 달 반죽한다
보름동안 부풀려서 그녀가 볼 보름달 다시 만들어

슬슬 오른쪽 바람 빼면서 보름
슬슬 왼쪽 부풀리며 또 한 보름

그렇게 한 달 한달 살아가시구려
그러다 보면 어느새 내가 보름달
　─「반달에서 시작할 일이다」

채우면 비워지고
비워지면 채워지며
내려놓으면 올려지고
올라가면 끌어내려진다
뜨거워지면 곧 식게 되고
차가워 진 것은 뜨거워지니
그리 보채지 말고 아쉬워 말고
달이 채워지고 비워지는 것 보면서
　─「세상 모두 달처럼」

간절히 바라지 누구나
마음을 다해서 말이지

그런데 그게 내 마음대로 되나
길 엿장수 엿가락처럼 말이지

내 뜻대로 되는게 있나
세상 모든 일들이 말야

그런데 말야 다들 그러고 살아
남 엿가락 더 길게 보아가면서
　　　―「내 맘대로 엿가락」

세상 사람들이 하는 말 중에 자주 듣는 말은 그 카테고리가 한정
되어 있습니다. 그것을 장르별로 정리할 수도 있고, 그것에 대한 배
경 그리고 사회적 병리 현상까지 파악하고 해결방안까지 제시할 수
가 있지요. 그중에 하나가

미쳤군
돌았어　　　　　그래 미친 거로 보일 거야
　　　　　　　　미친개들에게는
은근히 미쳤군
살짝 맛이 갔어　　그래 맛이 간걸로 보이겠지
　　　　　　　　상한 눈으로 보면
　　―「미친개들 보기에는」

300

세모에 마구 네모 밀어넣으려 하고
동그라미에 세모 집어넣으려 한다고
네모가 미쳤다고
세모가 바보라고
　　─「미친 사회 기초 오류」 (지가 미친 줄 모르고)
　　　　　　　　　　　미친 -　　입니다.

이 '미친' 앞에다가 또는 뒤에다가 어떤 말이든 갔다가 붙이게 되면, 그것이 바로 나의 불편한 심기를 극도로 표현하는 말이 됩니다.

이 '미친'을 많이 듣게 되는 것은 사회가 병들었다는 뜻도 되지요. 하도 여기저기서 사람들이 한탄할 때마다 이 '미친'을 인용하게 되다 보니, 세상이 미치기는 미쳤나 봅니다. '집단사회병리현상'

이럴 바에는 그냥 그 '미친'을 미친 것으로 의미를 부여 하지 말고 그냥 지나가는 말 정도로 내려 보면 스트레스를 덜 받을 것입니다.

아름다운 미와 친한 정도로 말이지요. 美親

뭐 좀 화끈한 일
뭐 좀 신나는 일
없을까

불을 확 질러봐
꼬여진 네 마음
활활활
불길에 부채질
새까만 내 마음
휠휠휠
　　─「네 마음을 확 불 질러봐」

뭐 좀 신나는 일 없을까? 어디 좀 화끈하게 노는 데 없나? 라고 두리번두리번하는 사람들 있습니다. 몸과 마음이 지쳐 있어서, 모든 것이 귀찮아질 때 더 그렇겠지요. 이럴 때 대개 실수가 따르기 마련입니다. 후회가 예상되는 경우이기도 하고요.

지금 이런 일을 하여, 나중에 그 피해가 나에게 몇 배로 돌아올 것이 예상되는 일인데도 그냥 강행하는 것은 어리석음 그 자체입니다. 왜냐하면,

그 우회로 더 큰 스트레스가 덮치기 때문입니다.

차라리, 불을 '화 – 악' 불 지르는 것이 낫습니다. 자기의 마음에 말이지요. 그냥, 새까맣게 타는 마음에 부채질하여 불길을 높이 하여 재를 만들게 되면

내 마음속에 아무것도 남는 것이 없게 됩니다.

그 경지 높은 상상/묵상만으로도,
마음은 신이 나고, 화끈하게 된답니다.

쭈욱 뻗은 길   누구나 원하는 길
평평하고 먼지 없고 빠른 길
인간 스스로 만든 아스팔트 길 시멘트 길
울퉁불퉁 길   피하려고 하는 길
구불구불 돌아가는 먼지흙 길

그 길가에 꽃피고 낙엽 지고 나비 나는 길
—「틀린 길 위 비틀거리는 그대」

세모만 있는 세상 세모들 행복하지 않으냐
세모는 세모로 살아가시라
그냥 그렇게
동그라미 네모를 세모 만들려고 하지 말고
각 세워 세모로 살아가시라
못 말려지니
　─「그냥 그렇게 살아가시라」

　　　　돌 던지지 마시라
　　　　동그라미에
　　　　화살 쏘지 마시라
　　　　사각 네모에

　　　　너 세모라는 이유
　　　　그것 하나만으로
　　　　　─「그 하나 이유만으로」

네모는 네모로 살면 되지
세모는 세모로 살아가고
동그라미들도 동그라미로
　　　　　　　네모가 세모 된 적 없고
　　　　　　　세모 동그라미 되지 않아
　　─「그렇게 살면 되지」
　　　　(너무 애쓰지 마시라)

303

애쓰지 마시라   그쯤 했으니
기 쓰지 마시라   진 빠졌으니
        그쯤 했는지도 모르고
        진 소진됐는지도 몰라
            ―「죽어가는 거나 아시라」

진(津)은 나무껍질, 줄기에서 분비되는 끈적끈적한 물질입니다. 식물의 진이 빠지게 되면, 즉 껍질이 벗겨져서 진이 소진되게 되면 식물은 말라 죽게 되지요. 사람에게 이 말이 적용될 때는, 기력/힘/의지가 다 빠져나간 상태를 말하고요.

기(氣)란 만물의 움직임이지요. 동양에서는 이 '기'를 매우 중요시했습니다. 당연이, 사상, 의학, 철학의 근본이 되었고요. 기의 존재에 대한 갑론을박이 있습니다. 각자 믿는 것에 기반을 주고 말하니 이 역시 철로 길이 서로 만나지 못하는 것과 같습니다. 어떻게 표현하던, 일단 기는 존재합니다. 어떻게 이것을 표현하느냐만 다른 것이지요.

동양에서는 이 '기'를 중요시하는 문화가 대대로 내려왔으니, 언어에서도 이 '기'에 대한 말이 많이 있습니다.

기가 차네, 기가 막혀, 기를 죽이네, 기를 살려라. 그리고 기가 막히는 것을 기절(氣絕)이라고 합니다.

자기의 기와 진이 빠진 줄 모르는 사람 많습니다.

연대 문명은 사람의 기와 진이 빠지게 구조되어 있지요.

氣盡脈盡(기진맥진), 기진역진(氣盡力盡) 상태로 이끕니다.
밤에 잠들기 전, 자기의 숨소리 그리고 맥박을 가만히 살펴보시지요.   적어도, 기가 빠져 소진되는 것은 막을 수 있습니다.

덮어라 안개
가려라 안개
세상 쓰레기 안 보이게

피어라 안개
진하게 안개
거짓 넘어오다 넘어지게
　　　─「피어나라 안개」

오늘도 새벽안개
나무도 안 보이고
꽃들도 안 보이고
새들도 안 보이나

오늘도 내 마음속
나무는 잘 보이고
꽃들도 향기 나고
새소리들 또렷하니
　　　─「마음속 안개」

찢어진 면사포들
길게 길게 늘어져 있다
신부 들었던 꽃
신랑 했던 약속 너절히
　　　─「안개 속 파혼잔치」

해무가 짙게 피어올라
앞이 분간이 안 되면
그 아이 얼굴 떠올라
그 작은 손 흔들면서
나 부른다 작은 나를
　　　　－「안 보이면 보인다」

안개 속에서 나타났다가
안개 속으로 사라져 버린
그 안개 같은 많은 것들
안개 속으로 또 찾아가니
　　　－「삶이 오리무중(五里霧中)」

　　그 하얀 망사 목도리는 왜 두르고 있는가
　　무엇 추워서는 아닐 테고
　　멋으로도 아닐 테고
　　하얗게 짙은 안개 왜 마음 감싸고 있는가
　　그 나이 무슨 욕심 있어
　　어떤 집착이 남아있다고
　　　　　－「그 나이에 무슨 안개」

강물 위쪽으로 스르르 미끄러지는 안개 결
다시 덮쳐가는 겹 안개
무엇이 못 믿어져서 다시 가리러 갈까
얼마나 덮을 것 많으면
　　－「겹 안개」

306

누가 저리 멋진 것을
만들어서 뿌린단 말인가

누가

누가 저리 모든 것들
안 보이게 만든다 말인가

누가
　─「누가 저리도 멋진 안개를」

　　　　　저 안개는 무엇을 덮으러 왔을까
　　　　　이 덜 익은 새벽부터

　　　　　유난히 짙은 안개 누굴 가리려고
　　　　　슬금슬금 다가서 올까
　　　　　　─「이 세상 덮을 것 많다는 것 앞에」

농무가 아주 독한 새벽 포구에
아무것도
아무도 보이지 않는다

퍼지라 퍼져라 널리 지구 곳곳
아무것도
아무도 보이지 않도록
　─「지구가 다시 탄생하도록」

산사보다 큰 부처님 머리까지
짙은 안개 가려버렸다
아무도 안 보인다
그 아무것도

어 - 그런데
잘 보이기 시작
나도 또렷이 드러나고
등 돌린 소중한 것 선명하게
　　　－「아무것도 안 보이다 잘 보이게 하는 것」

오늘도 뿌옇다
뿌연 창 때문인가
탁한 마음 때문인가
자욱한 안개 때문인가
　　　－「결국 나 때문인가」

안개 긴 팔 벌리면
직선인 것은 모두 부러진다

내 마음 네 고집들
햇빛마저도 튕겨 꺾이는데

이 짙은 농무 앞에
뾰족 삼각형 넌 무엇인가
　　　－「농무 앞 너는 무엇이냐」

모두 가사 상태인 새벽
홀로 서 있는 저 등대

어디로 손짓하려는가
안개 저리 두터운데
  ―「그래도 손짓이라도」

      지금은 등대지기가 없다
      어디를 찾아보아도

      예전에는 그래도 있었지
      어지러운 물길 속에

      지금 모두 고장난 나침반
      뒤집혀 사라지는 데도
        ―「등대지기 멸종」

잠시 반짝
한참 컴컴
   그 잠시 반짝임 놓치면
   뾰족 바위에 산산조각
살짝 반짝
또 칠흑이
   기다리다 보면 실날 빛
   그 줄기 가슴 고이 품고
 ―「그래도 등대 빛만 보며」

요즘 등대 빛 보는 사람 어디 있으랴
하지만

요새 등대지기가 어디 있나 한다마는
하지만

스스로 등대지기 되어
빛 비추고 빛 되는 이
　　　ー「하지만(灣)등대지기」

　　　　　　　등댓불은 외롭다
　　　　　　　아직도 돌고 있는데
　　　　　　　아무도 보아주지 않기에

　　　　　　　사람들은 외로움에
　　　　　　　뒤집혀 빠져들면서도
　　　　　　　그 불빛을 믿지 않는다
　　　　　　　　ー「많이 속아 온 등대 빛」

　　　　　　　번쩍번쩍 작은 빛
　　　　　　　거기에 속아 넘어가
　　　　　　　암초 걸려 부서지고
　　　　　　깜박깜박 안내 빛
　　　　　　가짜 거기에 넘어가
　　　　　　급류 휘말려 뒤집혀
　　　　　　　ー「여기도 가짜 저기도 가짜 등댓불」

그 많던 등대는 어디 갔을까
길 잃은 돛대들에 손짓하던

그 많은 선지자 어디 갔을까
그래도 빛이 되어 주었었던
―「등대지기를 찾습니다」

여행하다가 보면, 특히 바닷가에 가게 되면 유난히 시선을 오래 잡아 주는 것이 있습니다.   등대.

등대는 지역의 관광명소이기도 하지만, 등대의 역할이 주는 의미, 그리고 그곳에 근무하는 외로운 등대지기가 묵상 자료로 가치가 높아서,   지성인의 사랑을 많이 받아 왔지요.

등대(燈臺;Lighthouse)는 불빛을 배들에서 비추어 주는 높은 건축물이라고 되어 있지만, 실제로는 낮게 설치되어 있는 곳도 많습니다. 특히 북유럽 지역에서는 낮고 작은 규모의 등대가 많이 목격됩니다.

등대는 사방을 비추어야 해서 불이 돌아갑니다. 불빛이 돌아가서 다시 돌아올 때까지는 배들이 등대 불빛을 못 보는 셈입니다.

밤바다는 위험하지요. 바다에는 암초도 많고, 수심이 낮거나 물이 갑자기 빨라지는 곳이 있기 때문입니다. 이를 피하여 안전하게 배를 운항하고 접안을 하려면 등대의 '바닷길 안내'가 필수이고요.

등대의 불을 밝히는 조명은 처음에는 장작불을 피워서 하다가, 탄, 초, 기름 순으로 바뀌었습니다. 그러다가 프랑스 물리학자 오귀스탱 프레넬(Augustin-Jean Fresnel)이 회전 굴절형 프레넬 렌즈(fresnel lens)를 발명하여서 등댓불이 멀리 가도록 하였습니다. 등대는 이때부터, 프레넬 렌즈 형태로 세계 곳곳에 세워지게 되었고요.

동양에서는 한국 제주도의 등탑 도대불, 중국의 산꼭대기 불탑, 일본의 포구 사찰 석등이 등대 역할을 하였습니다.

이런 등대가 지금은 많이 없어졌습니다. 이 내비(e-navigation)를 이용하기 때문입니다. 한국에서는 이 내비를 국제항해 선박용으로 하고, 연안 선박을 위해서는 한국에서 발명한 '바다 내비게이션'을 사용하고 있지요.

너도 돛단배
나도 돛단배
조금만 바람 불어도 휘청
약간 파도가 높아도 휘청

당신 작은 나무 배
우리 모두 그런 배
살짝 어두워도 암초에 덜컹
길이 아닌 곳에서 까딱까딱
ㅡ「등대 같은 사람 어디에」

이렇게 등대 역할이 서서히 사라지고
이렇게 등대지기는 아예 없어져 버리고
이렇게 어둠 속 선지자도 안 보인 지 오래니

희미한 등댓불 하나에
오로지 그 하나에
매달린 돛단배
있음을 잊지 마시라

깜박 촛불 그 빛 하나에
그래도 그 하나에
기댄 많은 민초
있음 꼭 명심하시라
　—「절대 잊지 마시라」

　등대가 사라져 가지만, 그냥 관광 구경거리로 불 밝히고 있기는 하지만, 점점 사람들이 등댓불을 '구원의 빛' '바닷길 안내 빛'으로 안 보지만 아직도 많은 사람이 **등대불 같은 사람**

　　　　　등대지기 같은 사람 　을 애타게 그리고 있습니다.

어리석은 이가 있다
온갖 상념에 항상 헤매면서
자정이 지나야 다음 날 되는 줄 아는

혜안의 현자가 있다
자리에 누우면 내일이 되기에
자기 전 고민 걱정 내일하기로 하는
　—「숙면 기술」

잠잘 자는 사람 은 별로 신경 쓰지 않지만, 그렇지 못한 사람들에게 '불면'은 고통 그 자체입니다. 잠을 충분히 못 자면, 몸과 마음에 직접적 악영향이 끼치게 되지요. 한국은 경제협력개발기구(OECD) 나라 중 잠을 가장 적게 자는 나라입니다. 열심히 일하느라 이런 경우라면 생산적이라고 볼 수 있으나, 이 중에 불면 비율이 상당하다면 '행복 복지' 차원에서 정책이 있어야 하겠지요.
　통계는 60세부터는 10명 중 1명, 80세부터는 5명 중 1명 정도의 불면 환자가 있는 것을 보여 줍니다. 나이가 들수록 환자가 늘어나는 셈입니다. 증세가 좋지를 않아서, 전문가의 수면 처방을 받기 전에,

고민과 걱정은 내일 한다.

그 내일은 밤 8시부터 시작한다.

 하면 도움이 됩니다. 밤 8시부터 내일이 시작하기 때문에 8시 이후에는 아무 생각이 없는 '명상' 상태에 진입하는 수련이 되어야 하고요. 이렇게 해서 '팔다리가 따스해지고 이마가 서늘해지는 상태' 가 되면 웬만한 불면증은 완치되게 됩니다.

 ◑ 어렸을 때 동네 아이들과 제일 많이 하였던 놀이가 '숨바꼭질' 입니다. 가위바위보로 술래가 정해지면 술래는 다른 아이들이 숨는 것을 볼 수 없도록, 나무나 벽에 얼굴을 대지요. 그리하고는 애들이 숨을 시간을 주기 위해서 숫자를 세거나 '꼭꼭 숨어라 머리카락 보일라'를 외치고는 '찾는다 – ' 하고 숨은 아이들을 찾아다닙니다. 숨은 아이들이 술래가 처음 있던 곳에 찾아와 소리를 지르면 숨은 아이가 이기는 것이지요. 술래가 아이들을 발견하면 술래가 이기고, 아이들을 못 찾겠으면 술래는 '못 찾겠다 꾀꼬리' 하며 자기의 패배를 선언하지요.

 꼭꼭 숨어라 머리카락 잡힐라
 들키면 또 끌려서 나가니

 꼭꼭 숨어라 바짓가랑이 잡힐라
 잡히면 빠져나오지 못하니
  —「홀로 평온」

숨는 아이들은 술래가 절대로 못 보도록 꼭꼭 숨었습니다. 머리카락 한 가락이라도 보이면 안 된다는 마음으로요.

현대인들은 너무 많은 곳에 스스로 노출되어 있습니다. **특히, SNS 에서는 그야말로 수많은 사람이 나를 찾아다닙니다.**

잡히면 끌려 나가지요. 끌려 나가면 노출이 되고
노출과 함께 내 평화는 대포알에 풍비박산(風飛雹散) + 산산조각
그러니, 깊은 평온을 즐기려면

꼭꼭 숨으세요. 머리카락도 안 보이게
꼭꼭 잠수타세요. 바짓가랑이 못 보도록.

사람들이 많이 하는 것이 있지요. 바보처럼.
쥐고 흔듭니다.
물병 속 물이 맑습니다. 지금의 내 마음처럼.
흔들기 전까지.
그런데 그 오랜 시간 어렵게 가라앉힌 찌꺼기.
또 떠오릅니다.
당연히 뿌옇게 되지요. 쥐고 흔들어 대니까요.
마음속 혼란들.
─「앙금을 본다는 것은 쥐고 흔드는 것」

찌꺼기
그 찌꺼기 또 둥둥 떠오른다

부유물
구역질 나는 그 응어리 다시
─「어렵게 가라앉은 앙금 흔들지 마시라」

속이 훤히 들여다보이는 유리병에 맑은 물 넣고
시커멓고 너저분한 찌꺼기 넣어 흔들어 보시라
　　　　마구마구
　─「그대 맘속 앙금을 보시라」

　　　쥐고 흔들지 마시라
　　　열나게
　　　맑은 물 유리병 속
　　　찌꺼기
　　　─「맘속 가라앉아 맑아진 것 흔들지 마시라」

오랜 시간 어렵게 가라앉아
맑게 된 유리병 속 물
맨 밑은 앙금
보지 마시라 그 너저분함
보는 순간 흔들어져
다시 뿌옇게
　─「가만히 놓아두어야 하는 것 앙금」

저 건너에는 무엇이 있기에
저 뜨거운 불덩이 튀어나올까
그것도 매일 매일
저렇게 깊고 컴컴한 속에서
밤새도록 어떻게 준비하기에
저리 뜨거운 것을
　─「해 뜨기 전 인간들은 무엇 하기에」

316

저렇게 뜨거운 것이
그냥 들어가 버려
저 너머 새까맣게 다 태워 버렸나
저곳은 어떤 곳인가
매일 재마저 태워져
남은 것 없어도 또 불덩이 받아들여
　―「석양 저 너머에 사는 사람들」

석양 너머 동네에는 누가 사는가
어떤 사람들이 살아가기에
저리도 잘 견디어 낼까

불덩이 매일 불 지르고 재가 되어
공중 먼지로 빙빙 돌아가다
한 줄기 바람으로 날려
　―「석양 너머 검은 나라 국민」

흙을
털어내면 되지
피하려 했지만
어쩌다 머리에 뒤집어쓴
개똥
씻어내면 되지
조심했는데도
새 신발 그만 밟아버린
　―「내 잘못이 아닌 것 앞에」

살다 보면 말입니다
흙먼지 뒤집어쓰게 됩니다
그것도 심심치 않게

살다 보면 말입니다
개똥 사람 똥 밟게 됩니다
그것도 아주 자주
  ─「그러려니 살면 됩니다」

어제 미장원에서 머리 손질을 새로 하고는 아침에 잘 다듬었습니다. 그리고는 새 옷으로 광을 낸 다음에 중요한 모임에 나가는데 '찍' 새가 지나가면서 '어 ─ 시원하다' 하고 지나갑니다.

오래 망설이다가 돈을 모아서 친구들도 부러워하는 신발 하나를 샀습니다. 그리고 기분 33하게 하고, 억지로 휘파람까지 '휘휘 ─' 불어가면서 한발 두발하는데

'미끈' 똥을 밟았습니다. 아니 지금이 어느 시대인데, 길거리에 똥!

공을 들여서 한 사업 Plan을, 잘 아는 인간이 '은근슬쩍' 가로채고 이 인간이 나 대신, 대박을 쳐 버립니다.

열심히 몇 년을 준비하여서 장사를 시작하여 잘 되는가 했는데, 바로 앞에다가 내 Item과 같은 것을 파는 가게가 생겨버립니다. 매출이 반토막 '또각' 나 버립니다. 이런 시벌놈의 엉아에서 시발

　　　　　100 Page 채우는 것은 일도 아닙니다.

그러나 어쩌지요. 내 잘못도 아닌데 일이 틀어지고 먼지 뒤집어쓰면서, 똥 밟아 가면서 사는 것이 인생인데요. 그러니, 너무 기가 막히더라도 너무 오래 아파하지는 마세요. 그러면서 살아가는 것이

　'이 거지　같은 한 세상'　사는　거지　요.

318

무겁다고 내려놓을 수 있다면
그것이 짐일까
힘들어서 내려놓을 수 있다면
그게 바위일까
　　－「아버지로 산다는 것은」

　무겁다고 내려놓을 수만 있다면 그것은 짐이 아닙니다. 버겁지도
않고요. 들고 있는 바위가 힘들어서 내려놓을 수가 있다면 그건 바
위도 아니지요. 바위가 무거워도 안고 있어야 하고, 등에든 짐이 힘
들어도 지고 있어야 하는 것이 아버지의 굴레입니다.

안고 있는 바위 너무 벅차다
지고 있는 짐 정말로 무겁고

그 바위들 목까지 차오르고
그 짐들 머리 가득히 채워져
　　－「매장된 아버지」

눈에서 나오는 눈물
　　　짜다　　　　　　가슴 통곡 흐르는 물
　　　　　　　　　　　　　쓰고
　－「짠 눈물 쓴 눈물」

인간들은 운다
이래서 울고 저래서 울면서
눈물 흘리지만 조금 지나 그친다

사람들은 운다
그렇게 눈물 없이 그침 없이
소리도 못 내고 가슴으로 통곡을
  —「가슴으로 운다는 것은」

새벽 커튼 여니
실 햇빛 사이로

꼬불 먼지 하나
툭 – 떨어지네
  —「아 – 나를 보네」

평상시에는 잘 못 느낍니다. 잘 안 보이니깐요. 신경 안 쓰고 보니 그렇기도 하겠지요. 새벽에 하던 대로 답답하게 침실을 막아 내던 커튼을 옆으로 '확' 젖히고 보니

가느다란 빛줄기들이 '사악 – ' 들어옵니다.

　　　　새로운 하루
　　　　새로운 빛줄기

그런데 갑자기 실 먼지가 하나 '툭' 하면서 '꼬불꼬불' 내려옵니다. 제법 길쭉하게 생긴 먼지 하나.

　　　　어디서 떨어지지?
　　　　이 먼지는 무엇이지?

이런 상념이 들면서

　　　　그렇지. 나도 떨어지고 있지.
　　　　맞아. 내가 바로 티끌이지.

벌겋다
어디서 물렸을까
가렵다
어떤 게 물었을까
긁었다
덧나 누런 고름
아프다
주위 다 쑤신다

일주일 지나버리고
한 달인데도 자국이

벌레보다 더 안 보이고
벌레보다 더 독하게 문
인간이 물어버린 자국들
그들이 피를 빤 그 흔적

일 년이 지나버리고
십 년인데도 생채기가
　ー「인간이 물어뜯은 자국은」

　가을이지요. 분명 가을입니다. 선선한
　그런데 물렸습니다. 분명 매일 샤워하고 옷 깨끗이 입고 조심하는
데.　　　　어디서 어떤 벌레에 물렸는지 모릅니다.
　어쨌든 물렸습니다. 이불도 자주 말리고 환기도 잘 시키면서 신경
쓰는데.　　작정하고 물면 '노답'입니다.

물려고 좌표를 찍고 덤비면 '노답'이지요.

　　그런데, 그런데 말입니다.

벌레한테 물린 것은 덧나지 않는 한, 일주일이면 가라앉고 그 자국
도 서서히 희미해져 한 달이면, 전혀 표시가 안 날 정도가 되지요.

　　그런데, 그런데 말입니다.

인간. 그 악랄한 인간한테 물리면 말입니다. 이게 일 년도 가고 십
년도 가며, 죽을 때까지, 그 피 빨리고 물어뜯긴 자국이 선명하게 남
아 있습니다. 언제 물렸는지? 누구에게 물렸는지? 얼마나 뜯겼는지?
어디서 빨렸는지? 는 아는데 왜 당했는지? 에 대한 흔적이 없습니다.
모르니 또 물리고 또 물리고 - .

　　그런데, 그런데 말입니다.

　　　　컴컴한 밤 가사상태이다 정신 들어 보니
　　　　손도 잘 안 닿는 등 가렵다

　　　　반대로 보이는 거울에 자세히 비춰보니
　　　　믿었던 이가 물어뜯은 자국
　　　　ㅡ「그 빈대에게 물린 자국은 평생 간다」

멸상으로 수련을 하면 말입니다. 수련하는 그 순간.

당연히, 수련한 후에도. 이 모든 것을 알게 됩니다. 그것도 육하원
칙 (언제, 어디서, 누가, 어떻게, 왜, 무엇을/5W1H : who, what,
where, when, why, how)에서 항상 빠지기 마련인 Why? 왜? 물
렸는지? 글 예지력(豫知力)까지 더해서 3D로 보게 됩니다.

　　당연히, 앞으로는 누구한테라도 물리는 일이 없게 되겠지요.

물의 분자가 서로 끌어당기는 힘을 〈표면 장력〉이라고 하지요. 공기에 노출되는 물 분자들이 내부의 다른 성질의 물질 분자에 의하여 표면 장력을 받게 되면, 표면적을 최소화하기 위하여 둥그런 모양을 갖게 됩니다. 물방울은 표면 장력 때문에 거품 모양을 유지 못하지만, 비누는 물에 녹으면 표면 장력이 줄어들면서 거품 모양을 제법 오랫동안 유지하게 됩니다. 결국은 꺼지지만 말이지요.

보글 보글
예쁘게 솟아오르네
반짝 반짝
걸 무지갯빛 찬란히

얼마 못가
방울 폭폭

평생 거품만 쫓아서
  −「그대는 거품」

물방울, 비누 거품이 생기는 과정을 보면 예쁩니다. 소리도 좋고요.   보글보글.
방울의 겉도 예쁘기만 합니다. 무지갯빛을 띠고 있는 물방울들. 이렇게 아름다운 물방울을
                    가까이 보면 소리가 들립니다.

'폭폭 폭 폭….' 꺼지는 소리입니다. 거품의 실체입니다.

폭 폭 폭 폭
거품 꺼지는 소리
노인 꺼지는 소리
— 「평생 거품 쫓아」

거품은 꺼집니다. 반드시 사라집니다.   시간문제이지요.
지금 사라지던지. 조금 있다가 사라지던지.
이런 거품을 쫓아다니는 것이 거의 모든 사람의 모습입니다.

바람 닥치지도 않는데 사라질
벼락 내려치지도 않아도 꺼질

무지갯빛이라며
하늘 떠다닌다며
아이들 그때부터
— 「거품 그리고 인류 역사」

내가 지금 보고 있는 사람이 거품인지 아닌지
내가 열심히 하는 것이 거품인지 아닌지
그것을 모르니 내 삶이 그냥
거품이 되는 것입니다.

매년 찾는 한국의 계절은 언제나 가을입니다.
매년 찾는 단골 지역 중 하나는 설악산이고요.
2016년 가을 단풍 한창일 때 찾은 설악산은 비가 제법 오고 있었
습니다. 어제까지도 날씨가 좋았지요. 산길 입구에서 개미들이 그제

까지 날개로 날아다니던 생명체를 잘게 잘게 분해하는 것을 보고 마음이 좋지를 않았었는데 – 오늘은 폭우 날입니다. 그렇게 당당하게 바글거리던 개미들도 오진 비에 쓸려나갔겠지요.

가을이긴 하나 보네
낙엽이 저리도 뒹구는 걸 보니
노인 새벽 길거리에
구시렁거리다 수상한 물체 본다

모든 것이 이상하지
잘 보이지 않으니 그 모든 것이
땅에 거의 머리 숙여
그러면 그래도 무엇인지 보이니

새까맣게 모여든 개미
누런 물체 분해 작업 분주하다

무엇이 저리 처참할까
어쩌다 저렇게 되고 말았을까
날개 끝 있는 거 보니
아마도 꽃 찾던 벌이었을까

이 잔인해지는 계절에
더 어쩌자고 돌아다녔을까
인간도 저렇게 되겠지
마냥 언젠가는 이 아니고 곧

오글거리는 것들한테
분쇄 당하고 나면 무엇 남나

급격히 뼛속 깊숙이
사그라지는 저 소리 무엇인가
　─「벌은 누구이고 개미는 누구인가」

　설악산 초입에 있는 신흥사 입구에 있는 큰 부처 청동상도 비를 맞
고 있네요. 많은 사람이 산에서 붉고 노란 단풍을 몸에 물들이기 전
에, 이 큰 부처 앞에서 손을 모으고 허리를 굽혀 절을 합니다.
　　올 때마다 이런 모습을 보아 왔는데 오늘은 아무도 없습니다.
　　　비가 오면 모두가 어디로 사라질까요?
　　　부처님 앞에, 우산은 반파되어 이미 버렸고 ─ 설악을 덮는 비를
홀로 다 맞겠다며　외롭게 보이지만 전혀 외롭지 않은 늙은 시인이
서서 중얼거립니다.

　신흥사 청동 부처상

가을비가 처절히 쏟아져도
꼼짝없이 앉아서
비 한 방울 피하지 않는데
　─「그대의 우산은 무엇인가」

"모든 소원을 풀어 주는 당신도, 이렇게 비가 쏟아지는데 ─
　머나먼 땅에서 온 지친 나그네처럼 비를 피하지 않는군요."
"인간보다 10배 정도나 더 큰 당신도 이렇게 묵묵히 비를 맞는데

나약하기만 인간들은 그 비를 피하려고 이리저리 뛰어다닙니다."
"평생을 말입니다."   "이곳의 비를 피하면 무엇합니까?
조금 있다가 다른 곳에서 비를 더 옴팍 맞을 텐데
저리도 총총거리며 허걱거리며 뛰어다닙니다."
"부처님, 저들에게 무엇이라고 말을 전해야 할까요? "
"부처님, 몹시 비틀거리는 저들에게 말이지요."

저리 많이 열려도 되는가
하늘 가리도록

저리 가지가 휘엉 휘도록
기뻐해도 되나
　　　－「감나무 짙은 주황기쁨」

감나무는 떨고 있다
검은 새벽 내내 떨었고
모진 바람 채찍질에도 그랬다

저리 떨며 맺은 열매
누가 또 앗아가려나
보이지 않을 만큼 떨고 있다
　　－「나는 떨고 있다」

금이 더 익어지면 저 감색이 되려나
그리 예쁜 것을 다람쥐 물어버린다
　　툭 － 휙 － 쿵 －

다람쥐보다 바쁜 인간들도 그리한다
다 먹지도 않을 것 물어뜯어 버리고
모진 바람 견딘 것 저리 떨어트리고
지구 흔들릴 충격으로 몰아 버린다
　　―「다람쥐 인간들」

　　　　　나무야 나무야 감나무야
　　　　　너는 어찌 그 늙은 나이에
　　　　　저리 얼굴 예쁜 아이를 맺니

　　　　　인간아 인간아 삭은 인간아
　　　　　너는 어찌 그 늙은 나이에도
　　　　　그리 떫은 생각만 골몰하니
　　　　　　―「한 톨도 맺지 못하는 노인에게」

아직 이르다
떫지 않느냐

이제 익었다
내 몸 먹으라
　　―「감나무 익었다 너는 익었느냐」

　　감나무 왜 감을 만들까
　　자기가 먹으려고?　　너는 왜 그리 일만 하나
　　　　　　　　　　무덤에 물으려고?
　　　―「감나무는 남 먹으라고 그리하는데」

328

반짝 주황 등이 하나 춤을 춘다
그 옆 등도 덩달아서
바람 저리 희롱할 때도 가만있더니

바바반짝 홍시 등들이 출렁출렁
지나가는 까치 한 마리
벌레 먹은 홍시 하나 건들였다며
　　―「홍시는 왜 춤을 출까」

너는 아느냐
내가 얼마나 심히 떨었는지
바람에 떨고 추위에 떨며

너는 아느냐
네 앞에서는 걱정할까봐
너 안 보이게 떨어 왔는데

너는 아느냐
내가 너 얼마나 사랑하는지
그토록 떤 것은 너를 위해
　　―「너는 아느냐 감나무 한 알의 주황 언어」

:∥　→　，　―「여행」

짧은 시이지만 저를 살리는 시입니다.

여행. 이 세상의 아찔하고 비틀거리는 도돌이표 현실에서 벗어나는
유일한 쉼표,수단입니다. - 저에게는.
여행이라는 것은 사람으로서 갖는 최상의 축복으로 보입니다.
- 저에게는.
사람들에게 중요한 것이 여럿 있지만. 또 사람에 따라서 당연히 다
르지만, 보편적으로 부정할 수가 없는, 중요한 것을 네 가지를 들어
보겠습니다.

1. 건강 2. 시간 3. 철학 4. 돈

첫째, 건강의 중요성은 아무리 강조해도 지나치지 않습니다. 사람에게 제일 중요한 생명을 유지하는데 건강은 필수적입니다. 이 건강을 유지하려면, 정신을 바짝 차려야 합니다. 먹는 것, 숨 쉬는 것, 마시는 것, 생각하는 것, 운동하고 행동하는 것, 보고 듣는 것 말하는 것 - 이 모든 것들을 과학적인 근거 하에서 하여야 합니다. 몸 건강의 기초는 마음 건강입니다. 꾸준한 마음수련.

둘째, 시간은 봄 편, '엿가락 시간'에서 말했듯이, 시간은 시간의 비밀을 아는 사람에게만 너그럽습니다. 어떤 사람은 1년을 살면서 한 달 살 듯이 사는 사람도 있고, 또 어떤 사람들은 1년을 살면서 10년 살 듯이 여유롭게 살아갑니다.

셋째, 철학은 아무리 강조해도 지나치지 않습니다. 철학은 인간의 기준입니다. 군대에서 지휘하는 지휘관이 군인들을 정열 할 때, 제일 먼저 '기준'을 세웁니다. 이 기준이 없이는 각각 흩어져 있는 군인들을 제어할 수가 없지요. 인간의 머릿속도 마찬가지입니다. 5백도 아니고 5천도 아니며, 하루에 5만 가지 생각한다는 인간 속의 생

각들은 사방팔방으로 마구 달려 나갑니다. 이것들을 붙잡아 정리하는 데는 기준이 있어야 합니다. 이 기준이 철학입니다. 어떻게 살아가야 하나? 어떻게 자연을 대하고, 어떻게 사람을 대하며 어떻게 세상을 살아가야만 하는가?

철학(philosophy, 哲學)은 존재와 지식 그리고 인식, 이성들의 근본적이고도 일반적인 문제를 연구하는 학문으로 알려져 있습니다. 인간의 궁극적이고도 본질적이며 총체적인 문제를 파헤치는 것이지요. 철학은 고대 그리스어의 필로소피아($\varphi\iota\lambda o\sigma o\varphi?\alpha$)입니다. 지혜에 대한 사랑을 뜻합니다.　　즉 **지혜롭게 살기 위안 학문**　이지요.

인간 전체의 세계관, 가치관 그리고 인생관 같은 것을 논하지만, 사실은 지혜란 일반 일상생활에서 적용되는 것이어야만 합니다. 학문이라는 것이 일반 생활에 적용되는 것이 아니라면, 무슨 소용이 있을까요?

종교가 일반 사람에게 일상적으로 적용이 되지 않는 가르침을 펼친다면, 존재 이유가 없어지는 것과 마찬가지입니다.

철학이 일상생활에서 적용되기 위해서 사회학, 심리학은 물론이고 정치학, 역사학 그리고 윤리학과 다양한 종교의 비교까지 포함되어야 합니다.

넷째, 돈은 중요합니다. 돈에 대한 추구가 세속적이라며 경멸하는 사람들도 속으로는 돈을 추구하는 모습을 많이 보셨을 것입니다. 돈 없이는 생명 유지가 되지 않는 것이 현대사회 생활이지요.

다만, 살아가는 삶 속에서, 그리고 생각 속에서 돈이 차지하는 비중이 얼마나 되는가 하는 것만이 문제가 됩니다. 돈의 노예가 된다면, 모든 생각의 기준이 돈이 된다면 그것이야말로, 불행으로 들어가는 지름길이 되지만 말입니다.

☞ 이 네 가지는 자동차의 바퀴와도 같습니다.

자동차의 네 바퀴가　　　아나라도

　　　　바람이 샌다든지

　　　　빠져 버린다든지 하면　자동차는 움직일 수가 없습니다.
바퀴에 문제가 생겼는데도, 무리하게 차를 움직이다가 보면, 차 자
체에 다른 문제까지도 발생시키게 됩니다.

1. 건강해야 여행을 갈 수가 있습니다.

2. 시간이 있어야 여행을 갈 수가 있고

3. 철학이 있어야 여행을 갈 수가 있습니다.

4. 돈이 없으면 여행을 갈 수가 없습니다.

건강이 - 시간이 - 철학이 - 돈이

　　　작은 양이면 짧게 가까운 곳으로 여행을 떠나면 됩니다.

　　　반나절도 좋고 하루도 좋지요.

　　　자전거 두 바퀴에 몸을 싣고 시골길을 달려 보시지요.　달랑
배낭 없이도, 빈손으로 휘휘 하루 산, 들, 바다, 강을 찾아보시지요.

건강을 잘 지킨 이라면　　시간을 잘 Manage하는 사람이라면
돈을 유용하게 그리고 가치 있게 쓸 줄 아는 사람이라면

　　그리고 여행이 인생에서 제일 큰 가치가 있다는 것을 깨달은 사
람이라면　지금 할 일은 - 당장 여행계획을 세워보시는 것입니다.

　　여행을 다녀와서는 여행에서의 그 감동을 긴 휴식과 함께 잘 간직
하시고 또 다음의 가슴 설레는 여행을 계획하고 꿈꾸어 보시지요.

　　일상생활에서 벗어난다는 것은 ' 나 다운 나를 찾는 길'입니다. 내
가 보입니다.

　　　벗어나 보면　　'자유가 얼마나 소중한지' 알게 됩니다.

떠나보면 '내가 지금 무엇을 하며 지내는지' 알게 되고요. 떠나서 돌아보면 '이대로 내가 이렇게 살아도 되는지' 알게 됩니다.

연명안 사람

삶에 우회가 없는 사람 이 됩니다.

:|| → 내비남사

내비남사 – 내가 하면 비즈니스고 남이 하면 사기.

을과 병을 외면한 정부의 정책이 정권이 바뀌고 또 바뀌어도 계속 도돌이표로 돌아가고 있는 것은 '국가의 국민에 대한 의무'가 무엇인지를 인지 못하고 있기 때문입니다.

국민이 세금을 내면, 국가는 그 반대급부로 국민을 안전하고 평안하게 하여 주어야 할 의무가 있지요. 국민을 불안하게 하고 안전치 못하게 하는 일은 손가락, 발가락을 모두 꼽아가며 나열해도 모자라지만 둘만 예를 들면, 사기와 K - Safety입니다.

사기

서민들에게 돈 문제는 자기는 물론이고, 가족 전체의 운명이고 생명 그 자체입니다. 새벽도 모자라고, 낮도 부족하고 밤도 짧다며 잠까지 줄여가며 모든 여력을 짜내 가면서 하루가 마치 48시간이라도 되는 것처럼 일합니다. 열심히 일하여야

집을 마련(전체인구의 40%가 자기 소유의 주거 미보유)할 수 있기 때문입니다. 내 집 마련, 그 과정 중에 있는 것이 세계에서 보기 드문 전세라는 제도이고요. 또 주식, 코인 투자 같은 재테크입니다.

그런데, 그 고단한 과정 중에 전세 사기, 주가조작, 코인 사기, 스미싱, 전화금융사기 같은 사기로 '온 식구가 희생해 가면서 간신히

모은 돈'이 비눗방울 같은 거품이 되어 꺼집니다. 희망이 꺼집니다.

국내 형사 범죄 가운데 사기 범죄율이 제일 높습니다. 절도의 거의 두 배 정도 되고요. 일 년에 사기 범죄 신고된 것만 약 33만 건이나 됩니다. 하루 904건 사기 사건이 일어납니다. 신고되지 않는 것까지 합치면 이의 두 배는 넘겠지요. 을/병이 법으로 해결하기도 힘든 제도 때문에 피해구제/보상 받을 기회는 '사막에 소낙비' 오는 기회 정도로 낮기만 하지요. — 피해 보상이 안 된다는 것입니다.

사기범의 재범률이 40% 정도나 된다는 것은 분명히 '사기범 처벌 수위'가 잘못 되어 있다는 것을 보여 주는데도 국가는 그저 법 집행 형평성, 행정인력 부족 같은 한심하기 짝이 없는 핑계로 '나몰네문(나몰라라 네 문제) 일관합니다. 나는 집도 있고 돈도 있으며 미래가 보장되어 있으니, 일 안 하고 그냥 엎드려 있으면서 정년 되면 연금 나온다. 라는 배짱이지요.

      * 사기 문제   해결 방법은

1. K – Escrow

미국에서는, 에스크로 제도가 생활화되어 있습니다. 그래서 부동산거래에 있어서 사기를 당한다거나 문제가 발생하는 것이 최소화되어 있지요. 에스크로 회사에서는 Buyer에서 계약금을 받아서 예치하고 공고를 합니다. Title 회사에서는 자기 책임 아래에 명의변경을 책임지고요. 계약에 따라서 거래 금액 예치가 되고, 건물 안전검사, 가치평가가 끝나면 명의가 완전히 Buyer에서 이전이 된 후, 아무도 이 권리를 해칠 수 없게 되었을 때 에스크로 회사는 매매대금 전체를 Seller에서 전달합니다.

한국에서는 이를 국가가 해 주어야 합니다. 국가단체가 모든 부동산거래 (매매, 전/월세)의 안전을 보장하는 제도를 시행하는 것이지요. 명의이전 보장, 전 월세금액 유치 및 이전, 보험까지 책임을 지는 K- Escrow 공사 설립.

2. 깡력 또는 강강력 특별 처벌법 제정입니다.

현재 양형기준에 의하면, 사기 금액이 50억 원 이상은 되어야 사기범에게 징역 5년 이상이 선고되고 있습니다. 절대다수가 5년도 안되어 출소하여 '자기 경험에 따른 더 교묘한 수법을 창출'하여서 또 사기를 치고 또 칩니다. 이번에는 잡히지 않겠지요. Know How가 생겼으니까요. 대형사기를 치면 해외 도피까지 합니다. 물론 잡히지 않고요. 잡히면 또 무엇합니까? 돈은 이미 탕진되었는데 말이지요.

피해자 그리고 피해자 가족들은 일생을 희망 없이 피폐하게 '을에서 병으로 병에서 정'으로 내려앉아 생활하여야 하는데 사기범은 여전히 '활 활' 활개를 치고 다닙니다. 피해자가 일생 고생하면 가해자도 당연히 일생 고생하여야 하지요.

강력 처벌법 갖고는 안 됩니다. 특별법을 만들어서 강강력 또는 깡력 처벌을 하여야 합니다. 한 번 사기를 치면 신상정보 공개, 강력 장기 처벌로 사회에서 격리가 되어 영원히 병 밑의 정의 신분으로 피폐하게 살도록 하면, 누가 사기를 칠까요?

* K - Safety
1. 먹거리 위생
매일 90건 정도의 부정 불량식품이 당국에 의하여 단속되고 있습니다. 하루에 약 58건의 불량식품이 소비자들에 의하여 신고되고 있고요. 한가지 예를 들겠습니다.

여행하다가 보면, 식당의 식사 수저통을 자주 마주하게 됩니다. 숟가락과 젓가락이 나란히 통에 들어 있지요. 한 방향으로 있기도 하고, 때로는 서로 엇갈려 있기도 합니다. 손님들 모두가 맨손으로 숟가락과 젓가락을 잡습니다. 사용하지도 않고 다음 손님을 기다리고 있는 수저에 먼저 사람의 세균, 바이러스가 옮을 가능성은 충분합니다.

사람의 손에 있는 세균의 종류는 150종이고요. 그 숫자는 약 6만 마리가 된다고 하지요. 무시무시한 바이러스도 다양하기만 합니다. 이러한 실정인데도 개개별 포장하지 않습니다. 아마도 이를 정리 준비하여야 하는 인건비, 재료비 때문인 것 같은데 개별위생 포장하자고 하면, 식당업자들이 집단 반발할 사항이지요.(집단이기주의)

그러나 이를 소홀히 하여서 전염병이 돌게 되면, 코로나19 같은 장기간의 불황이 또 올 수도 있습니다. 깨끗이 하여서 K - Food의 위생 위상이 올라가게 되면, 장기적으로 많은 관광객 방문으로 더 많은 비즈니스 매상이 창출될 터인데 -

왜? 하루에 90건씩이나 단속이 되고 있을까요? 그럼 단속이 안 되는 부분은 얼마나 될까요? 왜 국민 생명과 직결되고 있는 불량식품 유통/위생 불량이 근절이 안 되고 있을까요? 개인 소비자들이 불량식품을 고발하면 '고액 보상'을 하여 주고, 그 음식에 대하여 단속해야 했을 부서에 책임을 묻고, 불량식품 제조, 유통을 한 사람에게 가가중/까중 처벌하면 근절이 될 터인데 -

2. 집단이기주의

국민 건강에 직결되는 간단한 의약품은 미국이나 유럽처럼 편의점에서 사들일 수 있도록 하여야 하는 것이 맞기 때문에 관철하려 합니다. 그러면 약사회에서 띠를 두르고 북 꽹과리를 쳐 가면서 파업합니다.

의료 대란 -

그러면 정부와 정당은 표를 의식해 '은근슬쩍' 없던 일로 '푹 -' 묻어 버립니다.

간호사의 지역사회 의료 문제로 간호사가 데모합니다. 그러면 바로 의사협회에서 반대 데모하고, 여기에 조무사의 이익까지 가세하여 거리로 나서며 구호를 외치고 깃발을 휘날리면서 파업을 감행합니다. 의사들이 집단으로 '밥그릇 사수'를 위하여 종종 데모를 하는 모습은 히포크라테스의 선서를 무색하게 합니다. 전세계에서 보기 드문 일이지요.

의료 대란 -

의료 대란에 국민 생명에 대한 배려는 '샥 - ' 접어 둡니다. 정치권도 그냥 하던 대로 나몰네문(나 몰라라 네 문제) & 시지해땡(시간이 지나면 해결 땡) 뒷짐 지고 왔다 갔다만 합니다. 정책은 국민 대다수 특히 소외된 국민 중심으로 이루어져야 그것이 복지 국가인데 말이지요.

3. 고질적 사회문제

미혼, 저출산율에까지, 지대한 영향을 미치고 있는 고비용 사교육 문제, OECD 10위권의 교통사고, 학교 폭력, 각종 차별 인권 문제 등   해결 방법은

(정권이 여러 번 바뀌어도 미래에 개선될 기미가 전혀 없는)

국민의 약 10%인 50만 명이 제안하는 '국민 안전' '정의 실현'과 같은 입법 제안은 입법부의 간접민주주의를 거치지 않고, SNS를 통한 선거를 통하여 그 안건에 대한 지지가 70%가 넘으면 법안으로 채택하는

직접민주주의. - 가 되어야 합니다.

선거 때 방송사 후보 간 토론 형식으로 '찬반 의견의 과학적 검증'을 거치는 것은 필수가 되겠지요.

김밥 같은 사람들이 좋다
속이 훤히 들여다보이는

나도 김밥 같은 사람인가
속 예쁜 것만 들어있는
　─「겉은 까만 김밥」

　　　삶이란
　　　김밥 옆구리 터지는 것이다
　　　예쁜 것
　　　지극 정성으로 말아 놓은 것

　　　누가 아니면 내가 또는 저절로
　　　그게 그렇게 허망하게 터지는
　　　　　─「삶이란 김밥 옆구리 터지는 것이다」

가을에 먹는 김밥은
목에 걸린다
겨울이 가까운 데도
먹어야 하니

가을에 먹는 김밥은
어두운 터널
물 없이 먹어야 하는
깊은 고독
　─「가을에도 김밥」

물 조절 잘하고 지은 밥
김 위 넓게 골고루 펴서

잘 부친 계란 지단 잘라
시금치 당근 우엉 볶아

길고 예쁘게 차례로 누여
정성 다해 말아서 자르나

이런 정성 옆구리 터지다니
숨 고르며 한 일 이렇다니
　　－「삶과 김밥 옆구리」

　김밥에 대한 역사의 기록은 김에 대한 기록으로 추정해 볼 수 있습니다. 고려 시대의 승려 일연(一然)이 지은 삼국유사(三國遺事 : 1281)에 김 채취 기록이 있고요. 김 양식은 1650년경 전남 광양지역에서 이루어진 것으로 되어 있습니다.
　한민족에게는 '쌈 문화'가 오래전부터 존재했으니, 당연히 김에 주식인 쌀밥을 넣고 각종 재료를 넣어서 먹었을 것이고요.
　일본은 18세기나 되어서 김을 먹었다는 기록이 있으니, 당연히 김밥의 원조는 한국인 셈입니다.
　이 김밥이 간편 음식으로 인식이 되고, 서민들의 음식으로 알려졌지만, 김밥을 좀 말아 본 사람들은 이 김밥을 준비하는데 제법 많은 시간과 정성이 들어가기 때문에 결코 쉬운 음식이 아님을 강조하지요. 들어가는 각종 채소는 다 양념하고 볶아야 하고요. 계란 지단도 그냥 부쳐서 먹으면 편한데 이를 길게 하여서 다른 재료와 같이 길고 가늘게 잘라 색채를 고려하여 잘 뉘어서 김 위에 이미 넓게 퍼진 밥 위에 잘 놓아야 합니다. 보관하여서 여러 번 먹을 수 있다는 간편함이 큰 장점이긴 하지만 한 마디로 정성껏 오랜 시간 준비해야 하는 것이 김밥이지요.

김밥은 여러 재료가 어우러져서 '화합'을 이루어 맛을 냅니다. 또한 그 속에 무엇이 들어 있는지 훤히 보입니다. 시꺼먼 인간들 마음속에 무엇이 들어 있는지 알 수 없어서 번번이 인간들에게 당하는 것에 비교한다 치면 김밥은 '성자'인 셈입니다.

이런 김밥이 옆구리가 터지지 않았으면 좋겠습니다.

특히 아이들이 먹는 김밥은 제발 터지지 말아 주었으면 –

김밥 옆구리 터지면
그것이 김밥일까 아닐까

사람 속 터져 보이면
그게 인간일까 짐승일까
　　–「인간의 속이란」

녹색 시금치 주황 홍당무
노랑 단무지 흰 노란 달걀
고동우엉 까만 김 흰 밥이

아이들 집마다 다르니
서로 나눠 먹어서 더
　　–「소풍 김밥 맛이 좋은 이유」

요사이 아이들은 김밥을 나누어 먹지 않는다
요사이 어른들의 김밥은 절대로 다르지 않다
　　ー「달라서 좋고 나누어서 좋았던 옛날」

김밥을 하나 말아보면
꽁다리 두 개가 남는다

그 많은 김밥 말리는데
어디로 갔을까 꽁다리들
　　ー「꽁다리만 먹는 사람들」

어떤 땐 삐쭉 단무지 한 줄
이번에도 빼쭉 시금치 한쪽
까만 터널 김 속 약간의 밥

이런 것만 먹어야 하는 이
이런 것은 절대 안 먹는 이
　　ー「김밥 꼬다리와 운명」

꼬다리는 꼭지, 꽁다리의 방언이지요.
　김밥의 꽁다리가 표준어이지만, 김밥 꼬다리라고 하여야 '확ー'
감이 잡힙니다.
　표준어를 써야 한다는 강박감이나 고집 때문에 서로의 감정 소통
에 지장을 받기보다는 사투리를 쓰거나, 방언을 써서 서로의 공감대
가 더 형성된다면, 이 언어를 사용 권장하는 것이 더 좋지 않을까요?
　김밥 꽁다리 어디 갔지?　　그 많은 김밥 꽁다리.　　보다는

긴 터널 같은 속 지난 김밥 꼬다리.

끝을 보고 만 그 많은 꼬다리 다 어디 가 뿌렸찌?

　　　　　　　가 '감이 더 화끈 - '하게 옵니다.

김밥을 대강 막 말다가 보면 꼬다리 끝에 재료들이 몰려서 꼬다라에 맛있는 재료들이 더 들어갈 수도 있지만, 조심해서 만들다가 보면, 김밥의 끝부분에는 모든 재료가 안 들어가고 일부 재료들만 삐쭉 - 남게 되지요. 모양도 안 좋고요.

　　　　　김밥 꼬다리는 자본주의 꽁다리
　　　　꽁지만 먹어야 하는 터널 속 삶
　　　　　　－「김밥 꼬다리」

제대로 된 모양 좋은 김밥은 가장이나 아이들 그리고 손님에게 가고, 꼬다리는 음식을 땀을 흘려가면서, 잠도 줄여가며 힘들게 준비한 사람의 주식이 되고 맙니다.

잘못 형성되어 퇴화안 연대 자본주의 문명의 꽁지 입니다.

비속을 일주일
내내하며

마음도 촉촉이
단풍 준비
－「I. 누군 벌써
　　　누군 영영」

누군가 묻는 자는 행복하다
누군지 알 터이니

누군지 못 묻는 자 불행하다
자기를 모를 테니
ㅡ「II. 지금 VS. 영영」

추석 전에 고국의 날씨는 일주일 내내 비가 옵니다. 장대비 속을
거닐다가 보니, 마음까지 촉촉하길래 I의 내용으로 시를 보냈습니
다. 답장이 오더군요.   이 시에서 누군 누구냐고.
II 의 내용으로 답장을 하여 주었습니다.
거의 모든 사람들이 자신을 잘 모릅니다.
자기가 어떻게 해야 행복한지 ㅡ 자기가 어떻게 해서 불행한지
누군 단풍들기 전부터 물들어가고 ㅡ 누군 낙엽이 지고 말아도
물 빠진 상태로
지금 ㅡ 지금 그렇게 살다보면 영영 못 깨우치고 일생을 마감하
        겠지요.   그 누구가 그대이고
                    그 누구가 그대가 아니여야 하는데
지금 ㅡ 그것을 결정하는 자는 오직 그대입니다.
지금 ㅡ 이 누구가 안 되면 그대는
영영 ㅡ 불행하고 말 일을 골라 하고
        행복할 일/사람/장소/시간에서 멀리만 있게 됩니다.

가만 놓아두면
시간 지나면서 썩어가는 배추 하나
소금 고춧가루

골고루 버무리면 달라지는 그 하나
　─「사람 부패와 발효 사이에서」

　　　마음에 소금 고춧가루 뿌려진 이는 안다
　　　그것도 자주 자주
　　　몸서리쳐지게도 괴로웠지만

　　　삶이 숙성되어 가는 노련한 이들 잘 안다
　　　썩어질 운명이지만
　　　맵고 쓰라림 그 소중한 것을
　　　　　─「아픔 그리고 숙성과의 함수관계」

　　　　　그대는 아는가
　　　　　고약한 부패와 상큼한 발효의 차이를
　　　　　그대 나이 들며
　　　　　점점 썩어 가는지 숙성되어 가는지를
　　　　　　─「묻고 또 물어야 할 나이」

　　파릇파릇 뻣뻣한 그이
　　짠 소금 세상인심 골고루 뿌려졌더니
　　푹 기가 죽어 절여져 있다

　　그것도 모자라 그 매운
　　고춧가루 구석구석 삶에 파고들어지니
　　깊은 맛들 나는 이로 다시
　　　─「인격은 발효로」

부패와 발효의 차이는 어디에 있을까요?

부패와 발효는 모두 식품 고유의 단백질 변화 현상입니다. 부패는 세균이나 미생물이 단백질을 썩게 하는 것이고요. 발효는 미생물이 단백질을 몸에 이롭게 변화시키는 것입니다.

부패는 단백질이 아미노산, 팹톤, 폴리펩타이드르로 분해되어서 아민, 메탄, 황화수소가스(H_2S), 암모니아 가스(NH_3)가 발생하여서, 악취가 나고 독성물질이 생성하는 것이고요.

반면 발효는 몸에 유익한 변화를 일으킵니다. 김치와 요구르트는 젖산균에 의한 '젖산발효', 빵이나 막걸리 같은 술은 효모에 의한 '알코올 발효', 그리고 산소가 거의 없는 환경에서 일어나는 '혐기성 발효' 등 여러 가지 유익한 발효가 있지요. 이는 장내 운동과 소화를 돕고 면역력을 향상하게 하여 주고요.

부패는 자연 상태로 방치할 때 일어납니다. 발효는 '일정의 조건들'을 갖추어 주었을 때 일어나고요. 이 조건들은 적정 온도, 건조 상태, 습도, 시간, 보관온도와 환경 등입니다. 온도는 습도에 결정적 역할을 해서 매우 중요하고요.

식품의 종류에 따라 다 다르지요. 예를 들면, 된장은 29도, 30도, 치즈는 치즈 정도에 따라 모두 다르지만 약 10도 정도가 보통이고요. 요구르트는 35~40도 사이입니다. 맥주, 포도주, 막걸리 등도 다 다르지요.

발효의 유산균이 발생하였다고 하여도 적정한 보관 환경을 제공하지 않으면 발효에서 부패로 전환됩니다. 그만큼 발효는 까다로운 것이고요. 한마디로 발효와 부패의 차이는 '정성의 차이'입니다. 진정성과 관심 그리고 인내가 버무려진 정성이 없이는 발효 식품을 만들 수가 없지요.

어렸을 때 기억이 차가운 날씨와 함께 찾아오는 계절입니다.

발효의 대표 음식. 한 민족의 대표 음식 김장의 기억.

겨우 내내 밥을 먹기 위해서는 꼭 필요한 김치 담그기. 김장은 먼저 배추나 무, 파 등을 잘 씻어서 소금에 절이지요. 그 짠 소금을 골고루. 그렇게 되면 그 싱싱하고 뻣뻣했던 야채들이 '기가 팍 -' 죽게 되어 축 늘어집니다.그때다 싶게 거기다가 그 매운 고춧가루를 퍼부어 줍니다. 마늘까지 더해서 말이지요. 얼마나 '캑 - 캑 -' 맵겠습니까. 이런 과정을 거친 다음에 정성껏 마련한 용기에 적당한 시간을 주어 익히면 발효 숙성의 맛/건강한 음식이 탄생하는 것입니다.

삶도 마찬가지입니다. 세상의 짠맛, 매운맛을 모두 몸/마음 구석구석에 스며든 사람들과 같이하다가 보면 이런 발효의 맛을 느낄 수가 있습니다.   **숙성된 노련한 삶의 향기. 인격. 품격.**

그런데 이런 과정 그리고 이런 환경을 거치지 않아서, 그냥 썩어버리는 여생이 있습니다. 깊은 묵상과 신념 그리고 꾸준한 수련의 환경을 유지하여 주지 못해,

다시 썩어 버리는 부패의 여생   이 되는 것이지요.

값을 치러야지
값을

세상 살아가는
값을
　-「고통과 고난 고민은 그런 것」

이 세상 공짜가 어디 있나
공기 물이 공짜로 보이지만
공간 값 치르듯이

346

세상 살아가며 값 치르는
그것은 당연한 계산 행위
고통 고민 고난으로
　　—「고통 고민 고난은 삶의 값 지불하기」

　물질이 가진 에너지에 대한 공식'인 E=mc²
　에너지는 질량과 빛의 속도의 제곱을 곱한 값이란 의미가 되지요.
진리이고요. 아인슈타인의 불변의 업적입니다. 강력한 원자력 에너
지는 우라늄이 나눠지며 질량이 줄어든 대신에 얻어진다는 것이지
요. 질량과 에너지 보존의 법칙을 하나로 통합하였습니다. 즉, 정지
된 질량은 그 질량 그대로 같은 값의 운동, 빛, 열 등의 활성에너지
로 바꿀 수 있고 역시 그 반대도 가능하다. 이 이론을 삶의 법칙으로
전환을 하여 보면 – 이 세상의 모든 에너지와 질량은 변환을 하지만
그 값은 항상 그대로이다.
　하늘에서 비가 내리고 그것이 땅에 스며들며 일부는 증발을 합니
다. 이것이 지구의 모든 생명의 원천이지요. 태양의 에너지를 받아
서 땅의 나무와 풀 그리고 곡식이 자라고 수많은 동물들이 먹이 사
슬에 의하여 살아갑니다. 바다에서도 똑 같은 순환작용이 이루어지
고요. 이것이 자연 생성의 비밀이고 법칙입니다. 인간도 먹고 마시
고 배설하며 살아가는데 있어서 철저하게 이 순환진리에 의하여 작
동됩니다. 무슨 뜻일까요? 곱하기 나누기로 뻥튀기 쪼그라들기도
결국은 + – 의 등가법칙의 안에서 벗어나지를 못한다는 것입니다.
　내가 1을 얻으면 누군가는 1 이상을 잃게 됩니다. 그것이 모여서
커 보이거나 매우 작아 보이지만 결국은 등가. 우주의 큰 값 안에서
의 변화는 없다.　　세상에는 공짜가 없습니다. 절대로
　내가 가지고 있는 어떠한 질량은 누구의 에너지를 가지고 온 것입

347

니다. 그 에너지를 내기 위하여 그 누구는 자기의 질량을 소모하였
고요. 세상에는 공짜가 없기 때문에 값을 지불해야 합니다. 어떠한
변형 형태이더라도. 이 지구에 태어나서 살아간다는 것은 멋진 것입
니다. 그러면 그 멋짐에 대하여 값을 치루어야 하지요.

ㄱ푼 ㅇㅚㅇㅁㄱㅎ ㅓㄷㅃㅇㄹㄷㅓ ㅇㄷㅁ

생각을 안 하겠다는 깊은 생각
집착 벗어나겠다는 높은 집착
너무 애쓰지 않겠다는 애씀
탐욕 없겠다는 맑은 욕심
화급함 멈추는 급함
                 이런 시작도 못하면서
  ―「맴맴 그 자리서 맴맴」

마른 나뭇가지 끝
마지막 잎새 보시라
무엇이 끝까지 남게 하였는지

모두 벗어진 가지
아주 자세히 보시라
파랑새 누런 새들 쉬다 간 곳

서로 붙들고 있는
사랑 가까이 보시라
순수한 것들만이 숭고하다고
  ―「무엇이 끝까지 숭고하게 남을까」

올해는 앙상한 나뭇가지 되게 하소서
마지막 잎새 혼신으로 붙들고 있는

모든 것 벗어버리고도 그 하나를 위해
저리도 찰바람들 앞 홀연히 버티는
—「그대여 이제부터라도」

마지막 이파리 보시라
모든 것이 벗겨진 마른 나뭇가지 끝

무엇 말하려 남아있나
저리 잔인하게 달려오는 겨울 향하여
—「마지막 이파리」

시 그리고 음악
진리와 구원
* 이 네 기둥 없이 어찌 삶

1. Edvard'n my scream

It seems at the center of life
The man is walking trembling, trembling

Even wears different colored clothes
they are actually all black, black

Oh scary life, scary life

No matter how much makeup
It looks like a skeleton, skeleton

Due to frequent screams with fear
Hair is going away, away

Oh scary life, scary life

Covering your ears can't stop
nature's and your scream, scream

The body and everything around you
bent into a curve and twisted, twisted

Oh scary life, scary life

Two friends are leaving, saying they
don't care about my pain, pain
wrapping around, blue bruised coastline
A miserable sunset, bloody, bloody

Oh scary life, scary life

People still don't understand
what they tried to scream, scream.

Afraid it' ll be more scared if I scream
pretend to be happy and smile, smile

Hey Edvard! isn't it a scary life?

2. Broken Amen

Two hands covered in white frost
Don't let those separate anymore
Hands held tightly to beat away the bitter wind
Meanwhile, a sharper wind is blowing in our hands

Oh Amen Amen
Broken Amen

If I just walk backward, I'll be on the cliff
When did the feeling of kneeling disappear?
Holding hands tightly, breaking bones each time.
Sad to say, there is nothing more to do.

Oh Amen Amen

Broken Amen

Aren't prayers supposed to come true?
Even sometimes, even sometimes
For those whose tears have already dried
and who can no longer cry

Oh Amen Amen
Broken Amen
Still, there is nothing to do but pray.
What should I do?What should I do?

Oh Amen Amen
Broken Amen

3. Dry shade

oh oh shade
oh oh damp shade
Follows me all my life

I try to dry the shade
Hitting it with a laundry bat
As the sun gets shorter, I lie down next to it.

oh oh shade

oh oh damp shade

Follows you all your life

You try to dry the shade.

Mix well'n dry your shades

Even the cold future is lying down by its side

oh oh shade

oh oh damp shade

Follows me all my life

4. Masquerade

Some people have one

Others have two or three

No one doesn't wear a mask.

mask ye – masquerade

Yeah everyone likes that

Wear a mask and dance, dance

Even sometimes

In the word love, doesn't give meaning

to the tears that naturally flow

mask ye – masquerade

Yeah everyone likes that
Wear a mask and dance, dance

It hurts more to say
that everything is a joke. What should
I do but at least enjoy the masquerade

mask ye - masquerade
Yeah everyone likes that
Wear a mask and dance, dance

Already used to it
body movements, language
and a blaze of light in the eyes

mask ye - masquerade
Yeah everyone likes that
Wear a mask and dance, dance

I hate that the masquerade is held
every single day. But I'm making
a better mask not to be kicked out from the party

mask ye - masquerade
Yeah everyone likes that
Wear a mask and dance, dance

5. Nothing really matters

Ye ye ye
Ye ye ye

You will agree if you look back
There's too much talking in the world

You're talking so much about other things
that you've forgotten what's really important.

I say this every time my throat gets tight'n stumble.
I should have engraved it on my heart

Let it be
Let it go
Candle in the dark
Lighthouse in the storm

Ye ye ye
Ye ye ye

There are words mumbling
when people fell to their death.

The things I regret the most in life

While thinking back about it

If I could go back to that time
it wouldn't happen ye ye

Let it be
Let it go
Candle in the dark
Lighthouse in the storm
Ye ye ye
Ye ye ye

When You're falling further and
further into the sand swamp

When you truly wish it was a
dream and fantasy not reality

Open one eye and look at the sky
Even though life seems so complicated

Let it be
Let it go
it is actually simple.
You just got yourself twisted.

Ye ye ye Nothing really matters
Ye ye ye Nothing really matters

6. You are half of a whole

Half of the moon is dark
Half of the sun is so painful
Half of the stars are asleep

woo woo woo
People do not understand
woo woo woo
nothing is perfect in life

Half of your smile is a lie
Half or maybe all your love is a joke
Quarter or half of your life is a mess
woo woo woo
don't try too hard, foolish people
woo woo woo
Don't try to be perfect, tired half of a piece.

7. Oh Palm Tree

Oh Palm Tree Oh Palm tree
Looking down at all trees

Oh Palm Tree Oh Palm tree

How were you able to grow so high?

I envy you, who never break down even in the storm

Even other trees are cut down and rolled around

Oh Palm Tree Oh Palm tree

You're teaching me, a fool,

Oh Palm Tree Oh Palm tree

Everyone wants to be like you so much

When the wind blows hard' n I put my ear to your body

I hear the sound of your bones breaking badly

Oh Palm Tree Oh Palm tree

That's how you grow high. Enduring the pain

Oh Palm Tree Oh Palm tree

Even if you keep breaking, you keep growing

Yes, people live by breaking down little by little,
anyway.

Some fools try not to be broken, but end up broken for-
ever.

Oh Palm Tree Oh Palm tree

You're teaching me, a fool,

Oh Palm Tree Oh Palm tree

Everyone wants to be like you without being broken

8. Wall Land

Wall

that covers from the ground to the sky

Wall

that's blocking left and right, front and back

Wall

that's blocked off you and me, always.

Wall

that's blocked up the dream and last remaining hope

Woo la la Woo la la wall land

Woo la la Woo la la so cold'n dark.

The ceiling is a raised wall

The floor is a lying down wall

Woo la la Woo la la wall land

Even if you scream and kick hard

The wall is getting narrower

The more you get used to it

I'm a prisoner

who builds up this wall everyday. yeah.

I'm a life sentence prisoner

Maybe I've been destined by myself.

I'm a prisoner who's the only one

who knows how to get out of this wall.

I'm a prisoner born in a prison

don't know there is an exit on the wall.

Woo la la Woo la la wall land

Woo la la Woo la la nothing's verity

The ceiling is a raised wall

The floor is a lying down wall

Even you scream Even you kick hard

The wall is getting narrower

The more you get used to it

Woo la la Woo la la wall land

9. You are a cloud

You are my flower

The one angel

You are my sheep

makes me happy

um um um

You know what
You are a cloud
Even with the slightest wind
falling out of shape

Do I look like a bird
flying freely in the sky?

Am I similar to a butterfly
that never gets hurt?

um um um
Only you don't know
I am a cloud
Even without the slightest wind
suddenly changing shape

um um um um
Almost everybody does n't know
everything is a cloud
Even without the slightest wind
suddenly changing shape

10. Heaven's Lines are busy

Tu tu tu tututu

Tu tu tu tututu

When a corner of the sky is falling apart
When the sea water tsunami comes to me

When I only see your back instead of those loving gazes
I thought that love is forever
Where the ground my feet stepped on has collapsed
I thought that was solid and strong

People call the heaven
what their mothers taught them
People call the heaven
what their priest taught them

tu tu tu
Busy signal
tu tu tu
Busy signal
tu tu tu
Please don' t say the phone number does not exist.
tu tu tu
That's the only place to call for emergency help.

tu tu tu
Busy signal

tu tu tu

Busy signal

11. Expired date

Woo la la la la la

Everybody knows that number

That number even kids know

Woo la la la la la

Even though you know that number

you pretend not to know, sometimes

People say that these numbers

go only for all food and medicine

But wise men say that these

go for everything you want

Woo la la la la la

Even though you know that number

you pretend not to know, always

You work hard to get sparkling things

You say you won the world

but how long does that feeling last?

after you get a shiny one

Woo la la la la la
Everything has an expiration date
In the end, it becomes gray ash in the air.

Even love Even hate
Woo la la la la la

So anyway, it will be ruined in a few days
or months. no matter how hard you try

Anything you bring from outside has an expired date.
Only what comes from deep inside has no expired date.
Woo la la la la la
Woo la la la la la

12. Mirror

Oh ho ho ho Oh ho ho ho
I wake up in the morning and
look in the mirror habitually

When I raise my right hand
My Left hand is raised in the mirror
If I step out with my left foot
The right foot comes out

Oh ho ho ho Oh ho ho ho

In a world that is the opposite of trying

Am I real or am I in the mirror?

Could it be I am the one smiling

right now or crying on the inside?

Am I the one trying so hard to get it?

Or is it really me who needs to be emptied?

Someone help me

Anybody help me

Someone help me to know who I am

Anybody help me to see what I am doing

Oh ho ho ho Oh ho ho ho

Mirror Mirror tell me

What I have to do?

Mirror Mirror tell me

Is it okay if I live like this?

Someone help me

Anybody help me

13. Hello Me

Hello Me

Before I go to bed

I call to myself

Drinking strong coffee

even if I can't sleep, it's okay

Hello Me

Sometimes I answer the phone

But almost every time the line is busy

Who am I talking to?

Why are there so many things to be involved in?

Hello Me, It's me again

Pick up the phone

Even if it seems like a big deal

In hindsight It wasn't a big deal

Hello Me, It's me again

Pick up the phone

If you stop running and look

It was an illusion disappearing like fog

Oh ye

Before I go to bed

I call to myself

Drinking strong coffee

Even if I can't sleep, it's okay

Oh ye
Who should I be
What should I do
to be truly happy? I call
until I hear the answer, ye

14. Battery Charge

There's something people do every day
Inadvertently Habitually
You and me too

People use long lines
Waiting for the bar to go up
in small, medium, and large squares.

Those things that were
sucked away all day long

There's something people don't do every day
Inadvertently Habitually
Young and old too

Devices are like that

They know it will be dead if not charged
But they don't charge themselves

Those bodies and minds that were
sucked away all day long

woo woo What will happen
woo woo What will happen
There is only one bar left
but you and I do nothing

woo woo What will happen
woo woo What will happen

15. Bouncing back ball

Do you remember?
when you were young
Those balls you were kicking

Do you remember?
The balls were bouncing back
After hitting hard to tall walls

La La La   La
bounce bounce bounce

Can you imagine?
The ball's mind that has to run
towards the wall that wants to avoid it

Can you imagine?
Collided and crushed even if it hurts
It goes back to the beginning fast

La La La   La
bounce bounce bounce back

Are you looking at yourself now?
How much do you look like the ball
you kicked as a child? ye -

Do you see the things you do hard?
What color are the balls you kick?
how high and hard is the wall? ye -

La La La   La
bounce bounce bounce back

When will a child stop kicking the ball?
When will an elder throw the ball over the fence?
La La La   La
La La La   La

16. Wise man

Oh ye shake shake

Until recently, there was someone like
when the starlight shimmers at dawn

Sit up straight and look at a bowl of clear water
Put gray ash in it and shake slowly

Oh ye shake shake

After shaking the bowl the water becomes cloudy
not visible. Have to wait until the ashes settle down

Obsession is ash that creates expectations and
Anticipation that the seed of pain you make yourself

Oh you shake shake

Do not just complain all the time even in a dream
that you can't see what to do while feeling anxious

Now imitate the wise man who saw exactly that reality
was as happy as clear water No matter who and what shakes

Oh you shake shake
Day'n night even in a dream
Oh you shake shake
you can't see anything

17. Gray why

when I see you
I feel lonely every time
Even if you are next to me
I feel like you're not there

I want to know why
Ye ye ye why why

Even if you look flashy
Lonely and shabby, ye
It's shiny on the outside
but no fruit inside

I want to know why
Ye ye ye why why

Your pupils are shaking
Even when I'm holding you
Where're you always looking?

Why is your heart always gray ash?

I want to know why
Ye ye ye why why

When will you stop
saying the whys?

I want to know when
Ye ye ye when when

18. You know I know

You know I know

people raising an animal
in their hearts all the time

You know I know

A few are Raising rabbits and sheep
but most hyenas or wolves

You know I know

Most say dogs

but raising hyenas

You are the animal you raise in you
Those who see it are no longer Beasts, but
Everyone insists in their hearts that they grow
flowers and butterflies fly around, not the beast

I know they know
only you don't know

I know they know
I hope you know someday

19. Life is dark chocolate

Life is so turbulent
I don't know what it is anymore and anymore
It's like winter on Jeju Island
Snowing, raining'n sunshine within an hour

Maestro, realmente no lo sé.
Dios realmente no lo sé

A poet said simply
Life is like very very rich dark chocolate.

Seeds are just astringent and bitter
Roasted 'n ground finely, but Sometimes it's sweet

Maestro, realmente no lo sé.
Dios realmente no lo sé

Everything we've broken
all the troubles we made
constant doubts around
An anxious look into the future

Maestro, realmente no lo sé.
Dios realmente no lo sé

20 crumpled paper

Oh crumpled Oh crumpled
Roll - roll Roll - roll

Have you seen the crumpled paper?
Discarded by nervous hands

Accepted with all your heart on white
Still your truth is written down

Oh crumpled Oh crumpled

Roll - roll Roll - roll
Only one accepted all your love'n anger.
But it gets thrown away

Grabbed it tightly and threw it into
the corner of the room.

Oh crumpled Oh crumpled
Roll - roll Roll - roll

You know what the crumple blooms
its joints for a moment with its last hope
but then dies. Not long after

Oh crumpled Oh crumpled
like me now like me now

Even it couldn't go into the trash can
and hit the wall and had bruises
Then ended up lying on the floor.

Oh crumpled Oh crumpled
like me now like you now

21. Pull ups

pull ups pull ups
a groan after a groan
pull ups everyday
ye ye pull ups

Hanging on, whimpering
While exhausting inside
I don't want to climb up the cold iron bar.
As soon as I open my eyes in the morning
Already hanging on the bar. oh ye ye
There's something sticky stuck to my hand.

pull ups pull ups
a groan after a groan
pull ups everyday
ye ye pull ups

Even if I want to come down,
I can't. They say it's a rule of life

I look to my left and there are people of my age
hanging around. Looking to the right, children
Looking back, old people hanging on forcibly too.
Comparing everyone how many times more
pull ups pull ups
a groan after a groan

pull ups everyday
ye ye pull ups

Unless I change the type of game
that is my typicality and
the sport that I hold on to and
don't want to let go

pull ups pull ups
a groan after a groan
pull ups everyday
ye ye pull ups

22. Dissect the wind

Whee Whee Whee Whee
Sharp, thorny, cold wind

Blowing away the last petal
of a flower barely hanging on
Crusing Infinitely beautiful
3 days old baby butterfly wings

Whee Whee Whee Whee
Sharp, thorny, cold wind

It has pushed you and
me to the edge of a cliff
Remains the same whether
a thousand years ago or now

Whee Whee Whee Whee
Sharp, thorny, cold wind

What exactly is the wind that
has always blocked my path?
Cut out the inside of the
wind with a sharp scalpel.

Whee Whee Whee Whee
Sharp, thorny, cold wind

Tied wind still squirming on
the microscope stage with a clip.
Wind gust shows that it lives by eating
people's failure and agony as food

Whee Whee Whee Whee
Sharp, thorny, cold wind

Just trying to run away from inescapable wind

Shaking and scared that it even didn't come yet
Raising a child of wind with hatred and greed
With anger, haste, and arrogance in their mind

Whee Whee The wind loves these people
Whee Whee It visits people like that often

The wind that can't be held or confined
If you show your back to that thing,
it will attack you even more and more
The wind gets boring to people who knows these

Whee Whee To these people
Whee Whee come less often

That's right, when the wind blows again,
proudly spread out your chest and glare at it
Say yes I am with you. I will live with you
in my arms, shout out loud like this

Whee Whee Then it becomes calm
Quiet, but it comes again, anyway

Whee Whee Whee Whee
Sharp, thorny, cold wind

23. Dissect the wave

Splash, splash
the sound of breaking

Do you know exactly what is rushing waves
not resting even for a moment

Breaking large rocks into small pieces of
sand 'n even our little hope turns to dust
Splash, splash
the breaking sound of me

At the end of the wave, the white hand at people
gives them some hope and captivates their hearts.

When the wave recedes for a while, that means
a bigger wave will come a little while later.

Splash, splash
the sound of a breaking heart

Look at the many porous rocks on the coast.
Look at the holes countless days of my youth

You try to get up,but fall, 'n when you fall, you get up

Well, It will disappear as a spray of water at the end

Splash, splash
Get swallowed up by the waves

Waves, even at night when everything is asleep, it's a
scarier tide. It cannot be avoided. Now let's get on
board

Let's become a surfer and ride the waves. Let's stare
and analyze the waves, then hop on the board

Splash, splash
Rather, get on and enjoy it.
Splash, splash
Cannot be avoided. Enjoy the ride.

24. I am tears

boo - hoo boo - hoo
In a tossing and turning dream

lost child - ye
I hold his shaking hand
It changed to his tears

Bboo - hoo boo - hoo
Tossing and turning in a dream

young man - ye
I touched kneeling slumped shoulders
It changed to his tears

boo - hoo boo - hoo
Tossing and turning in a dream

Old man -ye
I raise his head up from down
It changed to his tears

boo - hoo boo - hoo
In a tossing and turning dream

Everyone - ye
Face, chest and body
It changed to their tears

Oh ye ye I am
deep tears wailing
let's accept and live with it.

boo - hoo boo - hoo

We all live in a
tossing and turning dream

25. Whirlwind

Wooosh wooosh
Wooosh wooosh

Strong winds and rough winds collide
It's twisted, it's twisted
Meet a person with a rough and cruel attitude.
It's twisted, it's twisted

Wooosh wooosh
Wooosh wooosh

Twisting and rising to the sky
swallow swallow swallow
Home, love, even the last little hope left
swallow swallow swallow

run away
run far away

Far from where things get twisted
whether it is a person

Whatever the place

Wooosh wooosh
Wooosh wooosh

26. Life is a puzzle

Creak, Creak, Flip, Flip
A Square piece goes into a triangle space
A Round piece goes into an empty square
Pushing it in and turning it around

Creak, Creak, Flip, Flip
You, triangle goes into a diamond space
Work, circle goes into an empty triangle
Working like that and meeting people

Will the real picture come out?
My long, long shapeless life

My life and Your life ; Puzzle game
force it to fit, but it doesn't fit

Creak, Creak, Flip, Flip
Plump little hand, pick up

The triangle and put it into a square

                        (Chorus; Do you see what piece you hold)

Creak, Creak, Flip, Flip

Because it won't go in

This way and that way - struggling

                        (Chorus; Do you see what piece you hold)

The puzzle pieces are becoming

more and more complicated

The pieces are getting more and more

The picture doesn't show

Creak, Creak, Flip, Flip

Tendons on the back of the hand

It's getting thicker and thicker

                    (Chorus; What does your picture look like?)

Creak, Creak, Flip, Flip

Still I'm holding a piece and

where should I put it?

                    (Chorus; What does your picture look like?)

A picture of my love

more and more complicated

Even every little move

The picture doesn't show

Creak, Creak, Flip, Flip
See exactly what piece you are holding in your hand
Be clear about what kind of picture you really want

Hm Hm, Creak, Creak, Flip, Flip
My piece is My Now here
Hm Hm, Creak, Creak, Flip, Flip
My picture is My happy life

27.Naked Tree

Hissss Hissss ye ye
I see a naked tree that loses leaves 'n fruits.
I see a bare tree that loses its love.

Naked Tree in winter
Why did the bare one grow that shall fall anyway?
Were you aware that you will lose love

Hissss Hissss ye ye
Things I was struggling to get
All the things you said were precious

Hissss Hissss ye ye

Was it originally mine or did I make it mine?

Was it something that was just around for a while?

Naked Tree Naked one

I see a naked tree that loses leaves 'n fruits.

I see a bare one that loses love.

Bare Tree in winter

Why did the bare one grow that shall lose anyway?

Were you aware you will lose what you are holding today?

La La La I see a naked tree.

Look at that noble monk liberated from everything

La La La I see a bare one

Even thorn-studded winds' tormented whole life passes
by

Well, do you know the naked

tree is warm. You'll feel much

warmer after you take it off

La La La La La La

Look how much you had

You'll know when you take it off

La La La La Feel it

How heavy it was before

You can tell when you take it off

- 지혜서 -

몹시 비틀거리는 그대에게

– a 시인의 시 묵상 에세이집
ⓒa 시인, 2024

초판 1쇄 | 2024년 4월 2일

지 은 이 | a 시인
펴 낸 곳 | 시와정신
주   소 | (34445) 대전광역시 대덕구 대전로1019번길 28-7

전   화 | (042) 320-7845
전   송 | 0504-018-1010
홈페이지 | www.siwajeongsin.com
전자우편 | siwajeongsin@hanmail.net

공 급 처 | (주)북센 (031) 955-6777

ISBN 979-11-89282-63-9   04810
ISBN 979-11-89282-61-5(세트)

값 16,000원